Sala's Gift:
My Mother's Holocaust Story

莎拉的礼物
母亲经历过的大屠杀岁月

（美）安·科什那（Ann Kirschner）/ 著
杨晋 / 译

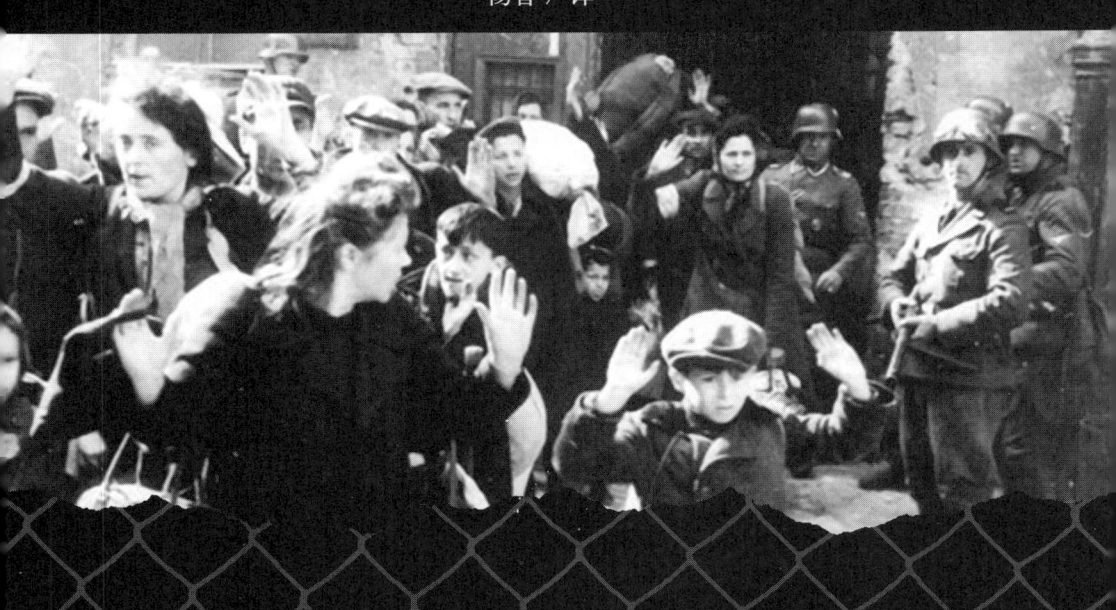

新星出版社 NEW STAR PRESS

莎拉的欧洲

1939—1945

芬兰
赖特维克
瑞典
爱沙尼亚
拉脱维亚
立陶宛
荷兰
卑尔根-贝尔森
柏林
德国第一次入侵（1939年9月）
纽萨尔兹
华沙
德国
上西里西亚
波兰
萨茨拉
本兹伯格
比利时
杰帕斯多夫
索斯诺维茨
大政府
纽伦堡
布拉格
奥斯维辛
克拉科夫
法国
安斯巴赫
捷克斯洛伐克
维也纳
瑞士
奥地利
匈牙利
罗马尼亚

目　录

引言　在她成为我母亲之前 …………………… *001*

第一章　顶替姐姐 …………………………… *011*
第二章　一个干净的犹太人 ………………… *029*
第三章　萨仁卡 ……………………………… *057*
第四章　小的和灰的，老的和小的，穷的和富的 …… *097*
空位期　1942 年 8 月 12 日 ………………… *135*
第五章　好日子　好邮件 …………………… *139*
第六章　最后的生日 ………………………… *171*
第七章　120 年自由 ………………………… *197*
后记　沉默的另一端 ………………………… *241*

莎拉经历的劳动营 …………………………… *263*
莎拉的家庭 …………………………………… *265*
资料注释 ……………………………………… *267*
鸣谢 …………………………………………… *279*

译后记 ………………………………………… *281*

你知道我为什么写这么多吗?
因为只要你在阅读,我们就在一起。

瑞泽尔·冈卡兹
1941 年 4 月 24 日

　　我有我们亲爱的父母的相片,还有我收到的家里寄来的、从我出发去集中营的第一分钟开始算起的所有邮件。这些年来,我一直像爱护自己的眼睛一样看着它们,守护着它们,因为它们是我最大的财富。

莎拉·冈卡兹
1945 年 10 月 10 日

引言
在她成为我母亲之前

我母亲有个秘密。

我知道莎拉·冈卡兹出生在波兰,是十一个孩子中最小的一个,而且她是一个纳粹集中营的幸存者。我有一个姨妈还活着,但我们曾经庞大的家庭里其他人的情况,甚至包括他们的名字我却都一无所知。

在我母亲少有的几次回顾过去的时候,她会告诉我们她是作为一个英俊的美国士兵的新娘来到美国开始新生活的。我喜欢听她的故事,尤其是因为我的哥哥们和我在故事里是主角。可当时还是孩子的我,对这个故事也不尽信。我母亲用一个完美的结局替代了一个未讲述的故事。从幸存者莎拉到幸福的美国家庭主妇和母亲莎拉,如此迅速、如此完全的转变看上去是不可能的。就好像她在1939年被外星人掳去,然后1946年在纽约安了家。

过去的莎拉去过什么地方?集中营里发生了什么事情?她的手臂上为什么没有被刺上一个号码呢?

我无人可问。我从未跟我的哥哥们或我的父亲谈过这个话题。在这些问题提出之前,母亲的沉默似乎就能够把它们全部吞没。如果有人——一个新认识的朋友,或一个不小心的亲戚——偶尔误入了这个禁区,问起了莎拉在战争期间的事情,她会把脸转过去,好像她刚刚被人扇了一记耳光。我知道不是所有的幸存者都拒绝谈往事,也不是所有的孩子都很愿意倾听。我有些朋友,他们的父母能够不停地说过去的事情。够多了,我的朋友会说,我们已厌倦了扮演安妮·弗兰克(Anne Frank)①。

我仔细看过她梳妆台上的旧照片,它们是黑白的,静静地像哨兵一样站在那儿。其中我最喜欢的是一张年轻莎拉的漂亮的侧面像,她正凝视着一个年纪更大点的女子:"我的朋友艾拉·格特纳。"我的母亲告诉我,可是她没有告诉我细节。她们在哪儿认识的?后来艾拉·格特纳怎么样了?莎拉浓密而富有光泽的头发如瀑布般垂在背上,高高的颧骨折射着光芒,就像我最喜欢的凯瑟琳·赫本(Katherine Hepburn)、克劳黛·考尔白(Claudette Colbert)、莫伊拉·希勒(Moira Shearer)和艾琳·邓恩(Irene Dunne)演的老电影里让人无法不着迷的天真少女一样。艾拉与之相比就没那么漂亮了,但是她的帽子翘起的样子却颇有些大胆和老成,而且她与我母亲交织的眼神非常迷人。

当然了,尽管莎拉尽了最大努力,她却无法在我们的现在和她的过去之间建起一座无法穿透的墙,一层雾不知不觉地渗入了进来。1961年在电视播放对阿道夫·艾希曼(Adolf Eichmann)的审判时,她坐在电视机前,接连看了好几个小时,一支接一支地抽烟,面无表情,一言不发。她读了所有有关大屠杀的书,看了所有有关大屠杀的电影,每年大屠杀的纪念日她都会纪念,只不过默默地,私底下地,好像我不在旁边看着一样。

我以为等我也做了母亲她也许会让步。我决定了,等我的孩子大到会提问题时,我们就试试。后来我的女儿准备一个有关家庭历史的学校作业时,想采访她的外祖父母。当时的场景非常理想:我们很舒

---

① 玛莉莎·穆勒的畅销作品《安妮的日记》的主人公,为荷兰犹太少女。——译者注

服地在我爸妈的客厅里坐着，碗洗好了也放好了，沙发的靠垫也弄平整了，玩具也收拾好放在柜子里。我的父亲非常合作，他对三十年代纽约的回忆形象生动，令人遐想。轮到莎拉时，她开始坐立不安起来，扭来扭去找不到一个舒适的位置。她讲了几件无关紧要的轶事，比如她唯一的绒布娃娃玩具，她的朋友圈，以及她们的学校制服等。这些我都听过。但是那时候她的不适开始剧烈起来；一直困扰她的关节炎和腰疼打断了她，她只得站起来，四处走走，这样她暂时的、慌乱的回忆停了下来。她守住了她的秘密。

所有这一切在1991年的一天结束了。那天将永远改变我眼中的她，同时也将永远改变我的生活。

莎拉正要住进医院，她前一个周末是在我家度过的。她在以色列旅行时新的症状变得严重起来。突然之间耶路撒冷的山变得太陡了，她爬不动了。回到纽约后她得知她需要进行三重心脏搭桥手术。

她时年六十七岁，戒烟后的第一个星期她十分痛苦，而且她的手因为没有往常的香烟，看起来空空的。我看得出来她准备说再见了。那是一个优美的夏日，我们刚刚吃好午饭，我正一人独坐着。她走出来，坐在我身旁。我看见她手里拿着一个红色的纸板盒子，这盒子以前是装我旧时玩过的快速拼字游戏的。

她把盒子端给我，说："这应该是你的。"

她的珠宝，我想。

不是的。我在盒子里发现了一个小小的、很旧的褐色皮制文件夹，如一本平装本书大小。里面是数百封信、明信片和纸片，一些字写得小而挤，很难辨认，一些则是漂亮的斜体字，还有一些是用钝头铅笔在不规则的纸片上匆匆写就，所有的这些都细心地收好了。"这些是我在集中营的信。"她说，并把它们在我面前摊开。明信片和信还有照片铺满了桌子，旧纸张的味道升腾起来，弥漫在夏天的空气中。

"你想知道什么?"我的母亲问道。

于是我开始问了。

问题一个个胡乱地冒了出来。她去过什么地方?谁写的这些信?她怎么保存下来的?这些人现在在哪?我的母亲尽她所能地回答我,她的声音里是久未提起的人名和地名。

很快她就累了。我们一起把这些信件放回到保存它们如此之久的盒子里——不过现在这个盒子是我的了。

我母亲的信不仅仅填充了她过去的地图的一个空白,它们还带来了鲜活的她——还是个少女的我的母亲——它们同时把我们的亲人们从阴影中带了出来,在战争中逝去的外祖父母、姨妈们、舅舅们和表亲们。

这些信件是由八十多个不同的人所写。它们讲述了一个家庭,一个城市,以及一个由政府精心组织、企业支持的奴隶体制的故事。只有最初的几张明信片是用波兰语写的;其余的通信都是用德语写的,只有极少的捷克语和依地语。有些标记看来十分明显,如"Z"形的签章,表明曾被检查员审阅(德语的审阅是 zensiert)过,但其他的则需要认真研究才知道它们后面的秘密。其中有几十封漂亮的手绘生日卡,有些上面写着诗和奇特的花以及儿童的图案。我委托他人把它们译成英文。我非常没有耐心;每件译稿的到来都让我十分激动,好像这些信件是昨天才写的,而且是写给我的。我发现了艾拉·格特纳的信,她的笔迹醒目独特,一如她的照片。还有几封偷偷带进集中营的情书,是由一个叫哈利的追求者写的,我一直都不知道有这个人的存在。我仍住在布鲁克林的罗斯姨妈,也变成一个不同的人了。而我母亲梳妆台上褪色的照片,现在也焕发出盎然生机。

我母亲和我一起读着这些信。她几乎和我一样需要看英文版本;战争结束后,她能流利地说和书写德语,而且除了自己的两门母语波兰语和依地语外，还略知一点俄语和捷克语。但在 1946 年她就不说这些语言了。她的波兰语和德语能力已经退化到阅读都有很大困难了，况且她生硬的翻译还受到情绪的阻碍。听着她熟悉的声音发着那些奇怪的音节，我感觉就像是有人施了古怪的法术，假冒了我的母亲。

我们不停地聊着。她容忍了我的问题和我的录音机，告诉我一件又一件事情，仿佛分享她的记忆的限制从未存在过一样。她是第一次讲这些故事，而我则是个饥渴的倾听者。

在我想象中，母亲作为囚犯在一个纳粹集中营里经历了相对较短的苦难，可结果却是几乎长达五年的、在七个不同的劳动营的奴役（在此书附录里有莎拉的七个集中营的完全列表）。她是来自波兰西部约五万奴隶——年轻健康的犹太男女——中的一员。他们是施梅尔特组织（Organization Schmelt）手中的珍贵财产，这个组织是纳粹入侵波兰后不久成立的，为纳粹党卫军[①]的分支。

战争的最初几年里产生了数以百计的劳动营，往往隶属于德国企业拥有的建筑项目或工厂，条件不一而足，不过在莎拉的集中营里，他们穿的衣服都是从家里带来的。与奥斯维辛的囚犯不一样的是，这些人身上没有被刺上号码。这些犹太人是要留着性命的，至少要完成当日的工作。他们被迫与自己所爱的人分离，他们挨着饿，在无法想象的条件下进行超长时间的劳作，他们睡在人满为患、缺乏供热和换气设备的木头房子里，而且他们时刻活在恐惧中——但是纳粹却为他们传送邮件。信件和包裹都是允许的，甚至是提倡的，好像他们不是囚犯，而是第一次离开家去野营的人，而纳粹们也愿意告诉那些焦虑的父母们一切都好。不过到了 1943 年夏天，所有的普通邮件全停了。

施梅尔特组织在历史上是个并不重要的脚注。相对而言，关于纳粹官僚和犹太领导人以及德国企业的合作关系较少见诸文字。正是这

[①] 纳粹党卫军又称为 SS，即 Schutzstaffel。——译者注

种关系把成千上万的人从波兰上西里西亚东部（Eastern Upper Silesian）地区诱拐而来。甚至很少有书提过阿尔布莱切特·施梅尔特（Albrecht Schmelt）的名字，他是该组织的总建筑师，这个迅速扩张的奴隶贸易让他发家致富，也藉他而得名。能接受邮件的犹太人劳动营的存在几乎无人知晓，它们的具体方位也几乎被遗忘——除了那些曾在那儿被囚禁过的人们。

这也并不让人觉得奇怪：倘若要描写这些筑建在地狱外沿而不是地狱中心的地方，可能会影响世人对奥斯维辛伤痛之地的了解。在施梅尔特的集中营里，没有毒气室，没有焚尸场，也没有人数众多、形同鬼魅的玛索尔人（Musselmen），他们是奥斯维辛常见的行尸走肉，在奥斯维辛，人平均的存活时间是三个月。

因为死亡集中营的条件要恶劣许多，有时甚至在幸存者之间不经意地会有一种攀比意识。"噢，你的母亲在劳动营啊。"一个幸存者告诉我，不以为然地挥挥她的胳膊，正好足以让我看见她前臂上刺的数字。我当时在给她看母亲的一些信。"我在奥斯维辛，"她大声说道，"在奥斯维辛我们绝无可能有那样的信件。"她在匈牙利的家里一直待到1944年，她大部分的家人都幸存了下来。我问她在奥斯维辛待了多久。"四天。"她淡淡地说。

在奥斯维辛待了四天……在七个不同的劳动营待了五年。我的母亲失去了她的父母、姐姐、哥哥、外甥和外甥女、表亲：她失去了大家庭中至少四十个成员。我不想比较。有些苦难的深度是无法测量的。

我更欣赏谈到这个话题时莎拉和她的朋友们发出的沙哑的笑声。"我父亲很有钱的，他把我送到营里住了两年！"喝咖啡时古希亚吹嘘说，笑着敲着桌子。"哈！"莎拉嘲笑地哼了一声，"我的父亲比你父亲有钱多了——他把我送到营里住了整整五年！"

莎拉的勇气和胆量堪比一个档案保管员的本能。五年以来，冒着遭受严厉惩罚的危险,她把所有的信件都藏好,不让集中营的守卫发现。通过创建一份自己苦难的纪实写录,她同时也是在延续着一个亘古即有的为群体灾难做编年记载的传统,这个传统可追溯至古老的《圣经》。在整个欧洲的犹太人区和集中营里,人们书写着,保留着第一手的见证和其他文件。人们举行比赛鼓励个人编年史和日记的撰写。"兄弟们,写下你的一切所见所闻吧,"历史学家西蒙·都布诺(Simon Dubnow)在离开里加(Riga)的犹太人区时这样呼吁。"把一切都记录下来!"在埋在华沙犹太人区的牛奶罐里,在扔在奥斯维辛悲惨的土地上的容器里,档案被细心地藏了起来。与战后许多目击证人的证词形成反差的是,这些原始材料不会受到捉摸不定的记忆的影响。在很多情况下,它们的创建者已然逝世,而它们却依然留在世间。

　　莎拉的信件就是点滴的时间,是自发的倾吐,带着走形的真实生活,它们的情感是真切的,未加过滤的。它们从未触及世界大事。由于不联系背景就无法阅读,我在讲述我妈妈的故事时加了一些必要的背景知识。德军的前进和美国的参战,意大利的勾结和背叛,争夺太平洋的战役——从未有通讯记者提到过这些,他们也不见得对这些故事有多知晓。他们只对发生在自己身上的事情有有限的观察力。这是一个充满了隐晦的谣言和不确定的祈祷的世界。这些私人信件编织的是一个战争的情感史,一个交杂着恐惧、寂寞和绝望的复杂的赋格曲,总是会回到明天的希望的主旋律上。

　　"你知道我为什么写这么多吗?因为只要你在阅读,我们就在一起。"她的姐姐瑞泽尔·冈卡兹如此写道。一纸书信,承载的却是鲜活的亲情。一旦莎拉得到了这些信,她就必须留着它们,因为给莎拉信的就是她所爱的人,就是爱她的朋友和家人。所以她在列队时把信藏起来,把它们交给信任的朋友,把它们扔到房子底下,甚至把它们埋在地里。保留这些书写的文字——这一点就足以让她轻易地丧命——

与挽救她自己的生命有着直接的、不可分开的联系。我开始理解她的逻辑了：她为保留信件所冒的险与她失去信件后面临的终极危险是无法相比的，因为那样的话，她将会失去活下去的动力。

我从许多幸存者那里听说过关于家里来信的辛酸的故事。我母亲的朋友萨腊在解放后染上了严重的伤寒，于是把她的信件委托给了一个几乎不相识的人，此人许诺在她住院期间会妥善保管信件。医生们告诉萨腊，她在谵语状态时曾不停地跳起来狂乱地在床底下找她的信。当她身体复原后，那个人却已不知所踪，她的信自然也就不见了。丹柯，一个七十好几的女士，在告诉我解放后她的旧箱子被俄军士兵偷走时，看上去就像一个年轻的女孩，泪水在眼睛里打转。因为她的旧箱子里装的是她的父母写给她的信，以及她在战争期间写下的诗句。"他们以为里面有什么呀？"她伤心地哭着。珠希在一次恐怖的集中营检查时失去了她的信件，当她看见1944年写给我母亲的生日卡上自己的字迹时，她简直不敢相信："你母亲是怎么做到的？"她惊异地问，"你怎么会有这些的？看看，你母亲是多么聪明，多么勇敢！"

在初次发现母亲的信件十年后，我们有过一次热烈的家庭辩论，有关我们是自己留着这些原始的信件，还是把它们托付给图书馆。为了表明他的看法，我的父亲说他也有一箱子信：他在战时与他的朋友及家人的通信。"它可比芭比（Bubbe）① 的要大。"他自豪地说。

这个箱子确实更大。里面有我父亲写给他的兄弟和姐姐的热情洋溢、充满乐观的报告，也有写给他军队里的好友的信，甚至还有他打给我奶奶的调皮的电报，讲的是他的婚礼计划。正当我着手给这些新来的文件分类时，我发现了另外五十六封信，是在战争期间写给我母亲的。其中十二封来自艾拉·格特纳。

---

① 作者的昵称。——译者注

同时还有一份真真正正的宝物：我母亲从 1949 年 10 月开始记的日记。在这之前，我对年轻的她的认识仅仅来自于她的朋友和家人的信件，以及她的回忆。但是现在莎拉来到了舞台的中间，记录着她五年历程头几个星期的点滴。我看见了十六岁的她，灰色的眼睛炯炯有神，盯着眼前陌生的场景，估量着自己的将来，心里很敏锐地感觉到自己需要什么东西，可是无法明白说出来。

很多年后，我问我母亲那天她把信件交给我时，她心里有什么期望。"没什么特别的，"她说，"我不想你以后才找到它们。我希望你能亲手从我这里拿到这些信，得到我的祝福。这样的话，我能告诉你我想要什么，告诉你你想怎么处理它们都可以。这就是我把它们给你的原因。"

我并非第一个在父母痛苦的回忆后面追寻隐藏的真相的孩子；也不是第一个不得已感到过去长长的阴影是如何影响我自己的身份和信仰的——这可以给我稍许安慰。这对我们两人而言都是一个自我发现的过程，虽然执笔的人是我。这些信让我们懂得了母亲和女儿的关系，教会了我们友谊和笑声的力量，以及在最不寻常的条件下，生命和爱的执着。

这，便是我母亲的故事。

第一章

顶替姐姐

她姐姐读着信，为了让父母听得懂，她把波兰语译成依地语：

"依据犹太长老会的命令，瑞泽尔·冈卡兹将于1940年10月28日报到，参加劳动营六个星期的劳动……"

瑞泽尔刚念完，莎拉就开口了：她将顶替她姐姐去。

两姐妹谁都不知道"劳动营"是什么东西。她们的父母也不知道。但是自从去年秋天纳粹入侵波兰，带来巨大的灾难以来，冈卡兹一家都已做好准备，迎接下一次冲击。现在这个冲击来了，却是以这份简单而且看起来很正式的文件的形式，详细情况不明，但却盖着犹太长老会的章。这个长老会是纳粹最近才成立的，它选上的第一批去劳动营的年轻人几个星期前已经出发了。到现在谁也不知道他们的近况。

这个家庭需要钱。瑞泽尔的名字在名单上，因为她的父母付不起长老会设定的"人头税"；如果你交了税，你就可以免于送一名家庭成员去劳动营的义务。只有最穷的犹太人才会去劳动营。那封信上说这些所谓的志愿者可以得到报酬，他们家庭里其他成员可不必去了。

莎拉是约瑟夫和查娜·冈卡兹十一个孩子中最小的一个。有三个孩子在成年前就夭折了，还有一个在波兰军队服役期间死去，他是同伴士兵攻击的受害者。两个年纪大一点的女儿和一个儿子住在附近，各自成立了家庭。另一个儿子不久前逃往了俄罗斯。莎拉和她未出嫁的两个姐姐布利玛和瑞泽尔仍在家里住。

冈卡兹一家在战前已是左支右绌了，现在更卷入了一个不断升级的贫困和危险的圈子里。自从去年纳粹入侵，父亲实际上已如囚困在公寓里，因为削砍胡子和殴打老年的犹太人已成为纳粹找乐子的方式。

一些信教的犹太人已经把胡须剃去，而且修剪了两鬓的卷发；约瑟夫不愿这么做。他再也不能在街上安全地行走，再也不能在会堂里祈祷，或者给他的学生上希伯来语课。

任何人只要认识瑞泽尔就知道选择她去劳动营肯定是某种任意挑选的官僚化错误。瑞泽尔虔诚而富有书卷气，总是埋头读书，有关劳动的事情找任何人也不应找她。如果德国人想找强壮而且能够很快适应新的不确定环境的人，他们找错人了。瑞泽尔身材瘦小，看上去跟孩子似的，厚厚的眼镜让她的眼睛显得很大，她总是一副吃惊的神情。虽只有十八岁，瑞泽尔对人性却已颇富洞察力，不过很少人知道这一点。她深居简出，喜欢和她的姐妹们在一起，而且喜欢在她的笔记本上写些文字和诗句。孱弱而敏感的她一接触到新的地方和人就明显地会畏缩，她对陌生人而言也不是很有吸引力——孩子们除外。孩子们很爱她，从未注意过她言谈举止的怪癖，而且很享受她对他们跑来跑去的强烈的欣喜。人们很容易就认为她很古怪，但她古怪的外表下掩藏着坚定的品格和超群的智力：她是姐妹中最有学问的，随时随地都愿意吸收知识，因为她对祈祷和犹太研究的执着，她在这个关系紧密的犹太社区里小有名气而且颇受尊敬。

在纳粹来之前，两姐妹在波兰公立的学校里上学，穿着白袖口白衣领的海军蓝校服肩并肩地走着，总是整齐而干净。下午她们会接着去附近的贝斯亚霍夫（Bais Yaahov）学校听用依地语（她们社区的本地语）上的犹太研究课。在家里她们是最早接受正规教育的女孩——无论是世俗的还是宗教的。

贝斯亚霍夫学校是在 1918 年由一个叫萨腊·史尼勒（Sarah Schenirer）的革新教育家创办的。她的犹太女孩宗教课程的概念引起了争议，但很快传播到东欧和中欧二百五十所学校和近四万名学生，教她们的老师都是从史尼勒 1925 年在克拉科夫（Krakow）创立的新的神学院毕业的。这些聪颖的年轻教师身上散发着一种高尚的目标感，她们的知识能量让瑞泽尔和莎拉感到高兴而且深受启发。老师们的一切看起来都很特别，甚至是她们的衣服，时髦却不张扬，而且由于是未婚，她们可以自然地留着头发，而不是戴着假发。

萨腊·史尼勒本人正是女孩们的偶像。她亲自造访了每一所学校，当她于1935年逝世时，成千上万她的学生哀悼她们的精神母亲的离去。在莎拉细心写下的日记里，她记录了萨腊·史尼勒来到她们学校这件事情，并吐露了她对这位具有远见卓识的女性的逝去所感到的悲痛之情。在墨守成规的宗教领袖们抵制让女孩子接受教育的新观点之时，正是她顶住了他们的强烈反对。莎拉的父亲对此也保持了谨慎态度，但他认识到了时代的变化，并允许他的女儿们去那个学校上学。

两姐妹的表现也证明他的信心是有道理的。两人都是优秀的学生，但瑞泽尔是个非常专注的学者，她的梦想是成为一名老师。当她的波兰语老师推荐她去体育馆那里进行高层次的研究时，她一开始十分满意，但后来那里更为世俗化的课程和氛围让她觉得难以接受。她绝不会妥协自己的宗教原则。

纳粹的入侵让一切接受更多教育的想法成为泡影。犹太人的学校被迫关门，那些有趣的青年教师都解散回到自己的家中。波兰的学校大门对犹太学生关上了。瑞泽尔并不气馁，她继续独立学习，而且开始在家中辅导年纪小点儿的女孩，以贝斯雅霍夫学校的风格教授希伯来语课和宗教知识。

瑞泽尔是个优秀的老师，她温柔地引导学生跟着她的脚步进入要求更高、更为严格的学习当中。不过瑞泽尔对自己的妹妹却少了许多耐心。莎拉在瑞泽尔的严厉管教下坐立难安，她害怕姐姐那极为挑剔的眼神，任何一个学习上的错误，任何一处宗教上的不得体都难逃她的法眼。当她在安息日用梳子，或在炎炎夏日并非心存不敬而把长袖卷起来，暴露了手腕以上几寸属禁区的皮肤时，如果瑞泽尔威胁说要告诉父亲时，她却吓坏了。震骇于她的姐姐是一回事，可是她非常敬爱她的父亲，他从未大声训斥她，而且对这个最小的女儿也是疼爱有加。她可实在不忍心让他失望。

瑞泽尔天资聪颖，意志坚强——可同时也拒绝妥协、不会变通。无论这个叫做劳动营的东西有什么要求，瑞泽尔永远无法适应。而让比她小一点的姐姐布利玛离开家里更是不可思议。布利玛是家里的情感核心；家里经济困难、举步维艰的时候连父母都需要她的温婉体贴来获得些安抚。布利玛年轻漂亮，她原想离开波兰投奔住在巴勒斯坦的表亲，可当父亲表示反对时，她接受了他的决定。她总是把家庭的需要放在第一位，告诉她的姐妹们有事找她，而不是找她们的母亲，因为母亲经过二十年的生儿育女已操劳已久，疲惫不堪。当莎拉长大成为一名坚强昂扬的年轻女子时，布利玛忽视了她妹妹的年轻活力，而是充当了莎拉的维护者。

十六岁的莎拉觉得生活痛苦而平庸。环顾着她和六个家人合住的低矮房间，她几乎认为生活不可能变得更糟糕了。白天的时候，这个房间是个拥挤而吵闹的车间，布利玛用机器绣着亚麻布，而她们的父亲和瑞泽尔在桌子旁边轮流辅导学生。房间里有几件家具：一张旧的木桌子，同时也是书桌、工作台和饭桌；一个放衣服和亚麻布的摇摇欲坠的衣橱。门又小又矮，门外通向一个储藏间和大楼公用的晒衣绳。邻居们从家里穿过去收衣服，并不总会征求同意。到了冬天，衣服会冻上薄薄的冰层，如果莎拉乱跑的话，打在脸上生疼。储藏间里还放着家里的草编床垫和晚上用的便壶，因为天黑走下三段楼梯去院子里的厕所太麻烦了。她一想到那个肮脏的户外厕所就打寒颤，每次她都蹑手蹑脚进去，心里祈祷邻居的男孩们不会透过墙上的小洞偷看，她知道他们在薄薄的墙上钻了洞。到了晚上一家人把缝纫机移开，把床垫拖出来，用衣服盖上；她和母亲合用一块床垫，她的姐姐们用一块，父亲单独用一块。有时亲戚来访的话，他们睡储藏间的另一块床垫。

她仅有的能让她逃避现实的东西是一扇小小的通往屋顶的斜窗。

如果没有邻居在场的话,她会爬出去,脸上抹着一滴黄油来迎接阳光。为了享受宝贵的几刻清静时光,就算是冒着摔到下面的院子里或被瑞泽尔训斥一顿的危险也是值得的。

这是她唯一的家。第一任妻子在因生孩子去世后,她的父亲根据犹太人的传统,娶了他年轻的小姨子查娜。约瑟夫和查娜一起把这个生下来的女孩和后来的十个孩子拉扯成人。一家人从小镇沃布罗姆(Wolbrom)搬到不远的索斯诺维克(Sosnowiec),这是个更大的城市,约瑟夫也希望能招到更多的学生。

查娜则努力为一家人寻找食物——总是能无中生有地煮点什么,她们的父亲苦涩地说。布利玛已是个很有天赋的厨师和面包师,还是她母亲的"闺中密友"和帮手。她们家的饭虽然简单却有营养,特别的配料都是留给安息日和其他节日。大家的最爱都是鹅,这可是冬天的美味,因为冬天的时候鹅是最肥的。准备鹅肉大餐得花一天的时间,母亲能充分利用鹅的每一部分:鹅肉正餐吃,骨头熬汤,羽毛则用在羽绒枕头或温暖的毯子上。鹅身上的脂肪被剥下来,放在储藏间里最冷的地方,即施摩尔茨①,整个冬天她都会留着,直到春天用于准备逾越节大餐。

日子不好的时候,橱柜里空空如也,查娜会烧一些纸而不是烧饭,假装炉子里正煮着什么东西。避免看起来需要别人的赈济是非常重要的。"人们看见烟囱在冒烟会觉得我们在烧东西吃。"约瑟夫这样告诉她。

冬天的时候,查娜的毛线针会停不下来,编织出羊毛围巾、手套和袜子,好不让她的姑娘们冻着。莎拉一闭上眼睛在脑海里就会看见她母亲的样子:穿着她一直穿的黑色裙子,眉头深锁,戴着照莎拉自己的长辫子做的假发,手里忙着打毛线,不停地打,不停地打。

---

① schmaltz,依地语,指动物脂肪。——译者注

莎拉对查娜永不停歇的劳作觉得十分沮丧。她自己也不愿做家务，梦想着有一天赚到了钱，把她母亲从每天烧饭打扫的苦差事中解放出来。即便还是小孩的她已会计划这、计划那了。她朋友现在还在笑她去年夏天卖自制冰淇淋的计划。她们帮她搅拌一台手摇式的机器，这是她从一个邻居那儿借来的，不过当她们想把差强人意的产品拿去卖时，却被一个警察追得作鸟兽散。

让她父母感到欣慰的是，莎拉还算心灵手巧。八岁时她就跟着她的姐姐哥哥学做这做那了。她的第一个志向是挣够钱买一件新大衣。她的姐姐哥哥在家里做点小生意，而且教她操作他们最复杂的机器。很快她就可以帮他们绣衬里、缝毛衣，以及把鞋面镶在鞋底上了。到了十六岁时，莎拉已是名出色的缝纫工。

星期五是最忙的一天，因为要准备安息日，而在安息日什么活都不能做，还要祈祷，一家人会缓解一周以来的压力。她喜欢这些每周一次的准备工作，甚至包括她通常能躲就躲的家务杂活。她的母亲和姐姐们会为晚餐准备一些特别的东西，可能是一块鲤鱼用来做鱼丸冻，鱼头留给莎拉的父亲吃。水是从院子里的水泵打出来的。要打够水装满母亲用来煮鱼的大罐子，莎拉得上下楼梯好几趟，跑得上气不接下气。因为安息日禁止劳作，他们会提前准备好周六的饭，做好一道特别的炖菜——霍伦特①，里面有土豆、大麦，有时候还有一块肉，用剩下的面包做得甜甜的、美味的布丁在炖菜里煨着。然后母亲会把罐子从煤炉上拿下来，用褐色的纸盖上，接着用绳子绑上几道。莎拉把她们的名字写在纸上，小心地把大罐子提到街角的面包师史蒙那儿。他会用一块长长的板子把罐子送到他的大烤箱的深处，那里已有邻居们送来的十几个罐子，每个都绑好、贴好名字了，这样第二天下午就可以热腾腾地端上饭桌。

---

① 即 cholent，为犹太人安息日炖品。——译者注

星期五日落前所有的一切都要完成。家里唯一的房间，原本就总是很干净，现在更是一尘不染。莎拉最后的一件家务活就是打扫地板。旧的木地板的每一寸都被她擦到了，而且上面浇上一些锯末，再用粗麻布保护起来。接着把这些粗糙的布拿走，只要有时间最后再把地板扫干净。母亲会给莎拉洗好头发，梳成两条大辫子。最后，母亲会换上她的另一套衣服，一条硬邦邦的、只有在安息日才穿的黑裙子。

到了母亲点燃铜烛台上的长蜡烛的时间了。父亲则会身穿黑色的长大衣，系着腰带，他从会堂回来后，会把一家人召集到桌前，带领大家唱起迎接安息日到来的歌曲。

早上的时候，她会和父亲一块去会堂，手里拿着他祈祷用的披肩，然后她回家自己进行祈祷，瑞泽尔会在一旁紧紧看着，如果莎拉用波兰语提问的话则会被斥责，因为她们的父亲要求她们在安息日只能说依地语。午饭前莎拉会去面包师那儿把煮好的炖菜拿回家。有一次她拿错了罐子，拉比的妻子冲上楼梯来找她的霍伦特，她吓得躲在母亲身后。不过听到她们的对话她就松了口气；双方都是很友好地交换了东西。

安息日剩下的时间莎拉是和她的朋友们度过的。她是她们中的领袖，跑得最快，胆子也最大。她们的习惯是白天到其他不同的公寓里去。因为她们家唯一的房间已经非常拥挤了，天气好的时候女孩们会在外面和她玩跳绳，或在院子里一架破旧的货车旁边玩捉迷藏。没人知道那架旧货车为什么会在那儿，但它是她们玩吵闹的捉人游戏时最喜欢的地标，直到恼怒的邻居从窗口探出头朝她们大叫，或者朝她们泼水，而她们却笑得喘不过气来。

她们平时也会见面。放学后身穿校服的她们兴高采烈，会像一阵风一样呼啸着回家，通常她们会聚在拉比诺维茨家宽大而温暖的公寓里。莎拉很得她朋友的哥哥们的喜爱，这些男孩子长相英俊，受过良好的教育，而且很殷勤，他们不需要谁来鼓励，就会主动对他们妹妹最漂亮最活泼的朋友示好。莎拉同时还是他们的小妹妹弗林卡最喜欢的人，她嚷着要和莎拉玩一局牌，如果这些年纪大点儿的女孩要进行私密的谈话的话，非得把这个小女孩赶出房间才行。

当波兰军队列队经过索斯诺维克时，她不顾母亲要她待在家里的恳求，而是让她的朋友们相信如果爬上二楼的小阳台，她们可以以一个极好的角度观看军队的行进。结果阳台垮了下来，伤着了几个人。她和其他女孩子倒是毫发未伤；没人知道她们差点因为她的好奇而要付出高昂的代价。

不过这些游戏渐渐开始改变了，虽然莎拉还是个假小子，空气中已经有了浪漫的气息。她会把她的朋友们拉到索斯诺维克的年轻人经常在下午聚集闲逛的街上。男孩们在一边，女孩们在另一边，他们的交流仅限于用力点点头或生硬的、客气的问候。莎拉已经开始吸引男孩们的注意力，她的五官很精致，身材也具有女人味了，一头浓密的头发不再像小时候那样用辫子束缚起来。她落落大方的气质和体态无不显示着她良好的家庭教养。虽说婚姻还是很遥远的事情，人们已经开始考虑给她找户人家的可能性了，这是他们社区里年轻女子通常要经历的过程。她的母亲哀叹知书达理而且愿意不要嫁妆就娶回新娘的年轻人越来越少了，在现在时局不稳的情况下尤为如此。可是媒人真正上门的时候，莎拉却爬出窗户，跑到屋顶上生闷气去了。她可不愿意和她母亲一样，遵照犹太法律嫁给自己的姐夫。她也不愿意像布利玛一样已经根据媒人的安排在指定的公共场所与合适的年轻人见面了。布利玛从未想过她的妹妹和妹妹的朋友们居然会在她和一个可能的求婚者漫步、谈话时偷看他们。想想看吧，每个人都知道你在什么地方，和谁在谈恋爱！莎拉想自己找到自己的丈夫。

处身于 1940 年奇特而前所未有的环境下，莎拉追求着冒险和自由。即使是纳粹劳动营这样的未知世界看上去也是可以接受的。

她也坚定了取代瑞泽尔去劳动营的决心。她的工资可以帮到家里，她的姐姐们可以和爸妈过上平静的生活，而她则可以得到她苦苦寻找的改变生活的机会。

父母亲也在权衡利弊。只不过是六个星期，信上是这么说的。他们也知道他们最小的孩子身上有一种不安分的因素。她的姐姐们在她们的宗教社区狭小的圈子里长大，而莎拉不一样，作为一个清贫的希伯来语教师和他疲惫而焦虑的妻子最小的女儿的种种限制让她烦躁不安。她的将来会是怎样？她会摆脱这种叛逆心理，安心做一个贤妻良母吗？她正在反抗他们的生活方式。家里的贫穷对其他成员来说不过是不大方便而已，对她来说却是简陋不堪，束手束脚。

约瑟夫·冈卡兹觉得这些事情几个月前就解决了，那时他不允许她和唯一一个未成家的儿子赫什·雷布同去俄罗斯。赫什·雷布一直在参加秘密的政治会议，这不仅会让他的父亲大发雷霆，也会惹恼纳粹。像索斯诺维克其他虔诚的犹太人一样，拉比·冈卡兹对任何激进的思想都持排斥态度，不管此种意识形态的根源是世俗的、共产主义的，还是犹太复国主义的。现在他的儿子称他是个共产主义者，而且威胁说要带他的妹妹和他一块儿逃走。更糟糕的是，赫什·雷布警告他的父亲，说他们应该全都离开波兰。

莎拉并不在乎她哥哥的政治思想，她也不害怕他的未来灾难的言论；她看见的只是具有诱惑力的可以改变生活的可能性。于是她和赫什·雷布一起发起了争取她的自由的运动。

约瑟夫·冈卡兹却不买账。确实有人逃走了，没错，可是去哪呢？出了索斯诺维克，他们就没有办法了，熟人也很少。他们连护照也没有，而且赫什·雷布能否把自己偷渡到俄罗斯去都是个很大的疑问，更别说把未成年的妹妹弄过去了。近一千年以来，冈卡兹家族一直在波兰，在犹太思想、文化和宗教生活的中心居住。相对而言，他们能与波兰邻居和平相处。虽然与华沙或罗兹（Lodz）这样的大城市相比，两万八千名犹太人在人口为十三万的索斯诺维克里只是一个更小的少数团体，他们这里却是个繁荣的社区。索斯诺维克有犹太银行、商业机构、医院、孤儿院和学校。附近的贝德津（Bedzin）市也有个同等规模的犹太社区。七个活下来的孩子，除一个外，其他都住在索斯诺维克。布利玛已经放弃了去巴勒斯坦的计划，接下来就是她在社区里结婚、成家了。莎拉最好还是留了下来，希望一切都好吧。

赫什·雷布一个人走了。他们后来收到了他发来的一封盖着俄罗斯邮戳的明信片，然后就杳无音信了。

赫什·雷布的离去和被占领后严峻的现实没有改变她父母的看法。可是现在长老会的信来了。

突然之间，空气中充满了前途未卜的气息。无论他们怎么选择，都会面临很多危险。如果他们不服从信件中的命令，他们可能被捕，或者失去他们的配给卡。如果莎拉留在家里，她可能会面临其他的威胁。以前追着卖冰淇淋的少女的警察现在更可能会穿着党卫军制服，手里拿着手枪。而年轻的女孩不再骄傲地走在她父亲的身旁。她会每晚都冒着危险，奔跑在楼房顶上，同时要躲避纳粹狙击手的子弹，为的就是能在早上第一个出现在面包店前。她大胆的恶作剧让她的朋友们兴奋不已，却也让自己的父母担惊受怕。

决定已做好了：她决心前往劳动营，他们也不会阻拦。总得有人出现在火车站那儿——他们一致觉得莎拉是最好的选择。

在此一年之前，1939 年 9 月的一个晚上，索斯诺维克城外不远第一次传来了沉重的炮火声。

索斯诺维克离德国的边境只有一天的行军路程，而且是通往战略要地、波兰煤炭工业中心上西里西亚东部的门户。9 月 4 日德国人从各个方向进入了这个城市，他们骑着摩托车来、坐着火车来、开着坦克和装甲车来，他们行进在大街上，枪口指着两旁的楼房。党卫军部队紧随着德军士兵进城，任意逮捕人，当场枪杀人。数十间店铺遭到抢掠。成百上千的犹太人被迫集中在菜市场那里，目睹着大会堂以及其他两个小点的会堂被夷为平地。

德国人对索斯诺维克附近富含煤炭和铁的土地觊觎已久，而且想当然地认为是属于他们的。当国际联盟（League of Nations）于1920年决定上西里西亚东部，也被称为扎格仁比（Zaglembie）的地区为波兰领土时，德国人认为这是莫大的侮辱。他们很快把这个地区和其他几个选定的区域兼并到他们的大德意志帝国。波兰有一大块领土成为了一个分立的纳粹行政区，也被称为大政府（General Government），而波兰其他领土，以及超过一百万的犹太人处于俄罗斯的控制之下，这与当时希特勒和斯大林的秘密结盟一致。①

对波兰的侵略迅速而成功，但随着领土而来的是巨大而不受欢迎的平民人口。犹太人实在太多了。虽然希特勒最终会要求把他们全部清除，但当时的纳粹政府还没有完全准备好应付要么转移要么处死两百万人这个现实。在德国和奥地利，由于犹太人在纳粹长达六年的残酷压迫（这也导致了战争的爆发）下逃往了其他国家，那里的犹太人数目也在逐渐减少。但是现在边境都被封锁了。

纳粹政府考虑了各种方法。因为任何最终解决方法都需要大规模的疏散，他们开始了一项让人口集中的方案。士兵们有系统地把较小的波兰城镇和斯特托（shtetls，依地语，指犹太社区）的人疏散到城市地区，因为那里的铁路体系能让后来的驱逐计划更加省事。在大政府地区，犹太人被赶到被重重围住的犹太人区。

---

① 俄罗斯对波兰的占领是希特勒和斯大林秘密签订的互不侵略协议的结果，这个协议也被称作里宾特洛甫-莫洛托夫条约（Ribbentrop-Molotov Pact），于1939年8月23日在莫斯科签署。

不过索斯诺维克附近被兼并的地区则需要区别对待，那里丰富的自然资源和生产能力能让德国的战争经济保持强大。在紧邻德国的地方拥有一个庞大的而且有技术的劳动力大军不仅有实际的好处，而且在经济上也很受裨益。波兰的犹太人并不富裕：战前奥地利和德国的八十万犹太人拥有的财产比波兰的三百万犹太人还多。不过作为奴隶的话，他们的价值可是很高的。

纳粹的企业家和军队专家采用了不同的策略成功地证明了这一点。当在波兰其他地方的犹太人住在重兵把守的犹太人区时，纳粹在其兼并的地区却采取了例外的做法。这些犹太人会在城市里集中起来，但并不是赶到犹太人区里——至少目前不是。

在1941年春天，奥斯威辛镇（Oswiecim）的五千名犹太人在被驱逐几小时之前得到了通知。奥斯威辛被选作一个主要的纳粹劳动营和工业联合体。作为被兼并地区的一个小镇，它符合了最重要的标准：良好的铁路联结以及靠近人口稠密地区，这样已经在建的大型工厂所需的奴隶劳力可以得到保证。但首先当地的犹太居民必须重新安置到附近的索斯诺维克市。由于犹太人被禁止乘坐火车，所以马车被用来运输奥斯威辛的老弱病幼，而其他人则步行，整个车队绵延数英里。

一夜之间，新的地图出现了。以前熟悉的波兰名称被德国化了。上西里西亚东部的邮戳变为了奥斯托博斯雷森（Ostoberschleisen）。索斯诺维克被重新命名为索斯诺维茨（Sosnowitz）。贝德津变成了本兹伯格（Bendsburg）。莎拉家所在的克拉塔加（Kollataja）街成为了奥德伯格斯特拉斯（Oderbergerstrasse）。奥斯威辛从此以后就是奥斯维辛。

纳粹们还在继续争论波兰犹太人的命运，这样造成的耽搁却带来了意想不到的获得财富和权力的机会。阿尔布莱切特·施梅尔特是个纳粹官员及前警察局长，摩西·梅林（Moses Merin）则是个少有人知的犹太政客。他俩很快成为了非正式的合作伙伴，在十三万名犹太人——包括莎拉和她的家人——的生命中扮演了重要的角色。

施梅尔特是一战老兵，于1930年加入了纳粹，很快便平步青云。身材中等的他，在纳粹入党申请中被形容为长相"ostisch"或"东方化"，不过无论是他黝黑而平凡的面貌还是他未曾受过正规教育这件事都没有影响他的政治生涯。很快，施梅尔特先是成为普鲁士议会的地方代表，然后是政府议员，接着成了德国国会的成员。1934年他被任命为地区警察总长，1939年他加入了党卫军，很快便爬到了党卫军准将的位置。

因为施梅尔特对被兼并地区当地的政治和社会情况很熟悉，他被党卫军头子海因里希·希姆莱（Heinrich Himmler）亲自挑选为"帝国党卫军元首在上西里西亚地区外国劳力雇用之特别代表"。在1940年10月正式被任命后，施梅尔特强势上任，在索斯诺维克建立了总部而且制订计划，创造了后来被称为施梅尔特组织的劳动营体系。

施梅尔特建造的第一批劳动营主要是用来完成他的主子希姆莱承建的大型建筑项目，其中最主要的是"元首之路"。希特勒本人为一条现代公路破土，宣称高速公路（Autobahn）代表了他的帝国：这是德国对雅典卫城或中国的长城的回应。战争让这条公路的完工显得特别紧迫，因为需要它来运送卡车、坦克和军队。刚开始的时候只有德国人才有成为建筑工人的特权，但是随着越来越多的德国人被征入伍或找到了更好的工作，其他来源的劳动力就显得非常必要了。为了按时完成项目，施梅尔特征用了成千上万年轻强壮的犹太男子，同时还让犹太女子在办公室、厨房和洗衣房工作。

德国的杰帕斯多夫是第一批被选作劳动营的城镇之一，它位于公路沿线，地理位置具有战略意义，同时离索斯诺维克和贝德津的大量犹太人口也很近。选择杰帕斯多夫对施梅尔特本人而言也有情感的因素，因为18世纪中叶时他的家族就是在那里安的家。

施梅尔特最初大规模调度劳动力的尝试拖泥带水而且缺乏效率，

于是他想在犹太社区里面寻找同盟。摩西·梅林，三十七岁，瘦小精干，犹太复国主义者，同时是个小官员，不过名声不是太好，因为他离了婚，不仅好赌，而且是个有野心的投机分子，总是寻找着给人放贷或人情的机会。此前他主动提出去进行谈判以释放被绑架或囚禁的重要犹太人物。这件事给纳粹留下了深刻印象。虽然梅林不说德语，他却成功地从被吓坏的家庭里筹到了一大笔赎金，而且通过他十分信任的、德语流利的助手费妮·兹阿那夫人（Mrs. Fani Czarna）在犹太人和德国人之间巧妙地斡旋。作为对他的努力的回报，纳粹任命他为新成立的犹太长老会，即 Judenrat 的负责人。纳粹用这个长老会取代了战前犹太社区的自治组织，类似的长老会在整个被占领的波兰相继成立。

在索斯诺维克，梅林给纳粹的政策和行为披上了一层犹太人的外衣。他的首要职责之一便是进行精确的犹太人口普查，根据性别、年龄和职业进行分类。城市里的墙上和商店里出现了用德语、波兰语和依地语写就的标志，要求所有的犹太人立即去长老会登记，同时威胁说如有人不去则将取消配给卡而且将对其进行控告。纳粹警告长老会的领导人说他们须对普查的结果负个人责任，如有差错，便会面临驱逐。普查结果产生了一个全面的能够为施梅尔特组织工作的适宜人员名单。

梅林的行政管理能力让人印象深刻，他就和他的纳粹主子一样专制、高效。普查提前完成。尽管还不为许多索斯诺维克的犹太人所知，而且也失去了他以前同事的信任，梅林仍很快巩固了自己的力量。很快，任何犹太社区里发生的重要事件无一不落入他的耳朵。

普查一结束，梅林和他的手下便开始把名单上的人和施梅尔特的劳动要求对号入座。付过长老会人头税的家庭可免去劳动营。而对其他要去劳动营的家庭，梅林许诺会有"金山银山"而且绝对安全。梅林的手下数的是人头，而不是具体的名字。很快，他们便有足够的志愿者来满足施梅尔特的配额了。其中大多数来自于索斯诺维克最穷的家庭。

梅林过于热忱地履行施梅尔特的命令，他至少提前四个星期就把第一批工人送到了德国。他们是晚上到达目的地的，却发现营地里只有一个标志而已；没有水，没有设备，用做营房的木头建筑仍在建造中。梅林不敢再提起这段运送经历，因为这样会把其他志愿者吓得不敢来。男子们夜宿户外达数周之久。

梅林给了施梅尔特一份短名单，上面是将于1940年10月28日被遣送的人员，有几名女性在内，其中就有瑞泽尔·冈卡兹。但是动身去劳动营的却是莎拉。

离信上写好的出发日期只有三天了。每个人都被允许带一个小手提箱和一些钱。莎拉借了一个旧的皮制公文包，放她不多的个人物品。她没有钱可带。母亲在家里不停地哭，这三天似乎长得没有止境。

为了躲避母亲沉重的悲伤，莎拉和朋友们待在一块儿。她是唯一一个要走的。她的父母接到了长老会的命令，从未想过要断然拒绝履行命令，也从未考虑过借钱付所需的人头税的可能性。他们是不是应该考验一下长老会的意志力呢？被逮捕或失去配给卡的危险太恐怖了，让人想都不敢想。

她已经做了决定，想的只是往前看。

最后一夜她是和朋友们一起过的。她们计划把这一晚变得欢乐一些，而且各尽所能凑了一份临别的礼物：一顶温暖而且色彩丰富的羊毛帽，一条围巾，还有手套，以及一些零花钱。德国会很冷的，她们说，我们希望你在戴着这些的时候能想起我们。

几乎要到宵禁的时间了。她们第二天一早还会见面，一块儿走去火车站。

她们拥抱在一起。她被她最好的朋友们包围着，感受着她们的敬佩，她们和她一样相信将来会有无限的可能性。

1940年10月28日，莎拉很早就起来了。她把日记中几张空白页撕了下来，折好，放在她已经打包好的衣服中间，然后把这本小小的平装笔记本和她最喜欢的衣服锁在唯一一个属于她的抽屉里。这件衣服是她自己设计并亲手缝好的，她很喜欢它明亮的珊瑚色，但又觉得它太浅了。于是她带了那件她哥哥赫什·雷布留下的结实的海军蓝衬衫。

睡在其他床垫上的人开始有了动静，然后就都醒了。整个房间忙碌起来，她的姐姐们和母亲很快地穿好衣服陪她去火车站。母亲穿着每天都穿的黑裙，细心地把头上的假发整理好。她的父亲不敢冒离开公寓的风险。他把她叫过去，紧紧地抱着他最小的女儿。他流着眼泪，为他的女儿祝福，为她的安全祈祷。

出人意料的是，瑞泽尔勉强开了个玩笑："记着我，我是那个丑点儿的，不过我也会是那个给你写信的。"

第二章

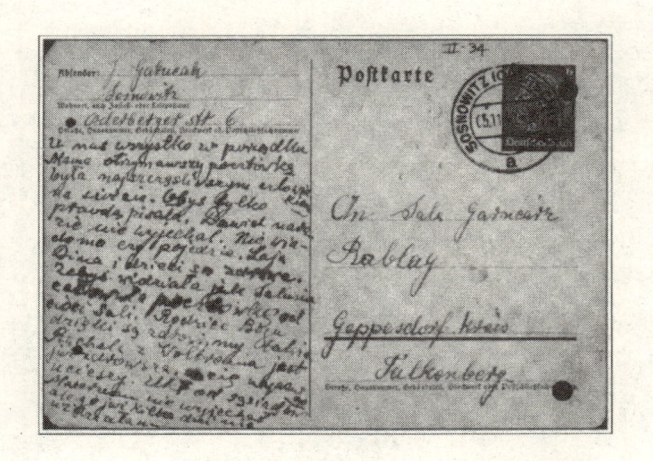

一个干净的犹太人

莎拉和母亲一道站在火车站的候车区。她以前坐过一次火车。那是个欢乐的一天，她和她的同学们兴高采烈地参加去克拉科夫的班级活动，火车站里充满了活泼的笑声。

而今天，巨大的火车站却衬托着她的不安，她周围尽是拥挤的人群，他们大都是年轻的男子，手里拿着小手提箱和包裹，在十月初的霜冻中跺着脚、往手里哈着气来取暖。人群中她只看见不多的几位女性。党卫军卫兵们叫喊着，推搡着人们，让他们排好队，队伍的前面是一张张桌子，官员们坐在那儿，桌上放着巨大的图表和名单。远处火车已在待命。莎拉的朋友一早就起来了，陪她来到了火车站，但她们站在一旁，让她和她母亲在一起。人群中起了争吵，有些胆子大的人和官员们争论，要求例外安排，把他们放在下一批，或者把他们和朋友放在一块儿。一个魁梧的犹太警察朝声音最大的一个走了过去，只见这位一转身就消失在了人群中。

轮到莎拉了。她往前走了一步，向一位官员表明了自己的身份。她尽量说着标准的波兰语，解释说她已经去斯克拉多瓦（Skladowa）登记过了。她来替代她姐姐瑞泽尔·冈卡兹。他打断了她的叙述，指着火车那儿一块上有手写体"杰帕斯多夫"的标志牌，牌子前已经排起了长长的队伍。

回到母亲的身边，莎拉紧紧地搂着她。她可以感觉到母亲在颤抖着开始哭出来了。

几步之外，一位女子看着这一对母女。几个大步后，她来到她们面前。她身材高挑挺直，歪戴着一顶毡帽，和她温暖的羊毛大衣很配。

帽子拉得很下，盖住了一只眼睛。她走近母亲，说她愿意帮忙，她的波兰口音轻快而且显示出良好的教育背景。"她是我的孩子，"查娜·冈卡兹用依地语啜泣着说，"我不知道她要去哪儿。"这位女子的眼神久久地停在莎拉身上。"我叫艾拉·格特纳，我会和她在一起，我会照顾她的，请不要担心。"她说道，声音柔和而让人感到抚慰。查娜的眼泪慢了下来；很不情愿地，她的手松开了。艾拉轻轻地分开了母女俩。这位个子高高的陌生人把胳膊给莎拉挽，她们一起朝火车走去，回头时，看见的是她的母亲独自伫立在那儿，一个身着黑衣的孤单人影。

莎拉的教育是从火车上开始的。从家里到劳动营坐火车只有几小时的路，但火车经常停下来，而且每一站都会挂上更多的、满载年轻男女的车厢。莎拉和艾拉挤在一起，和她的新伙伴说着悄悄话，交流着家族的历史。艾拉试着说依地语，惹得莎拉哈哈大笑。莎拉则开始模仿艾拉优雅的波兰口音，心里感叹是什么样的好运让她们在火车站相识。

艾拉和火车上其他的女性——甚至和她所认识的任何人都不一样。虽然她们居住的地方只相隔几英里，艾拉就好像住在另一个大陆上，而不是相邻的贝德津市。贝德津虽说比索斯诺维克要小，它的犹太人口在比例上却更大，而且拥有全波兰不多的犹太副市长之一，同时还有一个由犹太企业家、商人和专业人士组成的有权有势、生活富足的犹太社区。艾拉的父母让他们的三个孩子从小就享受着教育、文化和旅游带来的好处。艾拉精通德语和波兰语，而且饱读诗书，她原本在权衡着几个职业选择，只不过战争打断了所有的计划。

对格特纳一家来说，身为犹太人只是个事后的想法，不过每年给会堂慷慨地捐赠一次，以及例行地参加新年的宗教仪式而已。骄傲而完全融入了波兰的格特纳一家是九个世纪以来犹太人在波兰生活的一块界标，而冈卡兹一家则是另一块。

和像艾拉一样的人在一起时该有怎样的言谈举止，莎拉几乎没有什么概念。直到今天，宗教支配了她日常生活中的各个方面：住哪儿，穿什么，吃什么，在什么地方工作。在家里的话，她们可能永远不会见面，永远不会成为朋友。但现在她们却突然变得亲密起来，这一点已通过艾拉对她母亲主动的承诺得到了认可，而且因为她们要共同度过接下来的六个星期而显得在情理之中。

火车出站后，莎拉开始记她的日记了。

1940年10月28日，周一

从离开索斯诺维克的时候开始。

早上七点钟，我们都来到了斯克拉多瓦街。我们的名字被检查好后，我们去了火车站，在那儿我们一直等到十一点。亲爱的姐妹们！

我怎么形容这段等待的时间呢？我是不是在做梦呢？是的，我一直在做梦，从早上五点钟开始，一直到来到指定地点我都在做梦。六点钟，萨腊·拉比诺维茨第一个到达，我可爱的朋友。到了七点钟，你们都来了，我所有亲爱的朋友们：萨腊、古希亚、贝拉、苍西亚，还有赫拉。

我最亲爱的！如果你们能看见我内心深处的话，你们将会看到我是多么绝望；可我仍尽全力保持脸上的笑容，虽然我的双眼已经充满了泪水。即使心在碎裂，我们也必须勇敢地、无畏地前行。

我和我深爱的老父亲说了再见。亲爱的父亲，你会很想念你的莎拉吗？我这个令人无法忍受的女儿？我的父亲哭了……我们告别的时候他真的哭了。继续前行。在我所有的好朋友的陪伴下，我们出发了。去哪儿呢？为什么要去呢？只有将来才知道……

最最亲爱的母亲，直到现在我才提到你。我没有在看你，可是我的心里都是你。你恳求我，你哀求我，几乎朝我大叫——可我还是要做我想做的。现在说再见是多么痛苦；我能对你说什么呢？能给你怎样的祝愿呢？

我什么都没说。我没有给你任何祝愿，没有向你要任何东西。可我还是忍不住看着你，母亲，因为我感到我身体里有什么东西在撕裂、在疼痛。又一个吻，又一个拥抱，我的母亲不愿让我走。让它结束吧，这是折磨啊。接着我向我的姐姐们说了再见。

我走到队伍中，环顾四周，我看见萨腊和古希亚，我忠诚的朋友们，她们站在远处，因为她们不允许靠近。这里除了我的母亲和姐姐们，所有的人，所有的一切都是那么的陌生。

你们要我和谁一起离开？你们要把我送到谁的地方去？

亲爱的姐妹们！！！你们对我来说比我的姐姐们还更熟悉，可我现在却不得不离开你们，必须前往一个未知的世界。我还能再见到你们吗？萨腊，我明天不能在你家和（你的小妹）弗林卡一块玩牌了，这看起来可能吗？还有你的哥哥，你能相信他明天再见不到我了吗？我在想他是否会记得我，或者说起我。可我又有什么权力要求这些呢？

我们的车开始动了起来。再见各位；记得我，不过请别可怜我，因为没人逼我这么做。这是我自己要求的。上帝保佑我！

我现在和艾拉小姐在一起。一共有大约十四个女性，我们会试着让我们的兄弟们感觉不到他们生活中发生的变化。

她在杰帕斯多夫开始几天都是在忙忙碌碌中度过，因为她和其他女性都得为成百上千名劳力与德国人清洗打扫、准备食物。要学的东西太多了，她在第一天遇见的陌生人比她以往遇见的全部都要多。

日子很快就开始有了规律。男人们每天早上都被赶着去附近的建筑工地，女人们则留在营地里，被随机安排清洁或是厨房的活。艾拉除外，她在一间充当劳动营当局总部的办公室——"办事处"——里，工作是打字和翻译，以及准备信件和官方文件。

1940 年 10 月 29 日，星期二

我没怎么睡，很早就起来了。我看看四周；看来我在我的"新家"里已经度过一晚了。我冷得发抖，而且觉得头特别沉重。其他女孩也一个个在看着周围，并不着急起床。起来了！还有很多活等着我们干呢。有人在生炉子；炉顶被烧得好烫，现在我的精神振作起来了，可能事情都会好转起来吧。

艾拉小姐也在给我们打气，她是个多么好、多么勇敢的女孩。虽然她出生富贵之家，但同样能够没有抱怨地适应现在的环境；更难得的是，她还能给我们希望。我们的晚餐是大麦汤，一点都不好吃。不过，这也会过去的。到了晚上，我们分了双层床床位。太好了，有上铺和下铺。我想象得到睡在上铺是什么感觉。艾拉小姐和我预定了一个上铺。我们会和一个很活泼的女孩共用一个双层床，像所有的女孩一样，她喜欢胡思乱想。此外，房间里还有其他四个女孩。

今天晚上，我和艾拉小姐一块儿睡；多好啊。我很爱她。今天下午，他们在我们的房间里发食物券的时候，一个年长的犹太人走了过来，看起来十分虚弱和饥饿。他靠在炉子旁取暖。我们很同情他，问他从哪儿来；他把自己的苦难经历都讲给我们听了。他来自索斯诺维克，家有妻儿，都住在我们的社区里。本来他是允许留在家里的……可是有人坚持说他必须

去劳动营。可见即便在这儿也有人做这种邪恶的事情——针对谁呢？针对一个年老体衰的犹太人。做出这种事的人，你会遭到诅咒的，其他和你一样的人，也会遭诅咒的。

听了他的述说，我们哭了半个小时，艾拉抱着我，为他的命运，也为我们的命运感到难过。我们必须挺住，绝不能放弃。

在桌子旁我和我们年轻的德国办公室职员聊了一会儿。他看上去挺和气的，他告诉我他认识我哥哥（莫什·戴维）。我喜欢听他说话，因为我很喜欢德语，而且，他是个和蔼的人。我们把床收拾好后，开始打扫卫生，我帮忙洗了碗，还刨了土豆皮。还有——我帮一个士兵补了手套，而且为此我还不得不接受了一点报酬，虽然我不同意……

艾拉信守了她在火车站做的承诺。她们在刚建好的木头营房里一块儿睡觉，狭小的床上，艾拉躺在她身旁，就像在家里的草编床垫上她母亲躺在她身边一样。寒冷的夜晚艾拉在她耳边低语着鼓励她的话和建议，这让她心里充满了感激。

越来越多的男子来到了劳动营。在新来者中，她发现了家里来的一些亲戚和朋友，其中有她表姐罗西亚的未婚夫雷布以及罗西亚的弟弟亚布朗。

1940年10月30日，星期三

昨晚我们睡得很好。稍微收拾了一下，抖了抖毯子后，我们吃早餐了。有一个女孩带了些立陶宛奶酪，而且和我们一起分享了。我们还吃了面包和黄油——很棒的早餐。晚上我们吃了白菜汤，味道也不错。很偶然的我发现雷布，我在奥尔库斯茨（Olkusz）的表姐的男朋友，也在这儿的人群中。

我去找到了他。晚上我和他说话时，他难过地告诉我他在想象罗西亚哭的样子。他是一个多好的人，身强力壮，但他的脸泄露了他不大的年龄。他真的很爱我的表姐。是的，罗西亚，你应该为他感到骄傲。大家都喜欢他；我会尽力帮助他，因为他是我将来的表姐夫……

同时今天晚上艾拉和我给了他一张明信片，让他寄回家，我们希望它能够到家。要知道，我们被禁止给任何人写信，而家里所有的人都担心得快疯了，他们认为我们消失了。

我帮他洗了袜子，烘干了鞋；可怜的家伙感冒了，不过他还是去干活了。有人告诉他明天他可以休息，如果是真的话，我会为他高兴的。

今天我担心的事情很多。我们的老板星期四放了雷布一马，但现在看来情况却不妙。德国当局来查了工人数目，发现有九个没来。这是他们不能容忍的事情，于是这九个人被关在一间单独的房间里，然后被送去干活了。

而且，在睡觉前，整个劳动营被召集在一起。声音沙哑的老板要求我们不要让他为难，他履行职责已经够难了。

男人严禁去劳动营的女性区。如有违背，严惩不贷。同时我们也被禁止和他们接触。对我们来说倒不是那么糟糕，但对男人来说却有点困难。也许这样更好吧。

莎拉的日记记录了这一周每天要做的事情。到了她离开家后第一个星期五的时候，孤独感降临了。

1940年11月1日，星期五

今天一天没有什么特别，只不过我们被分到另一个房间去了。这对我来说是个不愉快的改变，因为我们四人希望能一起待在我们的小房间里。不过，说到底，这不是我们说了算的。我们还得去习惯更多陌生人的面孔。我同时还担心我会在哪儿睡觉，因为就在我穿衣服的时候，双层床就搭好了，没地方能让我和亲爱的艾拉在一起了。我只能同意睡艾拉下面的床位，不过到现在为止，我还没在下面睡过，因为艾拉总能在她身边找到让可怜的我躺下的位置。她总能接受我。

传统的星期五晚上来了，该是一家人在一起的时间，该是让家人的亲密振奋自己灵魂的时间了。可是这一天我却离家里那么远，我忽然意识到我所在的位置，我明白无论今天是不是星期五，我都不能和你们大家在一张桌子旁吃饭，不能听到亲爱的父亲说 Kiddush①。不，我不能和你们在一起，因为我在劳动营的一个营房里！

我心里有什么东西被触动了，可是这里没有人在我身边，但愿艾拉能早点从办公室回来。可是我的脑海里都是你们；你们能感觉到我在你们身边吗？我像一个疯子一样走来走去，因为没有人能分担我的痛楚，没有人能给我安慰，我伤心地哭，感觉呼吸困难，这里让人窒息。我从未如此强烈地思念你们，亲爱的爸妈，还有心爱的朋友们！今天祈祷的时候，我不在你们身旁，我没有听见你们的兄弟们祈祷。哦，我最亲爱的人们！那时候你们记着我吗？相聚的时候我一定会问你们的。

艾拉刚刚回来；我觉得宽慰了许多。你们相信吗，我不能告诉她我所有的感受？我宁愿写下来，因为我不知道该怎么谈论这些感情上的事。不管怎样，她在我身边对我来说是好事，因为这能帮助我在杰帕斯多夫入睡，而在心里我却和

---

① 为安息日晚餐开始时喝酒的祝福语。

你们在一起。

虽然她还不能完全向艾拉吐露心声，和她在一起莎拉却感到安慰，而且愿意得到她的夸奖。她很为自己是作为艾拉选定的伴侣而自豪，尤其是在艾拉坚定的性格和智慧赢得了其他女孩的敬佩时。不过她却担心自己的缺乏经验会最终让她这个重要的新朋友疏远她。

星期六

醒来的时候我以为自己喝醉了。你们知道为什么吗？因为一周前的今天，我真的醉了，因为星期五我喝了啤酒。你们为了我的健康而干杯，而且希望我能留在家里，但是我是个顽固的女孩，不是吗？我必须承认我有点醉醺醺，但这种事情不会发生了。今天到十二点我们就不用干活了。

发生了一件新鲜事。我坐在我的床上写东西的时候，一个突击队①士兵进来了，他说："拿好大衣，我们去看电影。"我很惊奇，以为他在说笑。但是，命令就是命令，所以我穿上大衣，戴好贝雷帽和其他两人一块儿出去了。他把我们带到办公室，我们帮他打扫了一下。他们对我们很好，还给了我们一些啤酒喝。虽然天很冷，啤酒却让我们暖和起来了。接着我们就回到我们住的地方，给我们的男孩子们带回了一些香烟。

星期天

今天是我们的节日。从一大早就开始闹起来了，这也可以理解，每个人都想超过对方。虽说这应当是我们的节日，

---

① 即 SA，Sturmabteilung，为纳粹的准军事组织，最终在影响上输给了党卫军。

我自己倒不觉得有多高兴。我（和另一个女孩）开始打扫了：我们铺好了所有的床，还洗了地板。不幸的是，艾拉连今天都没有空，因为办公室里有事情要做。

下午的时候我的良心有些不安，因为就在艾拉在办公室工作的时候，我做了一件愚蠢的事。音乐在放着，所以我就和一个女孩子跳起舞来。后来她请了一个男孩来跳，我很快就停了下来，很快大家聚到了我们的房间门口。忽然艾拉出现了，迈着稳稳的、矫健的步伐走了进来，大家也走了过来。每个人都很尊重而且注意她，这让我十分骄傲，但现在我却觉得很内疚，因为我伤害了她。我会因此而失去她吗？这对我将是多大的打击啊。睡觉的时候，我在她身边，重新感觉到了甜蜜和幸福。我们的谈话回到了我们经常谈论的话题。我告诉她我的疑惑，我想看、想体验一切的愿望。我提到了关于自己的很多东西，这样她就可以理解而且原谅我今天的行为。我想她已经理解而且原谅我了。她是多么好的人，多么坚强……能和我的阿露齐娜①在一起是多么美好，多美好啊。

作为劳动营里最年轻的女孩之一，而且是艾拉的保护对象，莎拉成为精英的"杰帕斯多夫人"的宠儿。这帮人由克罗仁伯格（Kronenberg）领头，他是一个很精干的索斯诺维克人，由德国人任命为劳动营的犹太长老。随着劳动营网络的日益扩大，有几个同胞已被转移到其他劳动营去了。莎拉担心她会和艾拉分开，克罗仁伯格则帮了忙，让她俩在一起。不过，雷布被转到另外一个劳动营去了，他俩关于他对她表姐感情的谈话再也没法进行下去了，而这种谈话曾给她带来许多特别的温馨。

---

① Aluchna，莎拉对艾拉的爱称。——译者注

星期一

晚上那个突击队士兵来了，他看见桌上一本德语和波兰语对照的语法书，便开始读波兰语那部分，这让我哈哈大笑。后来晚些时候，我和雷布出去散步，他告诉了我更多的关于他和罗西亚的事。我们握了握手，以表友谊。这个男孩受了那么多苦，为了和罗西亚在一起，他不得不和自己的父母吵架，正当他父母准备同意他的婚事的时候，这个新的不幸降临到每个人头上。哦，他对未来的梦想是多么美好！罗西亚，罗西亚，你应该知道，即便在晚上他也不断重复你的名字；他谈话的主题离不开你。罗西亚，你应该感到多么幸福啊！

晚上在双层床的时候，艾拉把她写给家里的信念给我听了，信里她提到了我，这让我非常高兴。

世界正在呻吟，生活一塌糊涂，要哀叹的事太多了。我目睹着人们的不幸和痛苦，以及发生在他们身上的不公，这会让人感到奇怪吗？世界正在抱怨，我们周围一片空虚。风凶猛地刮着，你会给我们带来什么呢——你这疯子？是好天气还是坏天气？是一片安宁还是一堆混乱？

到了干活的时间了。艾拉去办公室了，风大了起来，变得更加悲伤。大家都乱哄哄地跑到广场或屋顶上去把东西固定好。恐慌开始蔓延，大家都很害怕，有些女孩子还哭了起来。我们有病人需要抚慰。

又有六个女性要走了。我会是其中之一吗？艾拉向我跑来。"听着，有个办公室女孩也得走，如果是我，你要和我一起走。"事实上，我是不假思索就答应了。不过后来才清楚他们没有想把艾拉送走的意思，而克罗仁伯格也不想把我放在离开人员名单上。

小凯蒂，可怜的女孩儿，哭着不愿走；然而最终她还是要走。我为她感到抱歉，可怜的孩子。但这件事并没有完。第二天，又有六十个男性要离开，其中就有雷布。我感到非常难过。他恐怕找不到别人来谈论罗西亚了。临走的最后一刻，他被任命为"团队官员"，然后他就离去了。接下来的日子非常不愉快，不过一想到我还和艾拉在一起，也就不那么难熬了。

星期五

哦，又是星期五了。对待在这里的我来说这是多么可怕的一天。又一次，我的思绪回到了家里，又一次，我被绝望包围。亲爱的上帝啊，离开家的我是不是会永远被星期五折磨？

现在很安静了。所有的女孩子都睡了……

一直有车辆过来，带来了新的劳动力，带走了那些已经生病的人。梅林派来了他的代表费妮·兹阿那夫人（Mrs. Fani Czarna）以报告劳动营的情况。兹阿那夫人二十五岁，黑头发，黑眼睛，知名度几乎和梅林本人一样高。一个犹太长老会的代表造访劳动营，这是和家里的第一次联系。莎拉希望兹阿那夫人带去的几句话能让她的家人宽心。

那个突击队士兵指着我说，这个女孩是干净的，他看起来似乎对此很开心。费妮·兹阿那看着我，问了我的家庭住址，于是我请她转告我的家人一切皆好。她和我说再见的时候，握了握我的手。他们走了。

下午的时候有一个小小的打击：一百二十名工人将被转移出去。大家都很担心亲戚或朋友中有人会被送走。

看看我们，筋疲力尽，

心里在流着血。

我们年迈的父母身在何方？
谁的生活正在受着毒害？
让这一切足以
使您减轻我们的重负，
让我们希望而且肯定
很快我们的父母家人会和我们重逢。
这就是我们的希望。

在杰帕斯多夫最痛苦的就是与家人分离。冷冰冰的、拥挤的营房，粗糙的地板，硬而窄的双层床，少得可怜的食物配额，还有粗陋的厕所让一些女孩觉得震惊。但对莎拉而言，她从未享受过奢华，所以也不会因为失去它而痛苦。让她痛苦地盼望的是克拉塔加街上另外的一些财富：亲爱的父母和姐妹，她的朋友们，她的自由。

没有任何的邮件或包裹；也许现在离邮件到达劳动营还早着呢。她从家里带了一些明信片，一有机会就写一张，而且是按照规定用德语写的。这些卡片随后被送到办事处的办公室去盖邮戳、打孔，而且应该受到了审查。她向往着看见瑞泽尔熟悉的字迹，得到家里的消息。

男性营房的情况比女性营房的情况糟糕得多。每天一大早就是点名。监工们为承建这边公路的德国摩尔与梅西斯公司（Moll & Mathies）安排工人的时候，男人们排着队，有时一站就是几个小时。在武装警卫和德国牧羊犬的陪同下，他们被遣送到建筑工地上。有些人负责路面、搬石头、清理瓦砾，有些人则要挖黏土，把它装在推车上。其他人做着铁路延伸和升级的工作。最健壮的人要举起钢梁，让其他人到下面去，然后一起抬到指定的地点去，就像一群抬棺者一样。伴随着铁器敲击的哐当声的是警犬不停的狂吠以及它们德国主人的大叫，这些人站在那儿，手里拿着粗粗的棍棒，如果劳工们干活的节奏稍慢了下来，这些棍棒就会落在他们的头上和肩膀上。下雨天的时候，劳工们站在没过脚踝甚至更深的水里达数小时，铲着沉重的泥浆。他们的鞋子和衣服很快就又破又烂了。

整天在冰冷的土里或渗着水的泥浆里挖着，赤手拖着很重的铁制支座，而胃里只有一杯微温的褐色的水，冷的、加太多水的萝卜汤或者晚上偶尔的一块面包——无怪乎他们中许多人在晚上点名的时候看上去虚弱得站都站不稳了。病了的人被带走了，再也没有回来。

除了犹太长老克罗仁伯格外，囚犯的精英组织里还包括英俊的内科医生沃尔夫·雷特那（Wolf Leitner）；查姆·考夫曼（Chaim Kaufman），他是个裁缝，个子高高的，很文静，在劳动营里是鞋匠的身份；伯纳德·霍尔茨（Bernhard Holtz），年轻聪明的大学生；还有霍克罗·戴特纳（Hokilo Dattner），一个很有运动细胞的全能人物，因展示了木匠活的能力——同时还因为他在由警卫组织的拳击赛中全胜的战绩而颇受欢迎。

随着越来越多的劳动营建立以及工人被转移，克罗仁伯格介入其中，让莎拉留在了杰帕斯多夫。他给了她一张他的照片，照片里是战前他坐在一条公园的长椅上，照片后面题着"给我的小管家"。他是她的一个保护者，但并不是唯一一个。查姆·考夫曼也密切关注着她。虽然害羞，但却十分执着，他希望有一天她能不只是个朋友，而与此同时，他维护着她的鞋子——这在劳动营这个世界里可是个不小的优势，因为这里的鞋子都是不可取代的。霍克罗像个大哥哥一样带着她在劳动营里走，确保杰帕斯多夫里最粗暴的德国人或犹太人都知道，她是受他保护的。他夸张地为自己毫无希望的痴情叹气，嘲讽着寻求她芳心的追求者们。他拿什么和赫尔·克罗仁伯格的监护人资格，或者帅气的雷特那医生的香烟，或者查姆·考夫曼的修鞋功夫比呢？

而她也确实需要这些警惕而深情的眼睛：当纳粹医生来到杰帕斯多夫寻找年轻女子进行外科实验时，是艾拉和雷特那医生把她藏在临时代用的手术室里。并不是劳动营里每个女子都有这样的好运气。

第二章 | 一个干净的犹太人

办事处宣布劳动营需要一个为德国军官服务的女裁缝。莎拉主动报了名,和萝卜、土豆说再见她心里并不感到遗憾。很快她轻盈的身影就总是出现在军官居住区和办事处,拖着要缝补或清洗的衣服。一如那位突击队士兵预言的那样,纳粹们接受了她,认为她是"干净的犹太人"。不过,由于担心被其他劳工污染,他们禁止她补或洗犹太人的衣服。有一点是真的,莎拉一直刻意避免沾上劳动营里的污秽,有时她会等到深夜去用女性营房里唯一的水龙头。自从她来到这里,她一直藏着一片肥皂。不过让他们认可她的原因还有她"姣好的面容",她浅色的眼睛,以及高高的颧骨。

一天晚上她提着一篮衣服离开办事处的时候,她被劳动营的最高长官拉格福勒·埃克曼(Lagerfuhrer Ackerman)拦住了。刚刚度完蜜月回到杰帕斯多夫的他被认为是施梅尔特官员中一颗冉冉升起的星星。他对男性劳工的残暴已是广为人知。最近作为对一次越狱企图的报复,他在一个寒冷的晚上点了大半夜的名。他命令劳工们用冰冷的水浇在自己身上,然后排好队,让警卫们用橡皮水管任意抽打他们。接着埃克曼迫使这些衣着单薄、全身湿透的劳工们在霜冻的空气中围着圈齐步走而且要唱着歌,如此折腾达一个小时方可返回他们的营房。

现在埃克曼用鞭子指着莎拉,命令她回办事处去取他蜜月中换下来的衣服。虽然为他个人服务的想法让人不寒而栗,但他的命令是不能质疑的。在埃克曼助手的指引下,她拿到了一个装满脏衣服的大箱子,沉重的分量让她脚步踉跄,她被带到了一个军官专用的小房间。她还没反应过来门就被砰的一声关上,而且从外面锁上了。整整三天三夜,她在堆积如山的衣服堆里干活,直到每件衣服都精心洗净、补好、熨平、折齐。食物会不定期地给她送来,吃好的盘子很快就拿走了,生怕它们会碰到衣服。同样不定期地会有人带她去女性营房后面的厕所,然后再回到孤零零、不通风的房间,门被关上,锁好。她正做的事情虽让她觉得恶心,她却不能抗拒触摸埃克曼新娘华贵的嫁妆

045

给她带来的一些快乐：用花边装饰、绣着精致的字母组合的纯亚麻布床单，手工缝制的丝绸内衣像瀑布一样从她手上滑过。

埃克曼的助手重新出现时，莎拉正在那一箱子衣服旁边轻轻地打盹，这些衣服全都受到了完美的服务。他拍拍她的肩膀，命令她离开。

第一批邮件在莎拉来到劳动营两个星期后抵达了。每张明信片、每封信都被打过孔而且被放在一个特殊的活页夹里。邮递员的工作是克罗仁伯格作为犹太长老不多的愉快的责任之一。对莎拉而言，瑞泽尔的笔迹在她心里释放了一阵极大的快乐。布利玛和她父母都不能用波兰语或德语写字；不过，她仍能想象得到他们七嘴八舌地问问题，要瑞泽尔写这写那，好像他们能通过这张纸片触摸到她，把她拽到怀里似的。

索斯诺维克
1940 年 11 月 4 日

亲爱的妹妹：

收到你的明信片我们非常开心，你一定可以想象得到。但是莎拉，你别以为我们收到你的明信片就可以停止担心了——绝不会的，因为关于你自己你写得太少了。写得再详细一些。吃的怎么样？你吃什么？什么时候吃，你喜欢那里的食物吗？你要烧饭吗？尽可能多写信！晚上睡觉怎么安排的？你说你们有单独的床睡，有铺盖吗？你们有供暖吗？我们很迫切地想知道一切。亲爱的莎拉，我们当然想知道你的一切，不过难免会忘了该问什么，所以我们漏掉了什么你在信里一定要补上。

莎拉！我们还没有给你寄个包裹，因为时间不够。我们会寄的，可能是明天，只要我们知道该怎么寄……

我们一切都好……当母亲收到你的明信片时，她是世界上最幸福的人。希望你的信说的都是实情。现在，我们的姐夫戴维还在家里。我们不知道他是否会走。拉雅·蒂娜和孩子们身体都很健康。你应该看看萨露西亚是怎么亲吻莎拉阿姨寄来的明信片的。

瑞泽尔

看来现在连邮递员都知道她在那儿了。这张明信片清楚地表明是寄给杰帕斯多夫 RAB Lager（即 Reichsautobahn，或瑞斯奥托邦劳动营）的莎拉·冈卡兹。从瑞泽尔写的日期和邮戳来看，这第一封邮件传递的速度惊人的快。莎拉的第一封信到达索斯诺维克花了一个星期不到的时间，在那儿她的信被转到长老会的邮政局，然后再投递到她家的那栋楼。

瑞泽尔是用波兰语写的信，这让莎拉觉得欣喜，也让她意想不到。这封信的语气轻快乐观，但是不是勉强的呢？明信片上每个空白处都写满了字，有些是倒过来的，有些是以某个角度写的，每个角落里都写着额外的短语，但为了节省地方，所有的字都非常整洁、紧凑。

她可以想象她的第一封信到达家里的场景。她的姐姐会大声地读她写的语句，一遍，两遍，甚至可能三遍，有点困难地把莎拉用德语吃力写成的信翻译成依地语。缝纫机上的活会稍微停下来一会儿，她的母亲会欣慰地流泪，她的宝贝平安抵达而且终于能够写信回家，虽然用的是一门不熟悉的语言。她的父亲会仔细听着，捋着胡须，思索着把他最小的女儿吞没的黑暗而无法预知的局势。萨露西亚，他的外孙女，会坐在她外公的膝盖上，问着一个又一个关于莎拉阿姨的问题。

瑞泽尔提到了拉雅·蒂娜和她的家庭，这给莎拉带来了一阵特别的痛楚。拉雅是众姐妹中最具实干精神的，她做着制造毛线衫的生意，而且为此还买了一个昂贵的、可作商业生产的美国产辛格牌编织机。

她是按每月分期付款买下来的。莎拉非常喜欢看她操作这台复杂的机器，而且曾希望有一天能在她姐姐身边工作。

拉雅有一个优美的歌喉，星期五的晚上她的声音会在整个大楼里回荡。大家都喜欢听她歌唱，可是可怜的拉雅·蒂娜，邻居都啧啧摇头：一个天使般的声音，一个优秀的女商人，但是不美丽：她的一边脸上都是草莓状红斑。尽管邻居们对她并不看好，拉雅·蒂娜却嫁得很好，而且有两个漂亮的孩子，萨露西亚和莫尼耶克。在她丈夫戴维·科泽斯沃（David Krzesiwo）的帮助下，她扩大了她那利润丰厚的生意。科泽斯沃一家住在同一个院子邻街的一边，即克拉塔加街更繁华的那一部分，那里的公寓更大，有室内管道，而且有一个小阳台。拉雅·蒂娜每天都会来看她的父母和姐妹，她的孩子们特别喜欢莎拉阿姨。戴维·科泽斯沃已经收到了长老会派他去劳动营的命令，但是通过长时间的谈判他躲过去了。他继续冒着危险出现在街上，给顾客们送他和拉雅·蒂娜制成的毛衣。

莎拉亲了一下信，把它和她的日记还有藏在床下的其他物品，以及家里带来的东西等塞到她的小箱子里。

现在邮政联系算是建立了，她的朋友们和家人开始定期来信了。可是这样做能多久呢？

她的朋友雷吉娜是第二个来信的。

索斯诺维克
1940 年 11 月 11 日

亲爱的莎拉：

  终于收到了你的来信。我反复读着你的信，不停地从头开始读，因为我很难相信你离我们如此遥远。你把你的生活描述得太有美感了：你是个浪漫的人，也许那就是让你离我们这么远的原因吧。你在形容那栋小红房子时,说你愿意和……住在里面,那是多美的画面!!可是别担心:你知道那句谚语,一切都会有的(我应当相信这句话的)。抱歉,应该提醒他米克尔维茨(Mickiewicz)说的话:"对你欣赏到底有几分,只有失去你的人才知道。"(不过我肯定除了这个他不会有别的想法,一刻也不会)① 很显然,你应该有更好的生活。我听说你走了后,留下了好几颗破碎的心。

不说不认识的人了,说说我吧。我很愚蠢,我羡慕你,不知怎地我心神不定,只是不让自己崩溃。这里没什么新鲜事儿,谢谢上帝一切还好。我很高兴你找到了一个意气相投的人,我明白她(即艾拉)对你意味着什么。我心里一百次地祝你平安,祝愿你在人生新的道路上一切开心。从我内心深处我希望能看到你幸福,因为你值得得到幸福。心存希望吧!坚强点,记住人的一生会走各种各样的道路。祝福你的艾拉。我希望能和你在一起。

雷吉娜

雷吉娜的姐姐查娜在附言中说莎拉的信过了两个星期才到她们那里。由于担心她的信太长,查娜向看不见的审查官申诉说"他们应该只带这样一封沉重的信"。

瑞泽尔的来信还是用波兰语写的,她发现很难理解她妹妹信里的含义。"你写了信,"瑞泽尔感到奇怪,"但德语的信看起来真的不像你。"瑞泽尔对妹妹细流般的信件很失望。

---

① 引自亚当·米克尔维茨(1798—1855),波兰浪漫诗人、作家,为19世纪波兰最受欢迎的爱国诗人。

索斯诺维克

1940 年 11 月 11 日

亲爱的莎拉妹妹:

　　发生什么事了,为什么你不再写信了?我们在想你发生什么事了,都快想出病来了,我们想知道你身体是否还好,你是否在干活……同时,你为什么不给你的朋友们写信?她们就像一群无头的鸡一样走来走去。我们很难相信你曾经答应要写信,现在却没有音信了。

　　这里一切如常。记住只有一个上帝。

瑞泽尔

　　作为家里的通信员,瑞泽尔同时还负责给艾拉特别的问候。瑞泽尔用她最为正式的语言和笔迹给艾拉写了封德语的信:

索斯诺维克

1940 年 11 月 16 日

亲爱的莎拉:

　　请让艾拉读下面代表我们的父母和我们所有人的信:

亲爱的未知的艾拉小姐:

　　您可能觉得很奇怪,为什么一些完全陌生的人在给您写信。我们对您非常感激,谢谢您精心照顾和保护我们的妹妹和女儿。我们想对您说,您也是我们家庭中的一个成员。我们向您表达我们最真挚的问候和谢意。祝您健康、幸福!

瑞泽尔

由于与办事处的德国指挥官走得很近,这给艾拉带来了许多好处:更多的在劳动营的行动自由,军官饭桌上额外的食物,而且很快,她就获权搬到女性集体营房外的一间单独的房间里住。她争取到了另一张双层床,并邀请莎拉一道分享这狭小的私人空间之天堂。

但是艾拉对莎拉的眷顾并未能阻止瑞泽尔行使她作为姐姐的特权。她写信让她妹妹放心,他们一大家子都很好,但同时她也传达了严肃的信息。她有义务提醒妹妹她对家人、对朋友、对上帝的责任。

索斯诺维克

1940 年 11 月 26 日

亲爱的莎拉:

是的,我们确实收到了你的信,它给我们带来了多大的快乐!我是在社区办公室收到你的信的,我不停地哭着,却又不明白自己为什么会哭。

亲爱的莎拉,我们收到了你通过朋友们转来的问候。但梅林先生和费妮·兹阿那夫人并未转达你的问候。他们的做法让我们非常不舒服,因为你的来信里提到过我们应该能从他们那里得到你的问候。

亲爱的莎拉,你告诉我们你没有长袜。不幸的是,我们在这点上没法帮助你。不客气地说,布利玛她就完全没有长袜穿。想象一下吧!自从你走后,她就没有工作过。你现在可能知道是怎么回事了。我们非常难过,但我们能做什么呢?不过,我们估计社区办公室可能会给你寄一些袜子,只要你和他们写信就行。只要有可能,我们就会给你寄一些肥皂。现在,黄油已经没有了,糖偶尔还会有,但得有钱才行。

亲爱的莎拉,你想象不到我们在信中得知你有一个特别的房间,而且是和你的"艾琳卡"在一起时,我们是多么开心。最亲爱的莎拉，你有一个像你亲爱的艾拉一样的人监护你，我们非常高兴：没有言语能表达我们对她的感激之情。如果你允许的话，如果你不会为我们感到羞愧的话，我将会给她写一封长信。

亲爱的莎拉，如果有可能，请抓住机会学会打字，对你没坏处的。如果我有机会，我也会在这儿学打字的。你可能已经厌倦读我的信了吧，我的信没有你的有趣，你的信总是那么引人入胜，而且文体也是那么别致。

还有一件事，莎拉，你来信中说你已是一个不同的人了。真的，我们希望看见一个不同的你，而且你知道应该在哪方面不同。

差不多了！我还有什么可以跟你说呢？你知道，这里的情况总是一如往常。谢谢上帝，我们都很健康，而且如果我们能挣一点钱，没有烦恼，如果布利玛也能找到事情做的话，那么我们也许能给你一些帮助。我们都希望上帝没有抛弃我们，人不应该失去信念。

瑞泽尔

当几个星期过去了还没收到来自杰帕斯多夫的信时，瑞泽尔开始害怕了。为了防止她的一些波兰语信件被审查官们丢弃，之后她一直都用德语写信。

不论是什么原因耽搁了，她的更多来信的要求还是让莎拉很难过。

索斯诺维克
1941 年 1 月 6 日

最亲爱的莎拉！

我们的痛苦无以言表。你怎么可以这么长的时间忽视我们，不给我们写信呢？别人会以为你会试着写信，可是不是这样的！记住有上帝，记住要写信，不然我们会疯掉的。有好多天了，我们一直担心你身上可能发生的事情。你不会病了吧？不管怎样，请尽快给我们写信，因为我们已经疯掉了，担心得夜不能寐了。

莎拉！我必须再次警告你，莎拉，以我们亲爱的父母的名义，尤其是我们亲爱的母亲，她晚上总是哭个不停……

再一次，记住有上帝。赶快来信。

瑞泽尔

从家里带来的邮票和明信片莎拉早已用完了，克罗仁伯格又给了她一些。但即使她有一千张纸，她写的信也是不够的。瑞泽尔指责她倒是挺轻巧的，好像从一个管理严格的劳动营寄信就是桩简单的事情，在纸上写好，拦下邮递员，就跟以前家里一样。其实不然，寄信其实面临着数不清的危险：劳动营的审查官，索斯诺维克邮政局更多的审查官，一个反复无常的劳动营官员的某次心血来潮——他没收了她一张珍贵的明信片为的就是折磨她，或者规章制度上的改变，减少了每月邮件的定额。即使邮件抵达了索斯诺维克，它还可能消失在长老会办公室，或被一个粗心大意的邮递员给毁了。

她恳求多一些理解，但瑞泽尔毫不动摇。"如果你不写信，一切都会失去的。"她警告说。她们两人都应该努力消除年迈父母的痛苦，同时坚守她们的信念，她们再怎么努力地这样做也不为过。

瑞泽尔猜得没错：莎拉在尽可能多的寄信，通常是两个星期一封，但并非每封信都是寄给家里的。她决定把宝贵的邮件定额的一部分留给她的朋友们。她们同样渴望和她交流，但莎拉能容忍瑞泽尔几乎是无法让人忍受地提醒她父母悲惨的境地，并不是因为朋友们的缘故。

这是为了她自己的心智正常：她盼望能轻松地和她的朋友们交流，偶尔说些闲话和琐事，盼望听到她们愉快地叙述一些不相干的事情。她需要与她们通信。这是她和瑞泽尔通信的调剂之物，因为瑞泽尔的信总是能刺痛她一两下，给她留下一些内疚之情。

她最亲近的朋友们——就是十月份那些陪她去火车站的朋友——和莎拉家里走得很近，她们知道她们的存在能给她的父母些许的安慰。

索斯诺维克

1941年1月20日

亲爱的莎拉：

　　我们看到了你寄给你父母的明信片。你为什么不给我们写点什么呢？难道你没有收到我们的信吗？你那儿有什么新鲜事，你都在忙些什么？我们这旦没什么特别的，时间过得很快，就和平常一样。只不过我们都想你，我们很想看到你，想知道你今天是什么样子。我们很乐意去寄给你那张你想要的照片，我们已经和你父母说过了。我们所有人都拍了相片，但是等你回家看到我们的时候，你一定会笑个不停的，因为每个人拍得都很难看。

　　（查娜不会用德语写信，所以我代她问个好。）

萨腊、古希亚、贝拉、查娜

"写信告诉我们一切"她们这样要求，可是她无法向她们解释。首先因为她的词汇量有限，然后因为需要使用代码以逃过审查官的审查，所以信的内容受到了很大限制。为了增加信件通过审查的几率，她试着尽量不去抱怨食物或环境的脏乱，或者提到自己从没消失过的对被叫去办事处受罚的恐惧（有时是因为她不服从某个警卫的吩咐）。

她不再每天去打听回家的事了。劳动营里的劳工和纳粹官员的不断增加表明杰帕斯多夫劳动营越来越像永久性的了。如瑞泽尔所说，梅林和他的代表费妮·兹阿那拒绝和劳工家属见面，他们没有转达莎拉对她家人的问候，也懒得去劝慰她的家人，说她身体很好或不日就将回家。但瑞泽尔相信莎拉会回家，至少是暂时的："这该怎么解决，你可以给谁写信，才能休一次假？"

当整整一个月没有收到来信后，瑞泽尔开始急得要发狂了。

索斯诺维克
1941 年 1 月 12 日

尊敬的艾拉女士：

　　首先请您不要因为我冒昧打扰您而感到不快。然而我们知道您是我们亲爱的妹妹和女儿——莎拉·冈卡兹的朋友，所以才请求您帮一个大忙，或许这对您来说只是桩小事而已。

　　过去四个星期我们一直没有收到莎拉的来信，我们急得不知怎么办才好。也许您能告诉我们她的一些情况。直接给她写信没什么意义，因为我们已经写了很多信，可是没有任何回音。我们快要发疯了。哦，我们亲爱的父母！有谁知道他们日日夜夜经受的痛苦。请您给我们写信。请不要拒绝为我们行善，告诉我们她发生什么事了。我甚至还去找过你的哥哥，看看他是否知道我妹妹的一些事情，但却无功而返。我唯一的希望就是您给我们的消息。如果莎拉能看到我们的父母，就会知道他们有多么伤心和绝望。

　　就写到这里吧。请接受我的道歉。致以我们最真诚的问候……

瑞泽尔

邮件在路上要花多少时间不再有一致的规律性了，而一封信是否能到达目的地也没人敢保证了。然而，除了那个"Z"形的印章外，没有什么证据显示每封信都被认真读过。根据审查官没有把具体的词或短语抹掉的情况来判断，很可能他们懒得删掉有具体所指的语句，而是如果有什么看不顺眼的地方就把整封信扔掉。莎拉不能控制邮件的流程，但却决心在写信时更加的小心，多暗示，少解释，要更加注意掩藏自己的疲惫和沮丧。

她在劳动营的日子被无穷无尽的脏衣服堆和缝补工作所填满。当一个军官要求她改进一件已经很完美的手工缝补活时——她把他的卐字带修好了，她的回应是把它扔到地上，当着他的面，踩在上面。他立刻把她拖到办事处。她躲过了一顿打，而只是挨了一顿训，回来时却依旧不愿悔改。

艾拉对她提出了警告，她一边微笑着承认自己年轻、无畏、愚蠢，一边却不把这些警告当回事。她并不在乎那些纳粹。如果他们今天不打她，明天会。如果她注定能活下去，她就能活下去，如果注定活不下去，她也做好了准备。

她曾经自愿要求在劳动营待六个星期，而且是热切地希望这样改变生活，结果却发现得到的是一种扭曲的自由。在家里的人怎能理解这个怪异的、黑白颠倒的地方。她不能按照那些旧规则而活，而瑞泽尔也肯定能理解她所承担的压力。如果瑞泽尔在劳动营待上一天，发现挨饿、劳累的一天还算是好日子的话，她在教训莎拉的时候可能就不会那么严厉了。那么最糟糕的一天是哪天呢？也许是明天吧。

她回家的最后期限早已过去。她从家里带来的日记本上撕下来的纸已经写满了字。写这些字的人看起来就像另一个动物一样。在她双层床下的藏匿之处，她的信件堆正在增长。

第三章

萨 仁 卡

冈卡兹一家星期五晚上聚在一起，为能够还在一起，为挨过了一周里出现的各种威胁而觉得感激。瑞泽尔在安息日花了几个小时静静地再次琢磨她妹妹的语句，揣摩每一处言外之意，考虑新解释的可能。在一封信里，莎拉忘了签自己的名字。"为什么呢？"瑞泽尔在她下一封信里问，"哦，也许这可能意味着一些好事？"

莎拉的朋友们来访的时候把她们收到的信带来了，但瑞泽尔怀疑莎拉告诉她们的劳动营的生活和告诉她的不一样。一想到她妹妹可能遇到的种种危险的影响她就眉头紧锁。莎拉本质是非常好的，但她还年轻，容易受伤害。她能否足够坚强顶住压力不放弃自己的原则，不放弃家里的宗教习惯？瑞泽尔必须提醒她的妹妹去遵守最高的标准。莎拉必须准备好做出各种牺牲，保持对上帝的忠诚。她本人，瑞泽尔，也是这么要求自己的，即便在这样危险的时局里也是如此。

到了写信的时候了。萨露西亚，她的小外甥女，很迫切地想坐在她身边看她写信。"这个小家伙总是在烦我。她想写字，总不让我写完。不过，她想让你高兴，她说她想给你看看她学会写的东西。我想你会喜欢的。"萨露西亚在写给莎拉阿姨的信上附上了一份她最得意的作品。她天真无邪的快乐唤醒了瑞泽尔富于爱心的本性，即总是那么愿意赞美一个孩子的成就。

但萨露西亚不在她身边的时候，瑞泽尔发现自己很难抵制总是陪伴她的恐惧感。没什么活干，也没有什么食物可吃。就连纸也太宝贵了，不能再放到炉子里去烧了，所以如果没什么东西好煮的话，母亲也不会做样子给邻居们看了。冈卡兹一家的其他成员、妻子及两个孩子住在附近的莫什·戴维，或子女中最年长的米利安·查娅——她住在附近的沃尔布隆镇——也在吃力地养活四口之家，他们的情况也好不到哪儿去。战争是个巨大的均衡器：无论富裕或贫穷，大多数家庭都依赖于索斯诺维克长老会提供的食物和服务。社区厨房每天准备将近七千顿饭，供给那些连最低份额的配给卡也买不起的人。

摩西·梅林凭卓有成效的领导才能得到了他的纳粹主子的奖赏，他被任命为上西里西亚东部所有犹太长老会的最高长官。他的势力范围现在扩大到整个地区，这样他就控制了四十五个城镇里超过十三万的犹太人。他定期向在索斯诺维克的施梅尔特和在附近的区域中心城市卡托维兹（Katowice）的党卫军突击队中队长汉斯·德雷尔（Hans Dreier），盖世太保犹太事务局长报告。德雷尔和施梅尔特制订措施，仰仗梅林去实施他们的计划。

从曾经由索斯诺维克的拉比长使用的大楼开始，梅林和他二百六十人的主要团队建起了一个复杂的行政机构网络，覆盖了劳动、社会福利、财政、法律、住房、教育、统计和医疗：十足一个影子政府。另外还有成百上千的长老会工作人员在贝德津和其他地方的分支办公室工作。梅林的组织由一群三十岁出头、受过良好教育的专业人士率领；其中有些人来自于犹太复国主义组织，如梅林本人一样；其他人则没有宗教或政治的隶属关系。他们对梅林效忠而且相信他的观点，即劳动力带来生产力，这是唯一可行的生存策略。长老会有专人监管食物供应，实行宵禁，而且通过特别的犹太邮政局管理邮政服务。梅林创建了一支庞大的由犹太男子组成的警察队伍在街上巡逻，维持秩序。长老会发布了强制要求张贴的标志，贴在仅剩不多的犹太公司的窗口："仅限犹太人"。1940年2月，所有的犹太人被命令在左臂戴上一个白色的袖标，六英寸宽，上面标有一个蓝色的大卫星①。他们没有

---

① Star of David，为六角星，犹太人标志。——译者注

被赶到犹太人区去，但被禁止在城市的主要干道上行走。

长老会巨大的运行开支预算由犹太人支付的税和罚款，以及由施梅尔特组织拨的款项填充。从一个装满了没收得来的奢侈品的仓库，梅林和他的同僚发送出去一大堆贿赂品——珠宝、咖啡、茶叶、照相机、收音机、行李箱、毛皮和酒。

如施梅尔特和他的支持者所预言的那样，索斯诺维克周围高度工业化的地区因为吸引了热切的德国企业家而呈现出经济繁荣的面貌。巨型的建筑项目按时间进行，军工厂和纺织厂因得益于获得劳工的便利而开足马力生产。由于依赖了梅林手下的爪牙，施梅尔特把自己的手下人数控制在最小的范围，只有不到二十人的官员，他却能够管理日益壮大的劳动营网络。

德国企业找施梅尔特要劳动力，然后施梅尔特通过梅林索要相应数目的工人。有些职位，一个可能的雇主会直接来到设置在斯克拉多瓦街的临时营地，亲自从被关押在那儿的男女中挑选。为和希特勒处理犹太人和其他不受欢迎的人的目标一致，德国官方是不鼓励使用犹太工人的。然而那些非犹太人的劳动力要么在打仗，要么部署在德国内陆。急于将利益最大化的公司尽忠职守地填好一些必要的表格，记录他们无法使用其他类型工人的情况，然后找施梅尔特组织要劳动力。除了支付每日每个工人的一点费用外，他们还负责提供几便士的食物以及每四十个犹太人一个守卫的费用。施梅尔特的办公室做了翔实的记录，而且每两周把信息转交给地区总部。

犹太人的奴役市场给施梅尔特创造了一笔极为巨大的财富。除了他人数不多的手下以外，梅林是他唯一的开销。根据劳动力的数目，他给梅林一笔象征性的费用，不过后者也同样富裕起来了。梅林把一部分施梅尔特给的钱用在长老会的运行上，同时也会象征性地零星给劳动力的家庭一些钱。

尽管有许多文书工作和条条框框，对犹太人的要求还是让施梅尔特应接不暇。规定是严格的：如果雇主不能按时交钱，手下的囚犯处于温饱线以下，给劳工分配的守卫太少而且让太多的犹太人逃跑，或让劳工处于极为糟糕的条件下，使死亡率超过所同意的水平，施梅尔特就可以随时把整个劳动力撤回来或关闭该厂——然后把该公司的资产转移到日益膨胀的党卫军名下。

梅林曾许诺去劳动营不过是劳工们过一段短期的、有报酬的义务之旅，随着这样的许诺成为幻影，他再想招募志愿者就难多了。为了筹款以及增加劳动力供应，他提高了免于劳役的人头税，而且对那些没有报到的家庭实施更严厉的处罚。他还摆起了自己犹太复国主义者的老资格，试图让当地的青年组织领导人相信劳动营就像是工人阶级的集体组织，即他们希望在巴勒斯坦建立的基布兹①。他们有义务，他振振有词地说，去帮助那些年纪轻的成员找到工作，这是他们免受更严重的压迫的唯一方法。虽然有些犹太复国主义的领导人接受了他的说法，其他人却反对梅林，认为他是纳粹的工具。

对此宗教领袖梅林采取了不同的策略，宣称他的强制劳役政策能保全尽可能多的犹太家庭。确实，施梅尔特的劳动营的生产力和军事重要性现在已是人所共知。在过了1940年重新安置带来的最初的混乱后，在上西里西亚东部还未发生过大规模的驱逐或大屠杀事件。梅林在这方面居功至伟，但是他在索斯诺维克很有影响力的拉比长那儿却遭到了强烈反对。他告诉梅林，牺牲部分人来拯救其他人的做法是违背犹太的伦理规范的：让德国人自己来抓捕犹太人吧。梅林遂不让拉比长和他的追随者参加以后的公开会议，而且也禁止所有的宗教集会。

与此同时，梅林还有份额没有完成。他授权犹太警察部队在街上伏击有可能的劳动力，而且对公寓楼进行逐户的搜查。

梅林在波兰和德国频繁地出行。他拜访纳粹的总部、劳动营和其

---

① kibbutzim，意为合作农庄。——译者注

他长老会领导人，经常由费妮·兹阿那陪伴左右。在劳动营里，他们仔细地评估那里的情况，因为如果有人病得太厉害无法工作了，长老会要负责更换人员。没有生产力的劳工会在劳动营官员进行的定期遴选中被淘汰。这种遴选通常每六到八周进行一次，有时候会在梅林和他的助手协助下进行。被选上的人被告知他们会被送回家；事实上，他们已被宣判了死刑。奥斯维辛对很多劳动营来说是方便的选择。早在 1941 年 9 月，苏联战俘就被用来测试毒气室的有效性。从施梅尔特劳动营送来的无生产力的犹太人就是下一批受难者。

除了在德国境内的劳动营外，施梅尔特在索斯诺维克和贝德津也建立了厂房和车间，由德国人看管，其中许多都是从犹太业主手里没收得来的。为了让尽量多的人熟悉业务，长老会创立了由手艺精湛的匠人开展的专业培训项目。当地最大的车间之一是一家威尔玛奇特（Wehrmacht）制服和鞋厂，厂址紧靠索斯诺维克的中心广场，由阿尔弗雷德·罗斯纳（Alfred Rossner）经营。虽然这也是个施梅尔特劳动营，工人们却能待在家里，而且有一张特殊的身份证明卡，让他们免受驱逐。罗斯纳提供给工人的不只是按要求最低限度的服务，而且有诊所、理发室和其他生活福利设施。罗斯纳的劳工们受到了人道待遇的消息传开后，有可能会成为劳工的人为寻求罗斯纳身份卡的保护纷纷用钱、黄金和钻石进行贿赂，美其名曰"生日礼物"。

施梅尔特、梅林和德国的企业主们建立了一个极为有利可图的、共栖的伙伴关系。这种三向的联盟符合了第三帝国的政治和经济目的——只不过它是和一个相对较小而且健康的犹太工人群体的寿命联系在一起的，这些年轻、强壮的男女被他们的一些纳粹工头们称为"马可比"。[1]

---

[1] Maccabee，源自公元前犹太历史人物 Judah Maccabee。Judah 和他的四个兄弟组建了一支军队，并取名 Maccabee，意思是"锤子"。经过三年的抗争，他们最终将叙利亚人赶出了以色列，并修缮了耶路撒冷大庙。——译者注

对梅林来说，这个联盟也让他以牺牲他人为代价拯救尽可能多的人的前提多了几分真实性。

信件是通过普通的德国邮件投递到劳动营的。梅林和施梅尔特都没有理由要停止邮件的传递，这对他们的生意有好处，而且是很好的宣传手段：从一个被爱的人寄来的信表明那个人还活着，仍在工作——正如梅林曾对那些焦急的家庭允诺过的。即便是断断续续的通信也能帮助稳定地区局势，避免动荡，而动荡会牵扯军队资源，干扰犹太奴隶交易这一赚钱买卖。因为邮件也是在被兼并的区域的，允许其传递并无不可。

另一个邮件寄送的选择是梅林在长老会总部的官方邮政局，那里的信是通过一个社区的邮件袋传递的。瑞泽尔注意到，德国的邮政体系更快，于是提醒她的妹妹："可能使用邮递更快，两天左右就可收到邮件，而通过社区则需要十至十二天。"前德国元首兴登堡的头像在1941年前一直出现在明信片的邮票上，而之后就完全被希特勒的头像取代了。

梅林的邮政制度被认为是波兰最为可靠的；当华沙的起义军首领们需要和巴勒斯坦的某人联系时，他们派了个信使前往梅林的某个邮政局，然后在那里把信寄出去。

邮件抵达了劳动营后，会被中心办公室处理，接着一般交给犹太的长老，后者也会给工人们发些空白的明信片。附加的制度则是由劳动营的头头说了算。他可以强加额外的限制或进行另一次审查——或干脆不把邮件发下去。保留旧邮件是明令禁止的。有些劳动营在执行这个政策时，先要求囚犯们把最近的信件交上来，然后才能收到新的信。食物或衣物包裹允许邮递过来，但它们都会先被打开，里面任何不寻常的或值钱的东西都会被拿掉。为了检查到底收到了什么，寄信人经常会单独去一封信，告知包裹内物品，然后让收信人确认包裹内容。瑞泽尔就是这么做的，她叫莎拉"让我们知道你是否收到了上衣和肥皂。告诉我们包裹里有什么"。

　　一般莎拉每周会收到一封或更多信,而且被允许每两周寄一次信件。不过在这种地方保留个人物品还是很危险的。营房经常会被突击检查。如有囚犯被发现藏有被认为是违禁品的东西,他会受到严厉惩罚。如果要来检查了,雷特那医生有时会来警告她,但她不能老是指望别人的提前警告。她会不顾后果地冒险。那些让她笑的信和让她哭的信她不作区别:她把它们全部保护好。

　　时年 1941 年初。很快就是她十七岁的生日了,这是她第一个离开家过的生日。她让自己去对一个假期有些念想,因为传言在劳动营里漫天都是。

　　她有可能回家的消息同时也传到了瑞泽尔那儿。

索斯诺维克
1941 年 2 月 14 日

亲爱的莎拉:

　　每次收到你的信,我们都是那么高兴!每次快到第二周周末时我们都是那么的没有耐心,因为我们都期待着从你那儿得到什么……你有可能回家休假吗?每次萨露西亚听说你的信到了,她都会雀跃不已,孩子们都不停地问你什么时候能回家休假。我忘了问你在做什么活了,是在厨房里,还是做劳动营的活?还有鞋子:它们还行吗?没有破掉吧?

　　你的女朋友们还没有收到你的明信片。她们会周六过来。星期五的晚上我们多么盼望你在身边!太糟糕了,我们又能做什么呢?你要求这么做的,也只有这样才是最好的选择。

瑞泽尔

家里收到了梅林从施梅尔特组织拿来的一些钱。然而通货膨胀使这些钱都贬值了。从每个犹太工人身上施梅尔特每月能进账一百多德国马克（即Reichsmark，或RM），而在1941年有几个月冈卡兹一家通过长老会只收到了十三马克。在索斯诺维克的犹太社区，买一块大面包就得花五马克。①

索斯诺维克

1941年3月12日

最亲爱的莎拉：

我们很高兴收到你的卡片，但与此同时，我们非常难过，因为我们原本都想着看到你本人的。也许你会有机会在逾越节回来。

你想知道我们是否庆祝了你的生日，但是我们寄给你的生日卡却被退了回来。我们祝愿你在将来的日子里永远开心，而且最重要的是，我们希望你能早日回家。

莎拉，你不知道我们亲爱的父母有多难过。你是我们不断的话题。我们唯一的安慰就是你在写信，以及你是平安的，祝愿你永远平安。萨露西亚不停地提醒你要回家。她想让你知道她已经可以写到八位数了。

需要什么就写信吧。我们每个月从社区办公室可以拿到十三马克。

你在信里说你不管怎样都能听到弥基录②，听上去你在找乐子，不过我不敢肯定。

我在想你为什么在信里没有提到艾拉。你们吵架了吗？

---

① RM的价值据估计从4到10美元不等。
② megillah，犹太教名词。指希伯来《圣经》第三部分中的5卷。——译者注

但我不这么觉得。可能你只是忘了提到她吧……

瑞泽尔

没有什么是瑞泽尔不知道的。她有关艾拉的怀疑是对的,她是在一个曾在杰帕斯多夫的人回家后偶然得知的。她又一次用上她最优雅的笔法和语言直接给艾拉写信。不管是什么原因,她恳求艾拉原谅她妹妹的缺点。

索斯诺维克
1941 年 3 月 14 日

亲爱的艾拉小姐:

　　我坐下来给您写这封信的时候,我感到前所未有的伤心和难过。有一个雷布小姐来看过我们,带来我妹妹莎拉的问候。当我们问起她是否知道莎拉和您的关系时,她说,知道,她当然知道了,而且说您和我妹妹的关系以前非常好,可是现在你们不再说话了。

　　善良的格特纳小姐,您想象得到这对我们的震动有多大吗?你想象不到的,因为没有言语能表达这个消息让我们有多么难过。我们没法理解怎么会这样。莎拉过去常写信说艾拉小姐对她就像一个母亲一样。这是她写的:亲爱的妈妈,只要我和我的艾拉在一起,请放心,谁都不必担心我。没有哪个母亲对待她的孩子像艾拉,我的艾拉,对我那么好。

　　可是现在这就像晴天霹雳一样,艾拉小姐!如果我妹妹做了什么错事,我代表我亲爱的父母,代表我的妹妹,请求您的原谅。她一定不是心怀怨恨才这么做的,可能只是一个误会,应该可以澄清的。我们恳求您,请原谅她,她还年轻,不懂世事，她没有恶意的。她在她的信里说她认为您是一个极好的、有如神赐的人，而且是所有的善良和美丽的化身。我写的每句话，艾拉小姐，没有一点夸张，百分之百是真话。

她是不是刻意要伤害您呢，艾拉小姐？哦，不会的！绝对不会的！你们可能只是误解了对方。我相信像我妹妹这种性格的人能够被原谅，我也相信你们的友谊能够很快恢复的。您看在我们父母的份上也会这么做的，他们自从听到这个消息情绪就一直非常低落。

艾拉小姐，人的一生中谁都可能犯错误，尤其在年轻、不谙世事的时候，莎拉就是这样。您不会没有一颗愿意原谅人的心的，那样太不像您了，艾拉小姐。请考虑我悲伤的父母吧。我相信，不，我确信您不会拒绝我的请求。

我请求您不要误解我。我本来想听到好消息的，而这个消息却让我们那么消沉。

我确信我这封信会成功的。能否请您，不管怎样，代我们向莎拉问好？

末了，请接受我最热烈的祝福，满怀敬意的，

瑞泽尔·冈卡兹

在索斯诺维克火车站上匆忙的瞬间，艾拉的承诺被莎拉的母亲认作是一种契约。而现在六个月过去了，一直笼罩在这个家庭上的噩梦会因艾拉取消对她的保护而变得越发可怕。无论原因是什么，她们之间的疏远都是深重的苦难之源。为了她痛苦中的父母，瑞泽尔决定去用她标志性的直率修补她们的分歧。

她成功了。瑞泽尔赤诚的请求，她强烈的担心，即害怕某种未名的罪恶把她的妹妹和她重要的人生导师隔离，把两个朋友之间确实出

现的暂时的霜冻融化了。艾拉把瑞泽尔的信拿给莎拉看，她们一起读信的时候，艾拉为自己给莎拉年迈的双亲增添了痛苦而感到十分愧疚，而莎拉则吃惊于瑞泽尔解读她的信之仔细和精确。她们起誓要重归于好。

站在两个朋友中间的是伯纳德·霍尔茨。艾拉并不掩饰她对男性的兴趣，不过她同时也宣告了自己不卷入情感纠葛的决心。在杰帕斯多夫她已经不止一次处于浪漫追求的中心了。因此当她在这个比她小十岁的年轻聪明的大学生穷追猛打之下而放弃抵抗时，她的朋友们都大吃一惊。伯纳德利用他在办事处的位置——他就坐在艾拉旁边——一心一意追求她。艾拉一开始对此不屑一顾，并声称只是迁就一下这个男孩而已，可是在他的包围之下她最终还是投降了。很快他们就利用在办事处的便利来安排秘密约会，而且派莎拉在他们之间传情达意。他们给她取了个绰号"萨仁卡"，即小鹿的意思，因为在劳动营里她像小鹿一样又快又优美地跑来跑去。这桩事情实在不适合与瑞泽尔分享。

艾拉写了以下的话，可能是给伯纳德的纸条，或者是私人日记。

对爱是多么向往，是多么巨大的渴望。

我们之间流动着一种深沉的、平静的爱。可是他知道，我知道，我们都知道，这样的爱是没有希望的。

然而我们仍小心地把爱藏在心里，就像一个别人托付给我们的珍贵物品，一个神圣的东西，一件美妙的宝藏。

他整个身体和灵魂静静地流入了巨大的情感之中。他被一种狂热的力量推向了我。他给我的是精巧，是羞怯。他是年轻的，非常年轻。他的血液在沸腾……经常是那么不得安宁。

爱情让我们狂热。

他睡着了。我抑制住了自己的感情……

莎拉已经对她的牵线红娘角色有些不耐烦了。艾拉的注意力分散到别人身上，这让她感到嫉妒，同时艾拉对社会习俗的不在乎，以及她与伯纳德关系的公开程度，也让莎拉感到十分震惊。

劳动营里的男女恋爱也是司空见惯的事，绝非限于办事处的精英人员。早上点名时守卫的注意力比较分散，这时候朋友、亲戚或心存爱慕的情人会在站着排队的囚犯中传送纸条，一个传给另一个，直到那张揉皱的纸条到达了目标口袋，同时还会有投向那个方向的意味深长的眼神。如果他们运气够好，分发食物时也在一起，他们可能会更进一步，像演哑剧一样交换着笑容和手势，也许还会低声地说上一两个短语。最胆大的男子甚至会冒着挨打的危险，半夜里跑到女子营房那儿去。

莎拉自己并不缺乏仰慕者：她吸引人的地方是她的清新与真诚，而艾拉则具有成熟和深谙世事的魅力。查姆·考夫曼，那个诚恳的年轻鞋匠，就是莎拉最为坚定的追求者。他精心地护理着她的鞋，把他所有的热情注入到如何让"萨露西亚"的脚温暖而干燥。她试着用她心存感激的友情去回应，而自己也不确定自己的感情所属。

很快，就轮到她收到查姆悄悄塞到她手里的纸条了。

杰帕斯多夫
1941 年 3 月

亲爱的孩子！

原谅我没有满足你的要求，但我真的做不到。萨露西亚，我可以同意或者不同意你的观点，但就争论而言，现在应该是个很好的时机。难道吐露心声也必须有一个特殊的原因或一个特别的日子吗？难道上帝只在赎罪日那天才会倾听我们的话吗？在一个苦难的时期，或者是道德萧条或无常的时期，每个人都觉得有必要进行判断，进行思考。

我不想让你和我亲爱的父母去讨论这件"事情",不仅因为他们对我来说是神圣的,同时也因为他们是纯洁的人,年长而且纯朴,体面而诚实。

我感到很遗憾,你没有时间去考虑那件对我来说如此重要的事情……这样的话我们的角色就互换了,你是英雄,而我为你骄傲。我看到了不同的你,我的萨露西亚:成熟、睿智、稳重,更别说那些我不会明言的优点了……对吧?

我理解你现在正第一次迈着成熟的脚步。你用颤抖的声音说我也许可以请求;不,亲爱的小猫咪,我们不会去请求,我们会要求,而且我们会战斗;所以帮助我们吧,上帝。你说我们的要求或愿望太朴实无华,这是完全不对的。事实上,它们怎会太过朴实,难道我们没有拥有一个更好的明天的权利,难道我们不是和整个世界平等的吗?也许是因为他们让我们,尤其是让你,如此年轻、漂亮,如此妙龄的你,感到耻辱。

你说你期望一个朴实的将来,可这样做你难道不是在对自己犯下罪过吗?

如你所预见的,除了这封信是来自于你的事实以外,你的信没有让我满意。不,我觉得不满意,所以我希望你能改过来。

我这么晚把信送给你,这样你可以在床上读它。晚安我亲爱的,做个好梦,一定要回信。就这样说定了?萨仁卡,这封信也许写的不是那么好,但它是来自于

　　　　　　　　　　　　　　　　　查姆·考夫曼

他追求她已有好几个星期了。她已经问过她的表姐罗西亚的看法。查姆家来自奥尔库斯茨,即她的表亲们住的那个镇:也许他们互相认识。罗西亚很快就回信了。

奥尔库斯茨

1941年2月28日

亲爱的莎拉：

首先请原谅我的德语写得不是很好。你写得好多了，但你知道，我们从未写过德语……

莎拉，你问我是否知道奥尔库斯茨的查姆·考夫曼。我和他很熟——但告诉我，你为什么想了解他？我可以告诉你他来自于一个很好的家庭。他父母是非常好的人。他是个极为正派的人，而且名声很好。他是个裁缝，不过这些就是我能告诉你的。

亲爱的莎拉，你在和他说话时是不是很坦率？我还会给你写信的，想知道你在和他说话时是否有女伴在场。

表姐罗西亚

在杰帕斯多夫找女伴的想法是很荒唐的。不过罗西亚了解查姆和他的家庭——他们拥有一个面包店——这点还是能给人安慰的。查姆不是那种她父亲喜欢的书卷气的、有虔诚信仰的年轻人，他狂热的犹太复国主义在克拉塔加街上也得不到什么回应。但是他很英俊而严肃，比雷特那医生更年轻，也更随和，也不像霍克罗那样是个逗笑的活宝。

杰帕斯多夫

1941年3月

我最亲爱的、最疼爱的孩子，

……我的过去不值一谈，太简单，太灰色了，没法流芳千古，实在苍白得很。接着我的人生一片宁静，只有上帝知道要是没有你的话，这片宁静还要持续多久。因此在过了很长一段宁静的时期后，我又坠入爱河，这是纯洁的爱，就和你一样纯洁。可是，我仍没法接受这句"时间会告诉我们的"。不，不，时间不再会显示任何东西了。我失去了信心，不再相信时间了，因为费塔·莫加纳①我已经受够伤害了。

我决定了，不管是好是坏，如果你让我失望了（就因为你说"时间会告诉我们的"），我会在默默无闻中度过余生，而我不会把我的悲剧告诉任何人。这就是我第一次也是最后一次的告解。夜晚，我会拖着身体走，我唯一的愿望就是平和与宁静。

我美丽的人啊，请别误解我仅有的请求。我为什么会要去假心假意呢？如果是这样的话，我的人生境况会是怎样的呢？你是我的一切：在我的将来，在困难时期或者衰败时期（不胜枚举），在我觉得无所不能的时候，同时也在人类的绝望到达顶点，疑惑时期到了顶峰的时候。

然后，当我认为一切都失去了的时候，我会记得我的莎拉，我的小女巫，我的心马上就会觉得轻松起来，哦，多么轻松啊！某种力量占据了我，让我安宁，让我安慰。而如果我运气够好，我的"小淘气"对我好的话，我就会发现我是前所未有的快乐。

你一定受够了我的"冥思"了吧。如果我感觉好点的话，我肯定会写得不一样。不幸的是，我感觉不舒服。所以我就打断了，重复一遍，打断了我的思绪，因为我还没写完。现在你知道我了，那么审判我吧，但是在你下判决前请理解我。

我能否期待一个回复呢？

查姆·考夫曼

---

① Fata Morgana，查姆的意思是他的爱曾是个幻觉。Fata Morgana，也被称为 Morgan le Fay，意为"海市蜃楼"，是亚瑟传奇故事里具有神力的女巫。

又及：如果你仍生我的气，请不要审判我。

他的话很深情，而且他用直接而可敬的方式表达了自己的想法。如果在家里谈恋爱的话，界限很清楚，而且是两方都接受的，她也许能够知道该怎么回复他。而在劳动营这里，刚过完十七岁生日才几周时间的她，却感到无依无靠。她曾希望能从她有经验的漂亮表姐罗西亚——她已经在父母的祝福下与雷布订婚了——那儿得到帮助，但罗西亚的建议却不现实。找个女伴！艾拉也没法给她任何建议。她们刚刚重归于好；由于伯纳德是真正的喜欢他的萨仁卡，这对璧人已温柔地接受了她。但因为艾拉是个很有魅力的自由享乐者，任何的有关言行得体的概念对她都是不相干的。她已经深深地影响了莎拉。如果瑞泽尔看见她的妹妹接过雷特那医生递来的香烟，或者捡起守卫扔在地上的、只抽了半截的香烟，然后和艾拉一块儿抽的话，她会被惊呆的。在安息日结束的时候为她们的父亲卷香烟曾是莎拉最喜欢做的事情之一——但她自己从未吸过烟。

仿佛已经觉察到了妹妹感到的压力，瑞泽尔正合时宜地已经准备好和她说说恋爱及她们社区行为标准的事情。她有令人激动的消息要和莎拉分享：她们亲爱的姐妹布利玛订婚了。那件事情的每一刻都让瑞泽尔回味。

索斯诺维克
1941 年 3 月 27 日

亲爱的莎拉！Mazel Tov①！Mazel Tov！

现在是早上九点半。我走到街上，邮递员正在忙呢。他从九号走下来。我朝他走去。我的心告诉我他可能有什么东

---

① 犹太人的口头语，意为"恭喜！"。——译者注

西给我们。我先不急着上街,我得等他,我不能那么傻。可是就当他走近我们家的时候,他已经注意到我了。太让人意外了,一次收了两张明信片。想象一下那对我们意味着什么吧!拿着明信片我就开始读了起来……我终于到家了,你猜怎样?母亲拿着一张明信片朝我走来,也是你寄来的,这样我们一次就有了三张卡片了!今天可真是个节日啊!得知你的好消息我们都很开心。更好的是,你已经和艾拉和好了,我们祝你好运。

但我说"mazel tov"并不是为了这个!布利玛订婚了,虽然只是象征性的,但已经很重要了,我实在忍不住写信告诉你:我希望你尽情地跳舞,尽情地享受这份快乐。不过等等,你以为这样就算完了?不!还没呢。我要告诉你发生的一切。

星期四下午,布利玛收到了媒人的信。怎么了,我们问她?求婚的人来了!晚上布利玛和"歌德伯格"来了,他是一个很不错的帅小伙,噜①,脸没什么特别之处,和其他男子没什么两样。

星期五我们问她这是否意味着要爱情的信物,但她不想回答说是。同时,我不知道为什么他没有来。

星期天早上,媒人又来了,现在亲属们要求见面了。父亲带上我们的哥哥莫什·戴维一道去了。别生我的气,你可能现在已经不耐烦了,可你得知道详细情况,所以我必须说清楚……

歌德伯格的父亲说,我对你们只有一个请求:一份婚姻

---

① Nu,依地语,通常是个只问不答的问题,用耸肩的动作配合,好像在说:"你以为会是什么?"

信物就行了。我喜欢新娘，其他都不重要，没有钱和家具都不重要。我知道她是你的孩子，如果你拿得出嫁妆的话，你肯定会给的。

想象一下，父亲回到家，母亲去拿面粉，布利玛去拿蜂蜜蛋糕，我们的姐夫戴维去拿瓶子，一个小时之内新郎就给了信物。

人们对他大加表扬。只要他们开心，一切都会好起来的。噜，你会说，现在说的差不多了吧？可现在我们有另一件开心的事：你和艾拉和好了。你想象不到我们听到这个消息有多么快乐。谢谢上帝，我和她写了封信向她解释这不是你的错。记住你们俩不应该再有什么误会了。

抱歉，现在我心情平静不下来。不过很快就会好的。我们会把我们亲爱的父母的照片给你寄来的。

最后送上最热烈的问候和大家给你的吻。

瑞泽尔

布利玛订婚带来的欢乐是短暂的。有几个严重的疾病几乎接踵而至降临到了这个家庭。瑞泽尔隐瞒了这件事情，但她烦恼的思绪使她在写信时不能专心。她写的信从一个话题跳到另一个话题，而且她的笔迹也显示了她的焦虑。如果是长信的话，瑞泽尔经常先在另一张纸上写草稿，然后才寄出整洁的信。她写信的纸上有各种笔法，有的是华丽的斜体字，有的是细小、整齐的字，就像打字机打出来的那样精确、紧凑。但最近她的信变得有些失常了。她越是闲聊着跳舞和庆祝，莎拉越发觉得可疑。瑞泽尔在很多张纸上只写了不多的话语，这样浪费纸张极为不寻常——而且让人惊恐。她会把一些语句划掉，这是刻意的信号，一堆密码和暗指，或者这些乱糟糟的信纸意味着另一种混乱？

第三章｜萨仁卡

索斯诺维克
1941 年 4 月 24 日

莎拉！

我们多想给你好消息啊。噢！你一定会很享受的。也许真的会有好消息。要是有一天我们能幸福该多好啊。你不会反对的，不是吗？

你知道我为什么写这么多吗？因为只要你在阅读，我们就在一起。莎拉！多给我们写信，多写点。如果你有机会的话，别错过它，一直写……

亲爱的妈妈在做土豆。我得记得吃饭，虽然这两天我感觉身体不大舒服。上帝不允许我生病的。我只需要多吃点就行。我的心脏今天跳得有点过快了，不过我已经好多了。

你问我们是否想念你想得大喊大叫？你是什么意思？想想吧，现在我和亲爱的母亲睡。你是不是嫉妒了？我想是的。

我还没写完呢。你为什么说在地板上写信？你难道没有椅子吗？那也让我们感兴趣。一切！一切！你是不是已经厌倦我了？或许我会记得别的什么东西。别笑我，虽然这封信写得不是很好。每一秒钟，我都会记起一些东西，然后又有一些东西，这样你有东西去思考了。你可能就是想让我烦你。所以我就为了你来烦你。

萨露西亚有新鞋穿了……我的学生向你问好。

深情的祝福和亲吻来自我们亲爱的父母，姐姐们送上问候。

瑞泽尔

事实上，家里的情况很是悲惨，各方面的问题都凑到一块儿来了。在朋友的帮助下莎拉弄清了事情的真相。

拉雅·蒂娜的丈夫，戴维在一次搜查中被抓住了。足智多谋的他通过争辩总算又为自己争取了延缓去劳动营的时间，回到了家中，但他们担心他又会被带走。最可怜的是拉雅·蒂娜的儿子莫尼耶克染上了肺炎，高烧不退，病得很厉害，可是家里没钱买药。

后来莫尼耶克慢慢康复了，瑞泽尔松了口气，但即将到来的逾越节又让他们想起了家里的不幸。

索斯诺维克
1941 年 4 月 24 日

莎拉：

……首先，莫尼耶克脱离危险了。谢谢上帝，谢谢上帝。哦莎拉，要是你在的话，你就会看见他的样子是多么……不过没关系了。危机已经过去……这个孩子在床上已经躺了一个多星期了，体温超过 104 度，但终于，终于，我不能再叙述更多的细节了。母亲知道我写信告诉你他的情况后很难过……他到现在才恢复了体力……我把你的明信片念给他听了，他非常开心。他只是问你为什么只写那么一点点。

莎拉你想知道我们逾越节的情况。你可以想象得到是什么情况，我们亲爱的父亲的感受，他以前会在晚上会堂的祈祷结束后回家。可他却痛苦地流着泪，什么话也说不出来。所以，在整个逾越节家宴上大家都是沉默无言。

你可能在想有无可能我们为节日准备好了一切。都结束了，下次我们会做得更好的。我们的面包配给券刚刚够。即便有更多的配给券，我们也不可能去换吃的，因为莫尼耶克病得是这么厉害……

瑞泽尔

戴维并非唯一一个在街上被抓走的。莎拉通过她的朋友得知在整个索斯诺维克驱逐抓捕行动在增加，不仅更随意，而且更为暴力化了。萨腊·拉比诺维茨说她的两个哥哥去拜访"斯克拉多瓦夫人"，可能很快就是莎拉的"客人"了，这是个暗号，意思是说他们被关在斯克拉多瓦街的临时营地，正准备送往杰帕斯多夫。"我们都茫然了……很难聚在一起。"她的朋友们在五月初集体写来的信里说。她们的信里常常提到遏制不住的通货膨胀以及任何形式的就业的困难。即便是贝拉·科恩，她的朋友中最为富足的一个，听上去也是忧心忡忡。她和她的哥哥、姐姐仍和他们的父亲在索斯诺维克主干道上的家庭商店里干活，但是这间店被纳粹的经理接管了。"我们有各种各样的问题"，她写道，但没有细说。

施梅尔特和梅林给钱的次数越来越少了。连这些少得可怜的钱都没了，瑞泽尔很是抱怨，然后通过教学生依地语和希伯来语尽力挣一些钱。她还提醒莎拉一条新的邮件规定：所有的信件都必须通过增加如莎拉或以色列的中间名来确定写信人和收信人的犹太人身份。很快即使是犹太墓地里的墓碑也要求加上这些中间名。

索斯诺维克
1941 年 5 月 12 日

亲爱的莎拉：

　　……别担心，我们很健康而且有东西可吃。很有趣，莎拉，社区办公室竟然好几个星期什么钱都没给过我们了，我不知道为什么。这里的人说你在那儿有工资，是真的吗？我们很需要钱。可又能做什么呢？我有时和父亲一起工作。布利玛则无事可做……

　　你看见我的签名是莎拉可别奇怪。我们必须要这么做：每个女性都要加上莎拉的中间名，男性则要加上以色列。

瑞泽尔

为莎拉和她一家所不知的是，此时战争波及的范围继续移动、扩大。1941年春天，德国军队在北非与英国和澳大利亚军队交战。纳粹已经入侵了希腊和南斯拉夫。现在三百万纳粹军队正往东移动，向俄罗斯进发。6月22日，希特勒攻击了他昔日的盟友，他的大军开始向莫斯科逼近，身后紧跟着纳粹的行刑队，沿路清扫着犹太男女还有孩童，并且在露天对他们进行大屠杀。

在杰帕斯多夫，春天的消融意味着公路的建造步伐要加快。更多的军官和守卫不停地来，这样就加重了莎拉的工作负担。她所有的缝补活仍然是用手工完成，她很难按时完成。翘首以盼的缝纫机仍未到来。

一天早上，两名守卫走来，说她必须马上和他们离开营地。莎拉很害怕，不过乘汽车的新奇感还是抵消了一些恐惧，她透过车窗看到了杰帕斯多夫镇的模样。他们沿着主干道走，这条街很长，很漂亮，被中间一条窄窄的草坪分开。这里的房屋大都是两层楼建筑，颜色是柔和的菊黄色、浅粉红和淡绿色。刚刚经过主广场，他们就在一栋别致如画的小屋前停了下来。

门上的标志表明这是"W. 帕其塔，裁缝"的住所。一名体形庞大的中年女子开了门，她的头发整洁地卷着。她自我介绍说是安娜·帕其塔夫人，而且热情地邀请守卫们进屋。他们指着仍提着篮子站在门外的莎拉，她的袖子上挂着规定的蓝白相间的臂章。她被介绍为犹太女裁缝，她将在帕其塔家里多余的缝纫机上工作，这是威尔赫姆·帕其塔先生和杰帕斯多夫的头儿埃克曼做出的安排。守卫们离开了。

帕其塔夫人问了她的名字，然后给她端了一杯茶和一碟糕点；这些食物意想不到的甜味以及女主人的纯朴善良让莎拉眼睛潮湿了。她热切地看着结实的家具，丰裕的装饰，还有设施完备的作坊——墙上挂满了色彩鲜艳的织物样品和丝线。

一会儿帕其塔夫人的女儿艾尔芙丽德过来了，她二十出头，面容亲切，走路时明显有些瘸。艾尔芙丽德让莎拉坐在一台缝纫机前。她们一起做着事情，艾尔芙丽德一边聊起了她的家人，还把他们的相片包括她的弟弟赫尔伯特的相片给莎拉看。她父亲去布雷斯劳（Breslau）了，很快就会回来，艾尔芙丽德解释说，他肯定会高兴认识他们家新的女裁缝的。她的弟弟也不在家，不过她没说他在哪儿。

她们干完了活，离莎拉返回劳动营还有点时间。艾尔芙丽德和她母亲在盘子上把新鲜食物摆得高高的，莎拉满怀感激地吃了起来。守卫们来的时候，她正静静地坐在前门口，制服已整齐地折好放在篮子里。

就像她与艾拉在火车站的偶遇一样，莎拉被派到帕其塔家干活也是能挽救生命的好运气。瑞泽尔开始在她的信里加上对帕其塔一家的祝福了，不过她自己没有什么好消息可以说的。

索斯诺维克
1941 年 5 月 17 日

亲爱的莎拉：

现在我和一个朋友在拉雅·蒂娜家。莎拉，你问我们怎么写的信这么少。别吃惊，妈妈病了，不过，感谢上帝，她又好起来了。此外我们在准备迎接你会有其他客人的一天。所以如果你没有收到我们的来信，别担心，只不过是我的脑袋"不在状态"而已。

莎拉，我们还没能给你寄个包裹，你别生气。我们尽量今天做好这件事情。我其实很不愿意告诉你的，我们直到现在才有寄包裹的钱。我现在才说这个事是想说明为什么我们没有给你寄吃的。现在我们只是给你寄一些饼干。请写信告诉我们你最需要什么，因为如果我们从社区里得到什么东西，就会马上给你寄去的。可是因为我们没有钱，我们得知道你最需要什么。我们很想让你收到我们寄去的东西。

每时每刻我们都强烈盼望假日你能回来。哦，母亲和我们每个人会多么高兴啊！

请把我们的问候送给帕其塔一家，同时转达我们的谢意，谢谢他们对你的照顾。其他就没有什么新鲜事了，我们都很好，感谢上帝。我们只有一点点活做，布利玛什么工作都没有。莫尼耶克已经康复了，感谢上帝……萨露西亚问你为什么给她写这么少信。祝福你，吻你。

瑞泽尔

此外：问艾拉好。我们在等你回家。

帕其塔一家也想知道莎拉家里的情况，他们的同情让她恢复了活力。当瑞泽尔来信说莫尼耶克，现在加上她母亲，病得很厉害时，帕其塔一家给她父母去了封信，并在信里附了些钱，这封信就像一个天堂的礼物来到了索斯诺维克。他们后来还给她的外甥女萨露西亚寄去了一份特别的礼物。

索斯诺维克
1941年5月21日

亲爱的莎拉！

太让人吃惊了，完全意想不到——玩具娃娃！像往常一样我去看拉雅·蒂娜，有人告诉我我们家有个女孩子带来了这个包裹。

我得好好给你说说！我会准确、清楚地把这件事描述给你，让你有在家里的感觉。

现在对你对我们大家来说最重要的事是我们亲爱的母亲

身体更好了，她已经第二次下床了，对我们来说是个奇迹。

今天来了位客人，告诉了我们你和艾拉的事，她说在那个陌生的地方艾拉就是你的一切，这对我们来说非常重要。因此为了亲爱的母亲，请你多听她的话，不要做让她生气的事，让她知道你的感激，因为如果一个人被迫离开自己的家，无依无靠，远离自己熟悉的一切，是非常糟糕的事情。所以你一定要在她身边，像爱护自己的眼睛一样爱护她，因为她是你的财富。记住，听她的话。别做什么让她发火的事……

萨露西亚非常小心地和她的玩具娃娃玩：她怕会惊扰了它。她让我谢谢你。而且请谢谢帕其塔一家送给我们这个礼物。亲爱的母亲还让你谢谢他们对你无微不至的照顾。他们对你如此关心，愿上帝回报他们。

瑞泽尔

帕其塔先生旅行回来了，莎拉发现他与他妻子和女儿一样热情好客，只不过更内向一点。她仍旧在想他们不在的儿子赫尔伯特是怎么回事。他们从未谈起过，不过有一次她好像听见他们轻声说过他的名字。她在下午等守卫来时，有时还会端详相框里一个面目清秀的男子的脸，他比艾尔芙丽德年轻，神色有些严肃，但一样的浅色头发，一样端正的五官。

她开始觉得她有了第二个家，这是个令人骄傲的德国人的家，不是犹太人的，可是却很真挚地关心她的生活。这并不是她祈祷中的家庭团聚，可是她已经很感激了。

六月温暖的一天，她像往常一样提着一篮子要缝补的衣服来到帕其塔家。守卫们刚刚关上门离开，艾尔芙丽德说这么好的天气在室内待着太可惜了。她和她母亲今天有个秘密的计划。帕其塔一家很为他们历史悠久的家庭和他们作为杰帕斯多夫的裁缝的地位而自豪,他们想让她看看他们美丽的小村庄。太遗憾了,今天的缝纫机坏了,艾尔芙丽德说,她把一件制服盖在缝纫机上,而且拿掉了莎拉蓝白相间的臂章。我们进城,她说,好像这是世界上最自然不过的事情一样。

莎拉让自己跟着艾尔芙丽德的热情走。她们从村里的广场出发。广场中间那座砖石结构的旧天主教教堂给莎拉留下了很深的印象,她认真地听着艾尔芙丽德骄傲地叙述这座教堂六百年的历史。她们沿着重要的购物街继续走。竟然有这样的事情,一个充满着夏日的快乐和繁华的世界,碧空无云,街上没有一个犹太人——除了她外。她们经过了一群德国士兵的地方。帕其塔夫人挽住她的胳膊,她们走进了一家杂货店,买了晚上吃的东西。等她回头看的时候,士兵们已走了。杂货店老板和她们一同走到店外,然后停下来,看着对面的鞋匠,而鞋匠正站在门口,双手插在裤子口袋里。如果帕其塔的邻居们知道这个不作声的客人是拉比约瑟夫·冈卡兹的女儿,他们不知会作何感想?

莎拉回到了劳动营,急于把她的冒险和艾拉分享,但艾拉自己也有好消息告诉她。几个月以来,她们一直不理会有关放假的传言。瑞泽尔对这些消息的反应是如饥似渴,她希望她的妹妹能在九月犹太新年的时候获准回家。结果这些传言确实是真的——只不过只有艾拉才能回家。

艾拉六月份离开了。第一个迎接她的是萨腊·拉比诺维茨。

索斯诺维克
1941 年 6 月 18 日

亲爱的莎拉!

  我们收到了你的卡片,非常谢谢你!我们写的信不多,这让你很难过,不过原因是我们用德语写不好。所以朋友们让我写这封信给你。

从艾拉那儿我们得知了很多关于你的情况，然而我们还是想和你本人进行谈话。

睁开你的眼睛吧，为明天做好准备，因为我们不仅仅为了今天而活。我们还有大好的未来在我们面前。沿着艾拉为你指的路走下去吧，我相信这条路会是对的。我们找不到言语来形容她，因为她是极好的人。能够被像她这样的人爱着该是多么好的运气。想想并珍惜所有的这一切吧：你的一切会好的。

我们给你寄了一些衣服，还有一些家里做的饼干。请来信告诉我们你已完好无失地收到这些东西。

萨腊·拉比诺维茨

贝拉·科恩是第二个为艾拉倾倒的朋友。

索斯诺维克
1941年6月23日

亲爱的朋友：

我们非常高兴认识你亲爱的艾拉。她甚至比你描述的还要好。她把一切都告诉了我们，就好像你在我们身边一样。我们都喜欢她，现在已经没有必要去想你为什么会这么喜欢她了。

亲爱的，你有什么新鲜事？等到我们相见的时候，我们可能得花上一年时间聊呢，我们会无所不聊的。这里没什么新鲜的事，一如平常。我们工作，时间逝去。艾拉批评我们给你写的信太少了。她说得没错。我希望你会原谅我们。你知道我们的——虽然我们太过懒惰没给你写信，你一直在我们心里。

请把我们的吻和问候转达给艾拉。我们都深深地被她折服了。我的家人都向你问候。

贝拉

艾拉让她平稳地进入了劳动营。只要她们在一起一切都更能忍受。她的朋友们对艾拉称赞有加,这太好了,可是对莎拉而言却不是什么慰藉,因为她非常想念她的朋友,而且哀叹自己新的孤独。其他人也曾获准离开劳动营,不过看起来永远轮不到她。

帕其塔一家给了她安慰。他们给了她一些钱,让她寄回家,这是她第一次寄钱回家。瑞泽尔充满感激地收下了这份礼物,而且继续保持乐观,相信她很快就能见到她的妹妹。

索斯诺维克
1941 年 7 月 9 日

亲爱的莎拉:

第一次收到你寄来的钱是多么令人高兴的意外啊!我们高兴,不仅是因为你寄来这么多钱,还因为你一定为用自己的双手挣钱而感到满意。

可是你回家的事我们又能做什么呢?你真的没有时间休假吗?太糟糕了。但是我们还是在希望你会突然回来。这星期有传言说你已经回家了。有些人甚至还说他们看见过你。也许他们预感你会回家,愿上帝保佑这是真的。

请一定代表我们亲爱的父母感谢帕其塔一家,我们的父母的感激之情不能言表。他们对你就像父母一样好,愿上帝保佑他们一生幸福。

你可能想知道家里发生的状况，尤其是飞涨的通货膨胀。你寄来的十马克非常及时……除此外，没有什么新鲜事好说。目前戴维还在家。我们都很健康，感谢上帝，孩子们也一样。他们都非常盼望见到你。也许，也许吧。末了是我们亲爱的父母和大家给你的吻和祝福。请向艾拉小姐和帕其塔一家特别致意。

瑞泽尔

更让人沮丧的是，艾拉回到杰帕斯多夫后，刚刚待了不久，就宣布她又要走了。显然她在家里找到了一份临时工作。她允诺会争取让莎拉离开劳动营，但其实艾拉自己能够再次离开也是她家里安排好的，而她无法为自己的朋友做点什么。

莎拉的失望愈加升级，因为她听说她即将失去与帕其塔家的宝贵联系。劳动营终于要有自己的缝纫机了，这样她就没有借口去帕其塔家了。那些有营养的食物，彬彬有礼的谈话，那个慷慨大方的家庭里的温柔关爱都结束了。到了最后一天他们给了她温暖的吻，还把他们的相片给她，让她记着他们在一起度过的时光。"致最亲爱的小莎拉，杰帕斯多夫纪念"，艾尔芙丽德这样写道。她和她的父母答应会去看她，给她看埃克曼寄给他们的官方通知，感谢他们为德国做的贡献。

此后很多个月里，帕其塔一家遵守了他们的承诺。他们来到劳动营，直接走到她的房间里去看她。可是到夏天快结束时，杰帕斯多夫第一次被有倒钩的铁丝网围住了。后来他们就在大门那儿停了下来，叫一个守卫帮他们把装着食物和衣服的包裹送给她。莎拉得到允许可以接受包裹，以及和他们说上几句话。然而新来的守卫却对这个德国家庭对犹太女裁缝的兴趣起了疑心。后来，帕其塔停止了对莎拉的看望。

莎拉的朋友来信说她们曾有几次看见过艾拉。终于有一天艾拉来拜访瑞泽尔和她的父母了。很难想象艾拉出现在克拉塔加街上,更不可思议的是莎拉的姐姐和莎拉的朋友会谈论她,而且坐在一起,在同一张明信片上给她写信:

索斯诺维克
1941 年 8 月 16 日

亲爱的莎拉:

　　想象一下吧,我在给你写信的时候正坐在你的好朋友艾拉身旁。我明白了为什么她对你那么重要,以及为什么她值得我们最深的尊敬和感激。艾拉小姐和我们待了很长时间,她本人!我们是多么爱她,是多么真心祈祷她会永远幸福!她要我们给你转达真挚的问候,而且说她已经给你寄了一个包裹。哦,我们会给你写一封长信的,不过现在天色已经晚了,快到安息日了。艾拉小姐也想给你写点东西,我难道不让她写吗?我们亲爱的父母和大家给你温暖的问候。安息日快乐。

你的姐姐,瑞泽尔

亲爱的萨仁卡:

　　我又在和你写信了。你的姐姐和我在一起。我在你家里有一个小时了。你的父母非常开心。我和你亲爱的父亲、母亲谈了心,他们人非常的好。萨仁卡,请立即给我寄一张证书,表明你在杰帕斯多夫工作过,而且把日期写清楚。同时要让监工和犹太长老签字。

今天在社区办公室，我看到了你的信。我为什么没有收到你的信?!?！啊？

热切问候！

艾拉

莎拉认为艾拉要求她去办一个劳动营的证书是个好兆头，或许它意味着她也有资格去休假。

莎拉曾试着让艾拉接受她家里只有一居室公寓的窘境，也许那就是艾拉耽搁了去拜访她家的原因，她先去看的是萨腊·拉比诺维茨和贝拉·科恩。

瑞泽尔第二天又给莎拉写信，这次就没有艾拉在身旁带来的拘束了。

索斯诺维克
1941 年 8 月 17 日

亲爱的莎拉！

我终于腾出手来写信了，不过现在我的时间比平时要多了。上次我很快地回了信，这样你就不会抱怨而且紧张了。我给你寄了明信片，而且你的忠诚的亲爱的艾拉也在上面加了几句。

正如你知道的，艾拉已经回到家里了。你肯定很想知道为什么艾拉来看我们。我们真的不指望她会来，因为她在休假，没有那么多时间，不过我却很迫切地要求她来。你来信说我们应该去拜访她，邀请她来，这我倒没想到。

不管怎样，这件事都算结束了。我们应该记住一个人的好。我只想解释为什么我们看上去没有关注她。我偶然间

（星期二早上）得知她其实早就回来了（星期一晚上）。不过就算我从她母亲那儿知道她回来的消息，我也不会相信的。我想如果那是真的话，那么他们会让我们知道的；如果不是真的，那么我就不会去找她。如果他们不想让她见我，也没关系，我不去就行。事情就是这个样子。我们已经有够多让人失望的事了……

大家都知道她已经回家，都问她是否来看望过我们，为了面子我们都用各种托词回复这个问题。

接着完全出乎意外的是，这个星期五，8月15日，大概下午五点到六点之间，我坐在台阶上缝亲爱的母亲的长袜，我好像看见艾拉的身影出现在二楼，我还没完全认出她，就听见有人在找冈卡兹家……

对的！我是对的，我一直都是对的。很自然的，我邀请她去我们的房间，同样很自然的，我不知道她在想什么。我想你应该告诉过她我们的公寓是什么样子，最好对现实有所准备，不然会失望的。据我的观察，艾拉对我们的公寓是什么情况知之甚少。

好的。现在你应该知道艾拉说过什么。其实没什么特别，只是说她离不开你，而且对你赞赏有加，听得我们都很开心，她说你的情况很好，这很让我们宽心。但一想到你还在那儿，身边没有她，我们就不好受。我们知道像艾拉一样的朋友是千里难寻的。

你来信中对她的描述不是谎言；我们也终于明白了她的好……

她问我能否同我去趟邮局，我答应了。接着我们去了她哥哥那儿，她拿出了为你准备的包裹，而且给我看了包裹里的东西，不过我们离开的时候有点晚了，因为我们聊了很久的天。那就是为什么我们是在她家写的明信片。她也在上面写了点东西，这可能会让你高兴的。她不愿意让我用自己的卡，而是告诉我写在她的明信片上。

因为我们耽搁了寄包裹，所以只能等到今天，星期一。我们是不是应该把不新鲜的饼干之类的寄给你呢？无法想象的！所以她不急着寄，而是准备了新鲜的。是的，艾拉就是那样。她很担心而且很关心你，就像她的父母担心而且关心她一样。不过说到我们自己亲爱的父母，我们只能难过地叹气。她在工作上应该很成功，她真的是个好人，她应该收获成功。

还有一件事：她到我们家的时候，身上带了些香烟，都留给了我们亲爱的父亲，想不到吧，虽然我们说父亲自己有香烟，也确实如此。不，她说，这些烟是我自己卷的，就是给您抽的。言语还能形容她的好吗？可能不行。

噢，我该收笔了。噜，你那儿还有什么新鲜事，你身体还好吗？继续保持乐观，一切都会好起来的。我们这里一切照旧，我们都很健康，希望能有些好消息。每个人都爱你，这让我们高兴。我们经常说起你，可能你都要打嗝了！[1]

瑞泽尔

她孤身一人，没有姐妹和朋友在身旁，现在她失去了艾拉和帕其塔一家。时间过的是让人无法忍受的慢。

瑞泽尔源源不断的来信，预言她妹妹即将回家。

---

[1] 即"我们总是提起你，"或者相当于"你的耳朵都烫了（起茧了）"。

索斯诺维克

1941年9月11日

最亲爱的莎拉：

每一天你都可能回家，我还有什么好写呢？如果你能在家里待着该多好，这样你还能过点人过的日子。

我们今天收到了你的卡片，我从未见过父亲这样哭过。我开始读你的信的时候，我不敢相信我所读的话，眼泪让我说不出话，父亲开始伤心地哭起来，母亲和布利玛也哭了，景象实在是比较悲伤。

节日就快到了，我知道你，我的妹妹，也想和我们一起欢度节日，我知道你希望过上比到目前为止更好的生活。你说得多好啊，莎拉，我们都是这么想的。你要理解我们每日每夜谈的都是你，我们是多么、多么渴望能把你抱在我们的怀里。

昨天我遇见艾拉了。我们聊了一会儿，她说一切都会好的，她安慰我说："你们会看到的，你们很快就可以和你们的女儿及妹妹团聚的。"

希望你一直和我们在一起……

瑞泽尔

就当莎拉几乎要放弃希望的时候，以前那个突击队士兵来到她的小缝纫室看她，这个守卫以前陪梅林的秘书费妮·兹阿那来过劳动营。现在他们两人都是劳动营的老手了，他们是劳动营里不多的在杰帕斯多夫里待了快一年的人。在他的要求下，她给他孙女的玩具娃娃缝一些小裙子作为圣诞节礼物，他偶尔会过来看看她的进度，和她友好地聊上几句。

莎拉·冈卡兹，12 岁

莎拉·冈卡兹（最上面的一个）和朋友们，大约 1936 年

莎拉的父亲，约瑟夫·冈卡兹

莎拉的母亲，查娜·冈卡兹

（前排）莫什·戴维·冈卡兹和他的妻子亨德尔及他们的两个孩子

雅各布·歌德伯格和布利玛·冈卡兹于瑞典乌尔里奇海默，1946年

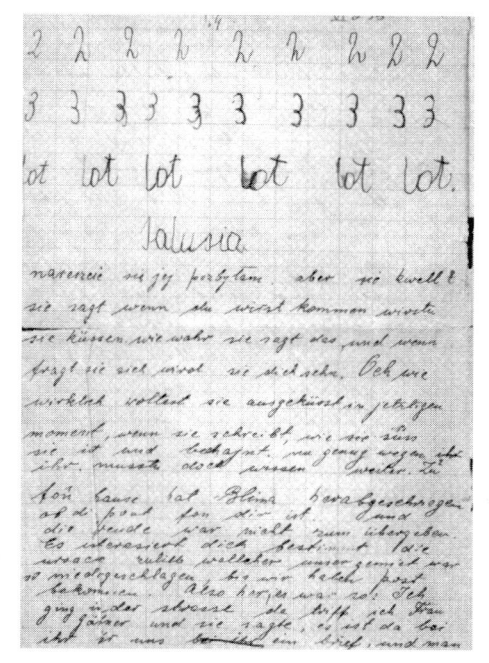

拉雅·蒂娜的女儿萨露西亚于1941年7月31日为莎拉练习写字。瑞泽尔在信中说萨露西亚"说她想给你看看她学会写的东西。我想你会喜欢的"

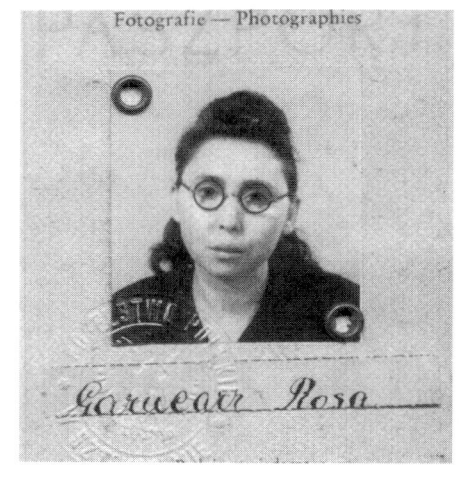

瑞泽尔·冈卡兹，此为瑞典颁发的护照上的照片，1947年

艾拉·格特纳，1941 年。由美国大屠杀博物馆提供

莎拉日记的第一页，1940 年 10 月 28 日，"从离开索斯诺维克的时候开始"

犹太劳工在德国杰帕斯多夫修建高速公路。*由美国大屠杀博物馆提供*

沃尔夫·雷特那医生（前排穿白大衣者）以及罗拉哈特劳动营的一群犹太男女。雷特那医生手里抱着一个曾属于一个纳粹守卫孙女的玩具娃娃，这名守卫曾经叫莎拉为圣诞节缝制玩具娃娃的衣服。莎拉站在最上面一排的最右边。照片上有雷特那医生的签名和日期标注，罗拉哈特，1942年

纳粹守卫在殴打一个犹太劳动营囚犯。*由美国大屠杀博物馆提供*

犹太警察在索斯诺维克犹太人区巡逻。由澳大利亚墨尔本扎格兰比朗斯曼谢夫特提供

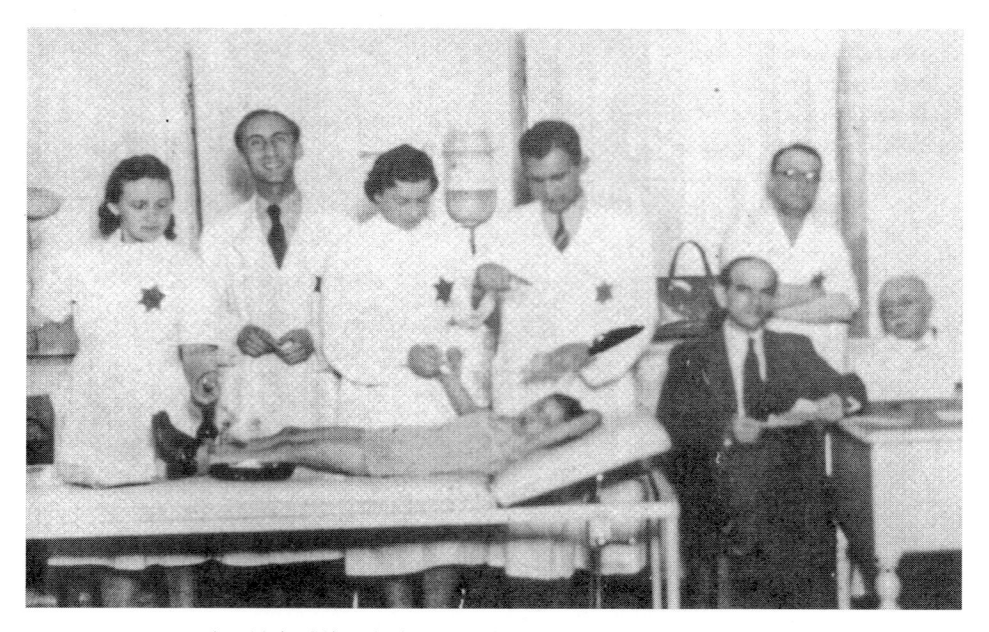

波兰被占时的一家犹太人医院。由美国大屠杀博物馆提供

骑着摩托车的哈利·豪本斯多克，战前的照片

莎拉和哈利·豪本斯多克在格罗斯帕尼欧。哈利的上衣戴着犹太大卫星。哈利在这张照片上签了自己的名字，送给莎拉作为她的生日礼物，1943年3月5日

哈利·豪本斯多克。战前的照片

孩提时的哈利·豪本斯多克

查姆·考夫曼，战前的照片

艾尔芙丽德·帕其塔，莎拉在杰帕斯多夫时，她的家庭对莎拉十分友好。照片上有署名，日期是1942年10月

艾拉·格特纳和莎拉·冈卡兹1941年9月于索斯诺维克。这张照片是莎拉三天"休假"回家探亲时拍的

杰帕斯多夫的囚犯们每月可得到一张 Eskarte（餐票）。莎拉还保留下了很多这样的票据

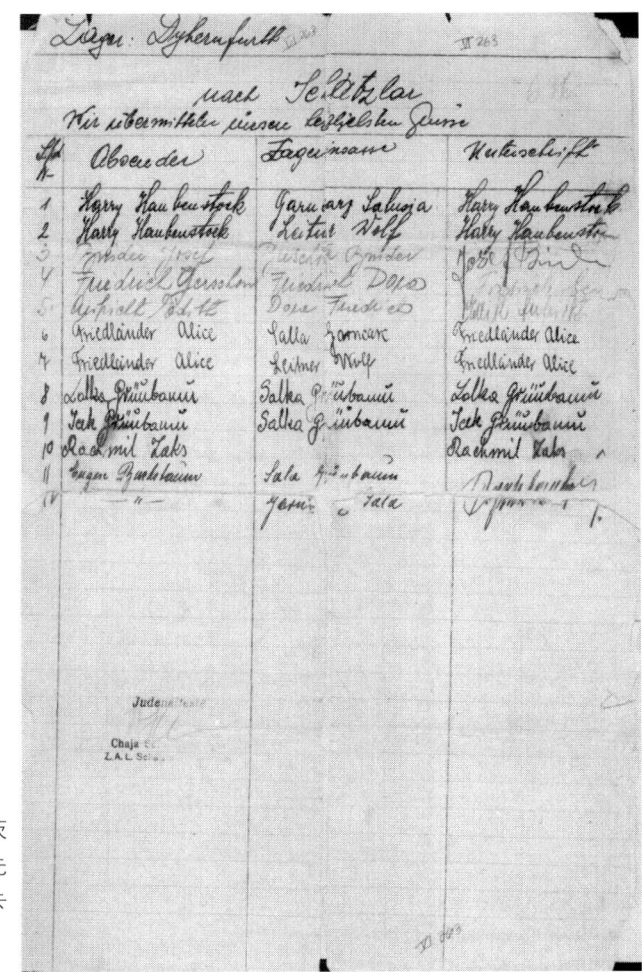

从戴赫恩福斯的劳动营寄往萨茨拉的问候。哈利·豪本斯多克先是写给莎拉（萨露西亚）·冈卡兹，然后写给沃尔夫·雷特那

萨茨拉劳动营的姐妹们：莎拉（左），古斯塔（中），莎拉·格朗伯姆（右），安斯巴赫，1945年

萨茨拉劳动营的姐妹们：莎拉（左），珠希·耿特（中），身份不明女子（右），安斯巴赫，1945年

莎拉（二排最左）和朋友团聚在安斯巴赫，1945年

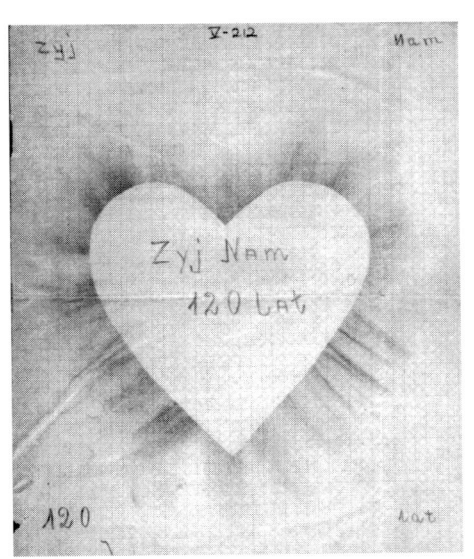

"为我们活120岁,"由"深爱你的女朋友们"送给莎拉的生日卡,萨茨拉,
1945年3月5日

一个萨茨拉的朋友送给莎拉的手工制作生日卡,背面有一首依地语写的诗,祝福莎拉"一辈子都有好运"
1944年3月5日

"给你诚挚的生日祝福",一个萨茨拉的朋友,布罗尼娅·阿尔特曼送给莎拉的生日卡片,
1944年3月5日

卑尔根-贝尔森的女囚犯们正在疏散，1945年4月28日。在贝尔森于4月15日被英国皇家炮兵部队第63反坦克团解放之前，这个集中营里有超过六万名囚犯。后来这里的营房被付之一炬以制止伤寒病的扩散。六千名病得最重的前囚犯们，其中包括瑞泽尔和布利玛·冈卡兹，被送到瑞典去治疗。由美国大屠杀博物馆提供

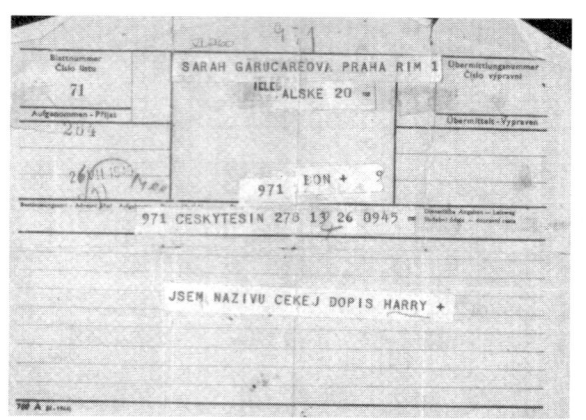

在切欣（切申）的哈利·豪本斯多克给在布拉格的莎拉发的电报，1945年7月26日

乔治，即在1945年7月对莎拉很友好的俄罗斯军官

莎拉在安斯巴赫的犹太教会堂；她身后的标志牌上写着 1945 年 9 月的节日仪式通知

莎拉和西德尼·科什那下士，安斯巴赫，1946 年

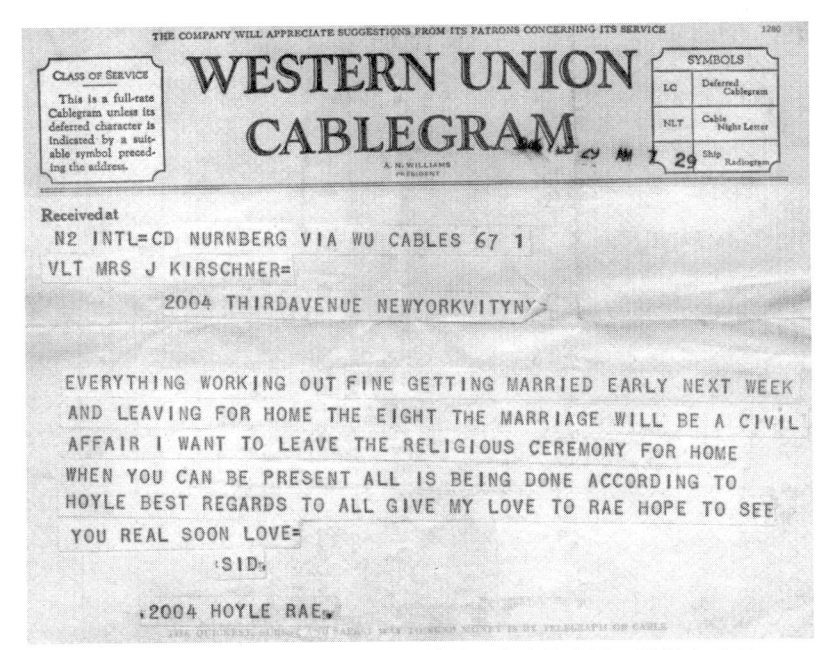

西德尼·科什那在纽伦堡给他在纽约的母亲发的电报，1946 年 2 月

莎拉（左）和弗林卡·拉比诺维茨及其哥哥们，1946年

莎拉（最右）、英国军官和其他两个战争新娘准备动身前往美国，1945年5月

莎拉在纽约中央公园阅读《前进报》(依地语),1946年

莎拉和她的两个孩子,乔伊和安,1952年

莎拉（右）和安·科什那，纽约，2001年9月9日

第三章 | 萨仁卡

她的名字在返回索斯诺维克的名单上。他亲自过来告诉她这个好消息的。莎拉不敢相信自己的耳朵,可是很快办事处就发来了正式的通知书。她可以回家三天。不过他们警告她,她必须返回劳动营,不然其他任何人都不许休假了。

第二天她就在回索斯诺维克的路上了。

自从她上次离开已有将近一年。一千多名犹太人被围捕并送往劳动营。而强加于那些留在索斯诺维克的人身上的限制继续加强——他们的数目因从波兰其他地方来的难民而增加。每周都会减少配给额,而且警察的行为愈加暴力。有关波兰其他地方更恶劣的局势以及纳粹营里无人返回的传言四处飞扬。

走进公寓楼的院子时,她想起了仅仅一年前这里的样子,那时他们仍敢于庆祝秋天的住棚节(Sukkot)。为了遵循吃在户外的传统,邻居们的习惯是在开阔处摆好餐桌。女人们形成了人链,一个接一个传递着餐盘和器皿,直到食物到达了聚在院子里的男人那儿。她的父亲像个君主一样占据着他的小桌子,他那长长的、雪白的胡子和庄重的上衣让他看起来骄傲而显眼。

而今天的院子却空无一人。她爬上楼梯,到了家。

家人的拥抱让她虚弱而眩晕。她看着每一张脸:她的姐姐们看上去是那么疲惫;她的父亲看起来就像一个有一百二十岁的人。母亲的眼神没有一刻离开过她的女儿,但在莎拉和她的姐姐们聊个没完时,她却一言不发。

房间很干净,每个角落里都有温暖的回忆,但除此外就没什么东西了。莎拉直到现在才完全明白:她的家庭比她离开时还要困顿,吃的东西几乎和劳动营里的一样少得可怜。一种焦虑感就像一种阴湿的味道围着公寓的四壁打转。只有她的外甥女萨露西亚焕发着活力和美丽,她看上去都大得不能玩帕其塔家送来的木头娃娃了,但她还是热切地把它带到家庭团聚里来介绍给莎拉阿姨。尽管瑞泽尔强烈反对,莎拉还是祈求她父母准许她和她的朋友们度过一个宝贵的夜晚。她们又一次一起走到萨腊·拉比诺维茨家里。这个城市看上去就像一个大的劳动营。曾经熟悉的街道现在被禁止随意行走，而且她的朋友们告诫她要挨着建筑物走，以免遇上士兵或警察。路上他们看到了其他的犹太人，他们都步履匆匆，想在宵禁之前到达目的地。他们戴的不再是臂章，而是黄色的大卫星。

她和她的朋友们整晚没睡，通宵聊天。她们问莎拉杰帕斯多夫的情况，而且听得非常专注，可是她却感到解释劳动营的生活是没有意义的，即便对她们，她最亲爱的朋友们，亦是如此。倒并不是说饥饿和恐惧对她们很陌生，而是因为她们在家里，周围仍是熟悉的景象和声音。在今天这样一个特别的晚上，她可以享受相对的自由和重建的友谊，她可不想在心里唤起劳动营里的孤独和匮乏。她想听她们关于浪漫和婚姻的故事，听她们讲理发和裙子。虽然她们只有十七岁，她们都有了男朋友。已婚男子被驱逐的可能性更小，所以牵线做媒这一行以极高的速度进行，忙得不可开交。古希亚在她上班的厂里遇见了她的情郎。贝拉则快订婚了，而赫拉很快就要当新娘了。其他人处于早期的谈情说爱阶段，但预计离结婚也不远了。

她们煞有介事地给了她一张最近朋友们的合影，她是唯一一个不在里面的。

莎拉直到最后一天才见到艾拉。一开始艾拉柔声地告诉了她她已经猜到了的事情：她的朋友不会再返回劳动营了。在索斯诺维克和杰帕斯多夫之间穿梭了几次后，艾拉在摩西·梅林那儿获得了一个新职位，而且将要搬到附近的贝德津市她自己的公寓里去了。为了让莎拉这次能回家休假她尽了很大力，而且向莎拉的父母许诺她不会停止为了他们女儿的事的努力。她甚至还谈到了在战后非正式地领养莎拉以及让她受教育的可能性。

她们走到了当地一家肖像社。莎拉的头发微卷，披在耳后，她穿着布利玛一件犬牙织纹边饰的上衣，看见艾拉用她们动身去杰帕斯多夫那天她在火车站上戴的那顶穗带镶边的帽子装饰自己时，她不禁笑了。摄影师把她们的位置安排了好久，终于把这两个女人摆在了侧面像的位置，她清澈的眼睛凝视着艾拉，直到摄影机的快门响起。

从肖像社出来莎拉就回家了，一想到她没有把自己所有的时间花在父母和姐姐们身上，而是和朋友们整夜纵情欢笑以及和艾拉外出，她的良心就感到不安。她打开抽屉，拿出了她那件鲜艳的珊瑚色衣服，不过仍把日记本留在那儿，然后又把抽屉锁了起来。瑞泽尔给了她一些她们的哥哥莫什·戴维和他家人的照片。时间太短了，她都没能去看他或者她们的大姐米利安·查娅，她住得太远了，没法在休假的时候去看她。

他们装着很有信心的样子说起了她的下一次回家。很快就会的，她想让他们放心。可是由于在本地没有工作，也没有官方的免除书，莎拉没法拒绝返回劳动营。她曾听说过其他家庭因为有一个亲戚没能报到参加强制劳役而被逮捕的事情。而且她相信她所被告知的——如果她不返回的话，其他人都不能休假。她怎能剥夺另一个囚犯看望家人和朋友的快乐呢？至少在杰帕斯多夫她还有活儿干。在家里多一张饥饿的嘴只会增加她父母的负担。

这一次的告别充满着不祥的预兆；他们没法假装自己不担心这可能是最后一次告别。当约瑟夫·冈卡兹朝莎拉走去的时候，她的姐姐们和母亲都退后了。她知道他会说她最害怕听到的话。好像为了抢先一步一样，她冲上前去，回答说："是的，我会回来的！我现在就在这儿，不是吗？我离开了——可是又回来了。坚强点，我会回来的！"但是他还是继续说了，直接而庄重——她会永远记住他说话的样子——"我亲爱的孩子，我再也见不到你了。"他把双手放在她头上，祝福她健康，一生如此。

第四章

小的和灰的，老的和小的，穷的和富的

她独自一人,站在克拉塔加街一个邻居的公寓窗户旁。透过玻璃她看见了院子对面另一个公寓的另一个房间。里面一个赤裸的身体躺在一块木板上。共有四个男人站在那儿,一边两个。缓慢但有节奏地,他们把大块的布放到一个铁浴缸里沾湿,然后开始给死者洗澡,先是洗头,接着是右边,再是左边。他们小心地帮他翻过身来,洗他的背部。在做这一切的时候他们没有说话,只是静静地祈祷。现在他们用另外一些布擦干他的身体,然后用白色的亚麻衣服裹住他的头、躯干、腿和脚。

她突然惊醒了。她在杰帕斯多夫的第二年开始了。在营房的一片黑暗中,她仍能看到渐渐淡去的塔哈勒①,即让身体纯化的仪式。她是否在小时候就见过这个仪式呢?

她已被送回营房和其他女性一块睡。晚上没有艾拉在身边,她做着满是童年记忆和恐惧而杂乱的梦,一直到天亮。

如她的朋友查娜所预测的,她还没有从回家的震惊中恢复过来。

索斯诺维克

1941年9月22日

我最亲爱的莎拉:

我几乎觉得你还坐在我身边。我亲爱的,一切都会过去的。人总是希望得到最好的。休假后你的第一天过得怎样?

---

① tahara,犹太人的洗净仪式。——译者注

你还处于休假回家的魔咒下,还是已经回到现实了?

查娜

她感到前所未有的孤独。她回到劳动营的那天正好处于犹太日历中最神圣的时期,这是思索和忏悔的时候。

即便瑞泽尔也让自己言辞激烈地爆发了一回。

索斯诺维克
1941 年 9 月 24 日

亲爱的莎拉:

我们很开心你能平安回到杰帕斯多夫。但愿上帝永远眷顾你。看起来他已经离开我们这里了。我们曾想象会有一个不同的世界,但现在我们到了一年中最神圣的日子了,怎可以有这样愤怒的想法呢?你来信说你已准备好面临审判的那一天,很好……

我们亲爱的父母要求你过赎罪日（Yom Kippur,斋戒的一天）。

瑞泽尔

她的朋友们的来信更多了,不过她们仍抱怨用德语写信很困难。她的回家让她们更好地理解了她是多么珍视她们七嘴八舌的聊天,越是闲聊越好。曾有几分钟她仍可想象自己和这一帮朋友在一起。

贝拉是从她父亲的店里写信的,那里经常会有几个朋友加上她们的祝福:

第四章 | 小的和灰的，老的和小的，穷的和富的

索斯诺维克

亲爱的莎拉：

……我们知道你那里是什么情况，特别是艾拉离开了，你一个人……

上星期天我们大笑不止——每五分钟下一次雨，我们每次想出去，它就开始下雨了。直到七点雨才终于停了。

看到这里的时候，你肯定会笑我写这些鸡毛蒜皮的事，但我想把一切都写给你看。你很清楚我用德语写信是多么困难。

查娜剪了头发，从里面往上卷的，看起来非常漂亮。

我可是详细的什么都写的，不过我相信你能读出我的话外之音的……给我回信，别只是写明信片，写封信吧，这样我就可以好好读读。

店里的女孩子们致以问候。

贝拉

艾拉不在身边，如果有什么可以安慰的话，就是收到她的来信的指望。艾拉是她的老师。她的第一封信到的时候，信里艾拉的声音就像她本人的一样生动有力，不仅让莎拉哈哈大笑，也要求她去了解她自己的心。

艾拉轻快的言语就像从杰帕斯多夫之外吹来的清新的风，吹遍了劳动营的营房。

贝德津
1941 年 9 月 24 日

萨仁卡，你这好姑娘：

我知道你很失望，可我身不由己。我知道你回家后我陪

你的时间太少，可是你得理解为什么。首先，你的休假太短了。接着我要工作，回家，甚至糟糕的天气，所有的事情在这段时间都妨碍着我。

但是不要把我想得很坏，不要失去希望。没有什么理由使你不信任我。你比我小，应该更理解对待比你年长的人应有的礼节。我们不能总是说我们想说的，或者说我们全部想说的。在劳动营里，我保护你，让温暖围绕着你。当然了，我的宝贝，你会想念我的照顾，但是索斯诺维克不一样；此外我的情况特殊。我希望你会更加明白我好的方面——你知道的和你还不知道的好的方面。一切都会清楚的。下次吧，莎拉。

不过现在你得是个好姑娘。别哭，别撅着嘴。如果你表现这么傻的话，谁能、谁会理解我？你没有言语——为什么？来信告诉我你的想法，把最细微的加进去。别害怕，我一直在想着把你弄出来，耐心点。

我还是以前的艾拉，虽然我有那么多可能性和机会成为另外一个人。我自己也很奇怪：像我这样对劳动营有感情真是少见。相信我，萨仁卡，你不能和我在一起，我很难过。你还记得星期天的时候你一大早就爬到我的床上吗？我们让大家感到又可乐又一头雾水。你把你对劳动营的感受写得非常清楚。萨仁卡，你还是处于这样悲伤的情绪当中吗？我觉得自己运气很好，有很多工作可做。这样的话，日子一天天过得很快……

萨仁卡，保持对我的信任吧，一如往常地吻你，漂亮的女孩。代我问候所有的女同胞。给我写信，明明白白，详详细细，好吗？我为你订了皮肤霜，下次和相片一块儿寄给你。

你的，艾琳卡

艾拉在施梅尔特组织下属的一个贝德津的车间里当监工。如果谁能够给莎拉找到工作的话，那就是艾拉了。

贝德津
1941 年 10 月 16 日

漂亮的小萨仁卡：

请原谅我这么久没有给你写信。我非常忙，有很多工作。要知道我回到家里时是多么累啊。我现在自己一个人住，我亲爱的妈妈在索斯诺维克。我不知道自己说过多少遍。"天哪，要是莎拉在这儿多好；天，我是多么想念萨仁卡。"尤其是现在我一个人住的时候尤为如此。

想象一下吧，我们两人自己住！萨仁卡！你会认不出这个房间的：刚刚粉刷好，家具也重新布置了，干净而且十分温馨——只不过，我现在独自一人。上个星期二我把留声机带过来了，这样我就把我的音乐世界带回来了。我们的照片，我们俩新近拍的，还有我和伯纳德的合影在房子里到处都是，不过我在上面看起来很丑。大家都说你很漂亮，而我看起来则像个巫婆，真的，不是开玩笑！你的皮肤霜在抽屉里，我真的没时间去寄它，但下个星期一定……你是不是生气了？

星期一在索斯诺维克的时候你姐姐来看我了……我们聊了很久。我以为你可能在休假的时候被我伤了心，但她告诉我并不是这么回事。相反，据她说你说过不能离开艾拉的话。我真的很开心，漂亮的小姑娘！我也非常，非常喜欢你，你知道吗？我爱你，永远不会忘了你。我们在劳动营一起度过的时间——你对我的好，你为我做的一切——我没有忘记，萨仁卡。然而现在，事情还只能保持现状，不过你会让自己相信我不坏，也不会忘恩负义的……

吻你，美丽的萨仁卡，赶快写信。

你的，艾琳卡

萨仁卡，耐心点！还好你有份工作做！马上给我寄一份证明，证明你在那儿已经工作一年了。

艾拉又看望了瑞泽尔几次。她继续为了释放莎拉而努力。

贝德津
1941 年 11 月 6 日

漂亮的小萨仁卡：

我还是每天要工作到深夜。身份卡的登记已经结束了。我现在有更多的时间，会把一切都处置好的。别担心，你在我的车间里工作的日子很快就会开始的。相信我，当我看到那些女孩像你以前一样跑来跑去的时候，我的心里很难过。你在劳动营已经待了十三个月了。你记得以前在火车上把你的小脑袋靠在我身上的样子吗？没有人能够，也没有人会像你一样理解我！

如果你来了……哦，我的上帝！我请求你温顺点儿，表现好点儿。干净点儿，而且要像以前一样，工作努力点儿。好吗？

……今天下了第一场雪。到处一片洁白。我在等你和伯纳德的信……不久，如果上帝恩赐的话，我们三人就能团聚了（所有的好事情都是成三的）。耐心，勇气，别失去希望！！！

你的，艾琳卡

第四章 | 小的和灰的，老的和小的，穷的和富的

艾拉很清楚虽然她不在杰帕斯多夫，但在那里，她仍是人们谈话的话题。她抱怨说有人在传谣言，说她已经结婚了，"去它的闲言碎语！"

随着1941年行将结束，艾拉怀念起她们在劳动营一起度过的时光，而且对莎拉自愿服劳役感到同情。目前看起来朋友们的重聚还是没有指望。

贝德津
1941年12月15日

漂亮的小女孩：

现在又是"1941年的12月"了。一年前，我们在一起。你记得我们制订的计划吗？那时我以为你会被释放出来，但由于我有点怀疑，我自己开始着手为你的事努力了。你和我不会有问题的！告诉我在你的文件里"职业"一栏里是否有"女裁缝"。我不会等到伯纳德被释放，但是我会为了你们俩而尽力的。

你不知道你没有任何错却受了这么多苦，这让我多么气愤。你主动替你姐姐登记，而后来我却有点忽视你……不过过去的悲伤和烦恼就让它过去吧。萨仁卡，请别失去希望，不要因为事有耽搁而哭泣。我一直在想着你。我对你的思念比你想象中的还要多。

萨仁卡！你还健康吗？给我写点什么！我能给你寄点什么？啵！吻你的嘴唇。

你的艾琳卡

德国对欧洲的控制愈发加强。法国、比利时、丹麦、卢森堡以及荷兰已处于被占领的第二年当中。希腊和南斯拉夫也在1941年被侵略。虽然希特勒不得不放弃1941年12月在克里姆林宫开庆功宴的计

划，他的军队仍继续攻击俄罗斯，交战双方的伤亡人数持续上升。在日本偷袭珍珠港以及德国对美国宣战后，美国军队加入到英国和俄罗斯军队的行列中。这次世界大战现在已经覆及五大洲。

　　位于波兰和德国的劳动营被认为是德国战争经济的必要组成部分；施梅尔特继续获得特许权，以增加可以提供德国企业的劳动营和劳工的数目。一些第一批的管理人员，包括犹太人的内层人员，被派到新的岗位上。克罗仁伯格回到了索斯诺维克，其他人接替他做了长老。雷特那医生在几个施梅尔特劳动营里有了新的职责，但是他仍会来杰帕斯多夫看望莎拉，给她带香烟。霍克罗被转移到另一个建筑工地。"我听说你结婚了，"他来信说，"不过我不知道这个消息是否真实。如果是真的，我祝你们两人好运——现在我可以往前走结婚了，对吗？"他在索斯诺维克看望她的家庭时他的笑话显然没有给他带来麻烦——他甚至还是瑞泽尔最喜欢的人之一。

　　仍留在杰帕斯多夫和莎拉在一起的只有伯纳德·霍尔茨以及查姆·考夫曼。伯纳德还坐在办事处那张桌子旁，没有艾拉，他甚至比莎拉还要失魂落魄。他们两人都希望艾拉介入他们被释放的事。

　　查姆仍旧热烈地追求莎拉。虽然她想发出她的矛盾情绪的信号，这却很难在发食物和在办事处偶遇时短暂而没准备的谈话里解释清楚。他也曾被短期送回过家。休假的时候，他去看过她的家人而且向她的父母暗示过将来联姻的可能性。莎拉则断然否认她做过这样的承诺。他关于结婚的说法是愚蠢的：在这种奇怪的地方怎会有人恋爱？他缺乏幽默感，占有欲强，而且容易嫉妒。他现在已见过她的父母和姐姐，而因为艾拉不在她的身边，他的言行之中俨然拥有了对她的监护权。他似乎知道她收到邮件的时间而且总是缠着她让他在回信中加几句话。瑞泽尔好像对他持鼓励态度，在她自己的信中会表示对他的问候以及传达一些信息。"查姆总是会加几句话，"她注意到，"为什么不是现在呢？"有关他们俩关系的言谈甚至传到了她在奥尔库斯茨的表亲们耳中。"他正在热恋中,"她的表姐罗西亚说,她在查姆休假时见过他。他则不断催她给他答复。

杰帕斯多夫
(未注日期)

最亲爱的莎拉:

请不要因为收到我的信而感到吃惊。时值秋天,天色暗而阴沉,而且下着雨,我的内心也是如此。

我给你写信的原因是我再也受不了了。我等着,我观察着,最重要的是,我忍受着。可是我得到什么呢?我试着去理解。我想了解你,可是全是徒劳。你仍未告诉我你改变的原因。所以我又来了,想知道我为什么得不到更好的回报。我无法回答那个问题;请告诉我答案。有时我有种感觉,你是想让我面对某种事实——如果是这样的,请告诉我。(不过我怀疑你根本就没想过这个问题。)我们在劳动营的日子里发生了多大的变化!还会有更多的变化。可是你还要漫不经心地对待我对你的爱?你想带我远离一条笔直的道路,可是你想带我去哪儿呢?

请明言。我并非对你发号施令。到现在你可能已经知道与我有关的任何事情:我渴望成为一个患难与共的朋友,那种什么力量都无法让我离开的朋友。简言之,那就是我的真心。美丽的人啊,虽然我期待着一个肯定的回答,请你给我一个确切的答复,因为只有那才能指出我将来生命的道路。请考虑,最亲爱的。而且请勿误解我。

送给你深情的问候。

查姆

她写过什么、说过什么几乎无关紧要；他是按照他自己的期望来诠释她的答复的，但她已不是1940年那个犹豫不决的小姑娘了。他发现他追求的是一个更坚强、更果断的青年女子，可惜这个发现来得太晚了。

莎拉被艾拉调教得很好。她继续独立学习，仔细地观察，认真地聆听。作为最初的杰帕斯多夫人，她发现她有一些优势。那些最早到来的人在劳动营的规模还很小时就已经适应了环境。在1940年秋天来到劳动营的一小群工人、守卫和军官里她有很多朋友。她的德语现在已经很流利了。她的裁缝技术为她赢得了一些尊敬和特权。她和帕其塔一家在一起的几个月让她在身体上和情感上都坚强了很多。或许所有这些因素加在一起，至少能为她在随机转移到另一个劳动营时提供一些保护。

因为她直接为德国人工作，家里的人们相信她有非凡的能力。"我听说你能让人帮很大的忙"，一个朋友在信中写道。别人会求她为了亲戚，有时是完全的陌生人，出面干预。"亲爱的莎拉，恳请你帮我哥哥洗衣服"，有人这样请求，她伤心地说她的哥哥有精神疾病而且不识字。一个邻居的丈夫被送到了杰帕斯多夫，他的妻子恳求她为他烧饭。一个朋友求她每两周为她的哥哥写信。"问他要不要鞋子，以及他的亚麻衬衣没破吧？"另一个忧心忡忡的熟人在来信中说。

莎拉房东的儿子也被送到杰帕斯多夫，而且竭力在劳动营里恪守教义，当有人请求莎拉去照顾他的时候，她自己还有一些偏见没有克服。贝格迈彻（Beglmacher）一家生活丰裕，在索斯诺维克拥有好几处生意以及大楼。战前房东曾往返于索斯诺维克和美国之间，他是莎拉认识的人当中唯一一个穿越过大西洋的人。莎拉喜欢他讲的芝加哥黑帮和秀兰·邓波尔的故事，但是在她父亲未能及时交房租时，克拉塔加街的房东却翻脸无情。现在有钱的房东的儿子和没钱的拉比的女儿在同一个地方待着。莎拉同情这位年轻人，她想起了瑞泽尔。他应该变通一点，她劝导他，因为另一个选择是被送到比杰帕斯多夫更糟糕的地方。当逾越节她收到一包珍贵的未经发酵的面包礼物时，她转送给了他。

只要能分享的，她就会与人分享。1941年很长时间里她的表弟亚伯拉罕·格朗伯姆（Abram Grunbaum）是她特别照顾的对象。他是罗西亚最小的弟弟，罗西亚曾恳求莎拉照顾这个少年，虽然她的这个"宝贝弟弟"比莎拉小不了多少。罗西亚的期望很高，莎拉一有忽略他的时候，罗西亚就毫不犹豫地斥责她："我们听说我们的亚伯拉罕和你有些矛盾，而且你对他不好。你怎么可以这样对他？你怎么能不像一个表姐的样子？……莎拉，请理解这是他第一次离开家，而且他毕竟还是个孩子，又没有朋友，而你则是女孩子。"罗西亚还把她的抱怨说给瑞泽尔听，后者则警告莎拉她对表弟的忽视会让年迈的格朗伯姆夫人生病的。

罗西亚对莎拉咄咄逼人的看法很快就颠倒过来了，从一开始的严厉批评到现在热情地赞扬莎拉对他的呵护。

奥尔库斯茨

1941年5月7日

我们亲爱的莎拉表妹：

今天我们收到了我们那亲爱的孩子寄来的明信片。他信中写的好事情让我们欢呼不已。亲爱的莎拉，亚伯拉罕向我们描述了你的善良心肠，我怎么才能向你表示我们的感激之情呢？你想象不到我们的欣喜。我不知道如何才能感谢你，亲爱的莎拉。父亲请求上帝把美好的事情赐福给你。母亲说她感谢你而且想吻你，想与你面对面说话。我的姐姐和我知道，我们的表妹为亚伯拉罕如此尽心，上帝会在将来回报她的。她会如她所愿那样幸福的……

我们在想为什么亚伯拉罕会搬到另一个房间去，我想这也是你出的力吧，亲爱的莎拉。我们唯一的担心，亲爱的莎拉，是你从未给我们写过信。你想象不到因为你的好心我们是多么爱你。希望我们很快能一块享受幸福。

请告诉我的弟弟我们已经给他寄来一个包裹，请转达我的问候和亲吻。我的父母向你表示问候和亲吻，请来信告知我们能为你寄些什么。

罗西亚

亚伯拉罕的母亲过世了，罗西亚不想让他在信中获悉这个噩耗，而且在她的要求下，莎拉秘密和亚伯拉罕见了面，并安排他为他的母亲进行适当的祈祷。

正如她给房东儿子建议的，工作是他们唯一的保护。摩西·梅林在其公开演讲中，在街头巷尾贴的传单上，在剩余的为数不多的依地语报纸的文章里也在传递这个信息。一个官方授权的雇用场所里有效的身份卡比钱还重要。一个家庭只出一名成员去劳动营服劳役已经不够，虽然他们在1940年长老会寄来信时认为是够的。"如果我没有找到工作，我将会去别的地方。"瑞泽尔这样担心。

莎拉的一些朋友在当地的施梅尔特组织或"商店"工作——比如艾拉在贝德津上班的地方——已经拿到了她们的身份卡。贝拉·科恩和她的兄弟姐妹在她父亲以前的商店里工作，只不过现在换了新的纳粹经理。贝拉希望她的新婚丈夫能被允许和他们一起在商店里上班。古希亚很兴奋，因为她在当地一个厂里找到了稳定的工作，这家厂负责为政府管理的、德国就业妇女使用的托儿所生产童床。她的工作是粉刷条板，既不危险也不用搬重物，而且这个厂十分干净，管理井井有条。她从早上六点工作到下午四点。她的母亲允许她吃厂里提供的午餐，虽然不大合礼，但由于物价飞涨，食品供应每个月都在减少，现在并不是挑三拣四的的时候,她母亲说。

可是布利玛和瑞泽尔只找到了临时的工作,瑞泽尔几乎在每封信里都表示了她的担心。她们在长老会办公室前排着长长的队,希望能在当地一家厂子里找到稳定的职位。如果没有有效的身份卡,她们很容易在频繁的围捕中被抓住。瑞泽尔使用了一个代号来告诉她的妹妹她们面临的被驱逐的危险:在"婚礼"中意思是得到传讯,要去让人发憷的斯克拉多瓦临时劳动营。瑞泽尔已经被带去那儿一次,后被释放,如果她们不能出示就业证明,就会一直处于危险之中。

被抓者越来越年轻化了:一天深夜,犹太警察闯入拉比诺维茨家里,把萨腊·拉比诺维茨的妹妹,仅仅十四岁的弗林卡带走了。她的名字也在他们的名单上。弗林卡的父亲向摩西·梅林申诉,提醒梅林拉比诺维茨家里已有两个儿子被送去杰帕斯多夫了。梅林拒绝介入此事,他和弗林卡的父亲争辩说他的女儿在劳动营只会更好。弗林卡走了。

瑞泽尔四处寻求对策,她希望艾拉家能有足够的影响为她们姐妹在一家当地的厂里找到工作,或者为布利玛借到一台缝纫机。冈卡兹家没有政界的朋友,也没钱买"礼物",没有这些贿赂,找到工作的可能性微乎其微。瑞泽尔和她的母亲决定亲自去求艾拉的哥哥帮忙。如果是在被占领之前去的话路上很快的,可现在只有一辆电车,作为一节单独的车厢挂在普通电车后面,里面的工作人员是犹太人,而且上面写着"犹太人专用"。车上往往都极其拥挤。为了走路过去,瑞泽尔和她母亲只得避开禁止对犹太人开放的主干道。她们绕了很多路,穿过很多小巷,缓慢而吃力地前行,花了好几个小时才到达她们的终点。

索斯诺维克
1941年11月8日

亲爱的莎拉!

哦!我该写什么呢?为什么你没有收到我们写来的信?

为什么？……为什么？……为什么要给你写信呢？如果我不担心会让你不安的话，我就会一言不发，因为我没有什么开心的事告诉你。我亲爱的！哭泣，哦哭泣——我们可以尽管哭泣。我不想告诉你我们的心是怎样流血的，可是我必须这么做，这样你才会知道我们没有经常给你写信的原因。

每天都会给我们带来新的悲伤……如果你有钱，你就可以进去，可是如果没钱，没人会帮你。

昨天，我们亲爱的母亲又到艾拉哥哥那里痛哭。艾拉最近没有来。格特纳先生和亲爱的母亲说话非常礼貌，可是目前却没法帮得上忙。他会试着去给布利玛弄一台缝纫机，可是谁知道他会不会成功呢。他确实说过他会给贝德津的艾拉打电话。我们的将来一片漆黑。

莎拉！莎拉！我该给你写什么好。最要紧的是，我到婚礼上去了。想象一下吧：我们亲爱的父母无法停止哭泣。外面的天气阴沉黑暗，雨雪交加。

好天气，我们等着，好信件，我们盼着。

瑞泽尔

不到一个星期后，瑞泽尔很欣慰地告诉她布利玛终于找到工作了，不过她们的朋友们参加了更多的"婚礼"。

索斯诺维克

1941 年 11 月 13 日

亲爱的莎拉：

你可能在想为什么好几天都没有收到我们的邮件。不过别担心。记住我说的话——当我们没有心思写信的时候，你不应该担心我们。但是，谢谢上帝，布利玛现在在商店里上班了：在尽了极大的努力和"礼物"后，我们成功了。

城里又有一个麻烦了。想象一下吧，我被邀请参加婚礼了。你的一个朋友已经去那儿了，不过我没有去，因为邀请来的时候，我不在家。

瑞泽尔

终于布利玛有工作了。可是瑞泽尔还没有。她每天仍在排着长长的队伍找工作，极其迫切地想避免另一次围捕。

光明节①来临了，这个欢庆军事胜利和宗教自由的节日现在被赋予了新的象征意义。

索斯诺维克
1941 年 12 月 16 日

莎拉：

光明节！光明节的第一天。我们亲爱的父亲点燃了蜡烛。他在唱着，同时也一直在哭着。哦莎拉，你知道他是多么想看见他的孩子们团聚，而我们——我们亲爱的母亲、布利玛、我，甚至是那些蜡烛——同样欢乐不起来。

我们亲爱的父亲看着钟……是的，到了我可以和你写信的时间了，所以我就开始写了。莎拉，你怎么样，你身体可好，你还在上班吗？我甚至不想写信因为我们都相信你会回来过假期。不是吗？或者你也许想给我们一个惊喜。多好啊！

---

① Chanukah，为纪念公元前 165 年犹太人战胜希腊的叙利亚侵略者并夺回圣殿。——译者注

113

我们不应该这样认为吗？为什么？也许他们告诉我们的是事实，你会再回来，可是会是什么时候呢？

我们没有把你想要的东西寄给你，请别生气。我们一个月只能寄一回东西，而不是想什么时候寄就什么时候寄，这样你就会原谅我们了。同时，我们希望能得到你的好消息。这里一切如常，没有什么特别的。感谢上帝，我们都很健康。这里有个很大的婚礼，我没有得到邀请。

瑞泽尔

梅林的犹太警察在围捕中已成为人们熟悉的角色了。普通警察们戴着蓝白相间的帽子，镶着他们小组的名字；警官们则戴着一条特别的皮带。他们从长老会那里拿工资，而且得到保证，毫无被驱逐之虞。

一开始，梅林只是让他的警察进行常规的街头巡逻。不过随着为施梅尔特寻找劳力的难度增加，他们的作用也随之升级。他们拿着梅林手下不断更新的花名册，被派到具体的目标人家中，把人带到临时劳动营，必要时还会使用棍棒和野蛮的暴力。他们之凶狠毒辣仅略逊于党卫军，能执行长老会下令的任何制裁，从没收配给卡和财物，到把人们从公寓楼里驱逐出来，到在被怀疑窝藏逃犯的家庭里绑架人质。当盖世太保想要逮捕一个犹太人的时候，他们会联系长老会的警察，后者则会把被控的罪犯抓来，这个罪犯可能违反了宵禁令，闯入禁区街道，或者偷窃食物。每周有将近三十人被当做罪犯处决。虽然荷枪实弹的党卫军部队可以提供支援，梅林和施梅尔特还是更愿意依靠犹太警察。他们了解街区的复杂情况，而且在搜索藏匿者时比德国人更在行。

作为上西里西亚东部所有犹太长老会的总负责人，梅林得到了一张特别通行证，这张证可以让他通行整个波兰和德国，甚至去布拉格，与他的同事们会面，报告他的活动。他乘火车去柏林，不过在波兰境内，他则是乘自己的私家车；他的司机自夸说他是唯一一个持有真正的帝国驾照的犹太人。在罗兹，梅林巡视医院，和他的同级查姆·朗寇斯基（Chaim Rumkowski）讨论犹太人区的管理。他们有很多相似之处。两人都利用他们长老会的职务中饱私囊。他们都有无限度膨胀的自我：朗寇斯基把他的姓名和图像印在罗兹犹太人区的邮票和货币上，而梅林则引进了一个彩票体系，使用的是有他签名的卡片。

在1942年之前，梅林都可以吹嘘说索斯诺维克的情况要比罗兹的好得多。他可以带着无可非议的骄傲指出，至少他的社区部分里是相对安全的。不过这一切都将改变。

施梅尔特组织从它诞生一开始就是在苟延残喘。施梅尔特证实了犹太劳役在战时的利润和生产力，但是在促进纳粹的种族纯净目标的实现上却没有起到任何作用。事实上，施梅尔特劳动营网络的异常地位对实现那个目标而言是个恼人的障碍。

此后召开了一个高层会议，讨论完全清除犹太人的计划，这就标志着施梅尔特劳动营的末日已到来。党卫军中将莱因哈德·海德里希（Reinhard Heydrich），安全警察的首脑，负责执行最终方案（Final Solution）。1942年1月20日，他在柏林附近万湖（Wannsee）湖畔的一栋党卫军别墅里召集了一次特别会议，以协调相关的政府机关。

这次会议开了九十分钟。十五个人，全是纳粹政府的高级成员，承诺进行合作。他们同意配合一致，以达到尽可能高效地完全铲除犹太人的目标。具体细节由阿道夫·艾希曼负责，他是会议的秘书，也是德国保安总处犹太事务部的负责人。他在执行希特勒在德国和奥地利的反犹太人计划时积累了大量经验，现在则把这些经验运用到了这次任务中。

如果希特勒完成了对欧洲和苏联的征服，他将控制一千一百万犹太人，而为处理这些犹太人所进行的准备工作将会有数月之久。这时特别需要对资源进行仔细协调和分配，因为希特勒的军队正在俄罗斯和北非作战，而且刚刚在美国东海岸进行了潜艇（U-boat）攻势。已有五十多万犹太人被谋杀，其中大部分是由纳粹行刑队动手的，他们在波兰和俄罗斯血洗了一个又一个城镇。然而在波兰西部的城市地区进行大规模的枪杀是不大现实的。毒气室已经显示其优越性，第一批死亡集中营的建造也在进行中。对艾希曼而言，他面临的挑战就是把犹太人送到他们的终点站。

就在纳粹研究其他的杀人方法时，施梅尔特的劳动营继续全速运转。施梅尔特的同盟言辞激烈地反对打断大型的建筑项目或生产线，因为这些是基本战争物资如军需品、飞机、坦克、无线电管还有毒气的首要来源。私人企业也支持这种看法；可用的工人数目的减少使得施梅尔特的犹太人越发显得不可或缺。最后达成妥协，发布了另一个缓刑令。为了军事目的，一些犹太劳力还是允许的。

施梅尔特在索斯诺维克的办公室扩大了。他增加了四十个犹太妇女作为工作人员，她们是通过一个特殊的后门进入大楼的。

瑞泽尔对万湖或施梅尔特一无所知，对正在进行的一切毫无概念。有好几个星期没有婚礼的邀请了，这个暂时的缓解让她非常享受，而且布利玛也在上班。她不知道她的命运，以及她所知道的大多数人的命运，全掌握在远方的纳粹官僚手里。

这个时候她就可以回到她最喜欢的话题之一：对她妹妹的道德教育。

索斯诺维克

1942年1月1日

亲爱的莎拉：

看，现在我们已经在1942年了，时间过得真快啊！

莎拉，你对时间的看法是对的。你终于意识到了这点，这很让人惊异——现在你想知道怎么去生活吧。说真的，人应该总是认为自己的父亲、母亲或姐姐的建议是对的，而且去服从它。随着时间的过去，它就会一去不复返了。但你不应当责备自己：开心地度过每一天，无忧无虑地，别让你的思绪漂到让你难过的事情上去。

终于你意识到了只有你的父母对你才是全心全意的；朋友只是表面如此而已。我们确实没有给你帮上任何忙，我们没法给你寄任何包裹，但我们的思想，我们的思想总是和你在一起。

瑞泽尔

在万湖会议后，驱逐犹太人的脚步似乎慢了下来。梅林劝他的拥护者们要感谢他们相对较好的运气。只要把索斯诺维克和贝德津与欧洲其他地方的惨景比较一下，他宣称，那里"德国和捷克的犹太人领袖全都掉了脑袋"。而他的犹太人，即上西里西亚东部的犹太人却有孤儿院、学校和工厂。他的福利部管理着二十八个公共厨房，管着约占总人口百分之四十的人的吃喝。卫生部有着十三个犹太医生和二十六个助手，经营着一家医院，十九个诊所，十个牙科诊所，每年有一万四千次上门服务。他的犹太人能够收发信件，而不像罗兹的犹太人一样，在那里他们不再能够和国外，甚至也不能和波兰其他地方的亲戚进行书信往来。他的犹太人同时也不是被限制在犹太人区，华沙却是如此，那里的五十万人口里有许多人无家可归，在街头乞讨，罗兹亦然，十六万四千人被塞到一点五平方英里的地方，伤寒和肺结核肆虐，死亡率惊人的高。那些犹太人没有实力，梅林称。即便是朗寇斯基也是羸弱的。只有他能够直接和纳粹对话，也只有他成功地通过巧妙的谈判和贿赂削减了被驱逐犹太人的数目。

梅林仍继续为施梅尔特寻找志愿者。他不厌其烦地对愈发谨慎的宗教和青年领袖宣传满足纳粹劳力需求的重要性。在这样危险的时代里,他们无法保护弱者——这便违背了犹太教的中心教义,迈蒙尼德原则[①]即挽救许多的生命也不足以证明牺牲一个人的合理性。"我站在一个笼子里,我的面前是一头饥饿而且愤怒的老虎,"梅林在一次公共集会上夸张地宣称,"我往他嘴里塞满肉,我的兄弟和姐妹们的肉,这样他就会待在笼子里,不会挣脱笼子把我们大家都撕成碎片。"让拉比们惊愕的是,梅林开始把自己比作是摩西,解救埃及奴隶制中的犹太人。他曾向一个助手透露,他听见过身体里一个声音,要他去把他的人民从奴役中解救出来。

在1942年春天,梅林在索斯诺维克附近的小城市里推行了一个新的程序。所有的犹太人及其家属都得到命令在一个中心场所集中,以验证劳动身份卡。犹太人知道拥有一张适当的卡是很重要的,于是就在指定的那天来了。但把所有家庭成员都带来这一不同寻常的规定却引起了人们的疑问,特别是因为大多数那些灰头发、上年纪的人被细心地藏起来,以不被虎视眈眈的纳粹发现。不过,大多数犹太人还是遵守了命令,这个程序进行得非常顺利,身份卡敲了章,然后大家都回家了。在小镇奥尔库斯茨,罗西亚来信说她年迈的父亲也收到了传唤。"今天,我们镇里到处散发着传单要求人们去长老会报名参加劳役。想象一下吧,甚至是爸爸也收到了这样的邀请。"

年长不能带来保护,年幼也不行。此前家有幼小的父母大都免于劳役,不过瑞泽尔担心她的哥哥莫什·戴维处于危险之中。许多家庭有不止一人已被驱逐。萨腊·拉比诺维茨和她的小妹格力卡仍在家中

---

① 摩西·迈蒙尼德(Moses Maimonides)是中世纪犹太教最伟大的犹太神学家、哲学家,其巨作《密西拿托拉》系统介绍了犹太教全部律法和教义,所归纳的犹太教信仰为后世犹太教徒广泛接受,成为犹太教的信条。——译者注

第四章｜小的和灰的，老的和小的，穷的和富的

和父母在一起，但是她的妹妹弗林卡却身在纽萨尔兹（Neusalz）的施梅尔特劳动营，而她的两个哥哥则和莎拉一道在杰帕斯多夫。

婚姻不能拯救任何人，然而求爱的步伐却继续前进。

索斯诺维克
1942 年 3 月 1 日

亲爱的莎拉：

　　好久未曾写信，我们聚在小房间里，决定写信告诉你一些我们的事情。我们坐着，想着你现在在做什么，想什么，可能在想着我们，哦，我们不值得你去思念，因为在你写了这么多信，而且如此强烈要求我们写信之后，我们什么都没做。可是你也得明白现在的情况不是你还在时的那样了，我们都身负重担，每天都会有新的痛苦，如此一来我们连给你写几个字的时间都没有。

　　就我们而言，没有什么新鲜的，我们从早到晚地工作，回到家里时已经疲惫不已，什么都不想做，唯一要求的只是熬过每一天，能够看见彼此，而且是开开心心的——那是多么让人开心啊。我相信在上帝的庇佑下会有这一天的，只不过我们不应放弃希望，我们必须坚持，坚持，再坚持。如果一个人能坚贞不屈，他就能度过糟糕的时候，等待美好的时候到来。

　　现在我想写几句，说说我自己。你肯定听说了我的订婚。不管我给你写过什么，我都非常开心有我的爱人在身边，太可惜了，你不认识他。萨腊·拉比诺维茨告诉我她和你写过信，说我很快就要结婚了。我多么希望你能参加我的婚礼……

　　亲爱的莎拉，我想告诉你古希亚的情况。她不知如何是好，她有一个追求者，一个非常英俊的小伙子，他想和她订

婚，不过她却不大热衷。

　　莎拉，我们都希望你能来信告诉我们你自己的情况，尽量告诉我们你每天从早到晚做的每一件事情，不过都要写得详细点，这样我们就觉得你还和我们在一起，我们能体验着你的体验。

贝拉

莎拉，给你我的问候和吻。

格力卡

通货膨胀还在继续。面包的价格翻了一番。逾越节的准备，就像光明节的准备一样，对身陷囹圄的犹太人而言既让人不安，又感觉及时，即便很多人买不起传统的未发酵面包。

索斯诺维克
1942 年 3 月 28 日

亲爱的莎拉：

　　我们没能给你寄面包。即使我花半辈子的时间也没法用言语表达我的心情。亲爱的莎拉，我们一千次地乞求你的原谅，可是我们也没有面包吃，也不可能有。也许你会奇怪别的人收到了面包……你知道的，不是每个人都能买得起的。有钱的人能承担得起，但我们不属于那个阶层……别误解我，亲爱的莎拉，你给我们寄的钱很少，我们也非常清楚你没法再帮我们什么。你非常好，只是人人都希望收到些什么。感谢上帝我们很健康。我们不止一次地谢过上帝（不过看来那并没有什么区别),而那说明了很多事情……

　　记住,别担心,我们一切都不错,不过看上去也不是特别的好而已,(怎能好到哪儿去呢?)你问我们亲爱的妈妈看起来是否和以前一样好。你要我们经常写信;我可以这么做来让你开心。我希望我能告诉你的只有好消息……我们的哥哥(莫什·戴维)可能会是你的客人,如果不是的话,我会写信告诉你的。现在我们和另一家人围坐在一起,我们在说逾越节我们过赎罪日①。

　　末了,我给你送上我一千个亲吻和问候……请向查姆·考夫曼和表弟亚伯拉罕问好。祝你节日快乐,尤其是代表我们亲爱的母亲给你节日祝福,因为不能给你寄来食物,母亲已是痛苦不已,她希望能得到你的原谅。

　　记住,别哭,别哭,别哭!

瑞泽尔

节日来了,可是真正的摩西却不见踪影。椅子上空空无人,盘子里荡荡无物。

索斯诺维克
1942年4月1日

亲爱的莎拉:

　　我现在在邮局写信。我的心在流血,因为逾越节我们没有给你寄来面包。哦上帝!你能相信这个吗?现在是节日前夜,而我们却没有面包,没有……什么都没有。不过我可以

---

① 即一天斋戒,而不是一天宴饮。

告诉你，我们很高兴今天你不和我们在一起。不过就算你在的话你也不会感到烦恼的：再怎么容易让我们烦恼的事也不会让你消沉的。

　　好像这里又会有一个斋戒的夜晚，蜡烛点好了，桌布铺好在桌上。我其实很不想给你写那么多的，我只想说，开心点，开心点，心情好点，愉快一点。尽情地笑吧，我们在家也是这样的。我甚至还给你写了封信，但是父亲，祝他长寿，不允许我寄出来。我相信你们那儿所有的人都在笑，不知道该做什么，而且我也肯定，你们也在哭。但愿一切会好，继续笑吧。莎拉，记住，请别担心我们。过得开心一点……莎拉，过得开心一点！

瑞泽尔

　　终于节日结束了。"我们没有犯下罪恶，没有吃面包，即使我们没有面包，但是一切都是合礼的。"瑞泽尔向她的妹妹保证。

　　逾越节刚过，约瑟夫·冈卡兹就生了重病。瑞泽尔在另一封写给查姆·考夫曼的信里吐露了她的担心，而且要求："请不要把这个明信片给我们的莎拉看，她反正也帮不上忙。"不过查姆还是给莎拉看了，而且给她看了他的嫂子寄来的让人害怕的明信片。

索斯诺维克
1942 年 3 月 23 日

亲爱的弟弟：

　　我是在极大的忧愁中和你写信的。你的哥哥上个星期五走了，现在我们没有生计了。而我还有一个小孩子。我亲爱的母亲病得很厉害，但愿她能平安无事。我无法向你形容我们的感觉是多么糟糕,是多么痛苦。我卧病在床,而亲爱的父亲也十分虚弱。我告诉你,亲爱的母亲挺不过去的。亲爱的弟弟,我是躺在床上给你写信的。我也过不了这一关的。我的眼睛已经哭肿了。我多想有人给我写信。亲爱的弟弟,我们被迫去社区那里要食物。没有丈夫,没有商店,生活没有希望。

这封信没有回信地址,不过查姆的嫂子住在索斯诺维克,这封信上的邮戳也是那儿的。她又写了一封信:

索斯诺维克
1942 年 4 月 1 日

亲爱的弟弟:

　　我是在极大的痛苦中给你写信的。我们都病了。我没有你哥哥的任何音信。我甚至不知道他去哪儿了。我们没有任何东西吃。这个房子里没有节日的气氛,我们只是坐着,哭着,真让人无法承受了。每个角落都是黑暗的。我亲爱的母亲挺不过去的。你会认不出来她……

莎拉没法知道她家里的真实情况,但她现在知道瑞泽尔隐瞒了她们父亲的病情,而且可能还有其他事情瞒着她。不过瑞泽尔对此毫无悔意。约瑟夫情况有了好转,她宽慰地向莎拉报告,不过他也处于长老会的视野之中。

索斯诺维克
1942 年 4 月 28 日

最亲爱的莎拉:

　　哦,一下子来了两封信:一封问我们为什么不写信,另一封说收到信了！两封信上都是泪痕。哦上帝，你已经知道亲爱的父亲生病了？为什么要你为这个而烦恼？我是不是应该写信告诉你呢？这样会帮上什么忙吗——不会的！谢谢上帝，最糟的已经过去了。亲爱的父亲已经下了床，感觉好多了。

莎拉，你总是问我是否有工作。不幸的是现在我还不知道我能找到怎样的工作。我刚从就业办公室回来，不过我想就业的优先权给了那些有职业的人。我还会去试的，毕竟，我知道什么呢？人活着应该有信念。

亲爱的父亲在就业办公室注册工作了，织稻草，轻松的活。少安，毋躁。

瑞泽尔

约瑟夫的情况让瑞泽尔心神不宁，不过还不到让她不为莎拉的将来担心的地步。"哦，莎拉，我们今天收到了考夫曼的信。你在生他的气吗？为什么？"

莎拉从未想要告诉瑞泽尔她对查姆的矛盾心情。在艾拉离开后，他的存在让她的家庭感到安慰。不过现在，瑞泽尔把他纯粹当做她妹妹另一个值得信任的监护人来依靠，这更激发了这个天生乐观的年轻人的勇气。他对她父亲身体状况的关心已近乎于一个女婿该做的了。

该到了把事情讲清楚的时候了。莎拉害怕和查姆摊牌，她把这件事归咎于她的年轻不谙事、战争，以及对她家庭的关切——因为这些因素她才不敢做出承诺。不过正如她担心的那样，查姆愤怒不已。他用一连串疯狂的指责和威胁来攻击她："如果你还未曾见过我粗鲁的一面，你现在就会见到，因为一旦我爆发的话，这对你来说可不好受。"他怒吼着："你以为你是谁？你想扮演怎样的角色？"他一改以往信件中高尚的诗意，开始了少年般的谩骂，还不忘最后一击："毕竟，我不是你的鼻涕包。"

不过与这个早该挑明的单相思问题相比,很快就有更重要的事情让她担心了。索斯诺维克进行的频繁的驱逐行动又重新开始了,而且比以往任何时候都更频繁、更暴力。"没有人可以给我工作",瑞泽尔写到。她还算幸运,两次都被从临时劳动营里放了出来。有些人在那里关了几个星期后已是憔悴不堪了。"少安,毋躁"她在信中重复着这些字,可是她的笔迹却显露了她的恐惧。她提醒她的妹妹注意杰帕斯多夫的新来客:"贝拉的新婚丈夫将要离开,可能你会见到他。"贝拉还在家中,她是她们朋友圈里第一个结婚的,现在已有身孕。

连一向嬉皮笑脸的霍克罗也十分沮丧;他也光顾了临时劳动营好几趟,对将来已是听天由命。他的来信中有一种不像他的风格的郑重:"在索斯诺维克有许多的婚礼,总是有人举行婚礼……但在上帝的庇护下,这种事情终有一天会结束的……你的生活是如此平静,你根本不知道这个地方,斯克拉多瓦,是什么样子。"萨腊·拉比诺维茨在信中列举了被抓走的朋友和亲戚,她解释了为什么没有经常和莎拉写信:"我们处于浑浑噩噩中……我们的大脑一片糊涂。我们的心里只有担忧。"

四月的一天,瑞泽尔结束了每天的排队找工作后步行回家,这时听见枪声和尖叫声。忽然她就被汹涌的人群卷走了,他们正拥向她走的那条街的尽头。她没有选择,只好被推着和他们一起往前走,直到到了索斯诺维克主要的购物街,在一个巨大的广场里终于停了下来。这个地区平时是犹太人禁止踏入的,但今天却挤满了人,波兰人和犹太人。瑞泽尔被牢牢挤在人群当中,连呼吸都有困难,不过她还是跟着他们抬头往上看,看见了他们在看的:四个用绳子做成的索套,挂在一棵树的枝干上。

汉斯·德雷尔是党卫军头目,身形高大,肩膀很宽,他站在绞架旁,嘴里叫喊着,发布命令。整个广场由犹太警察封锁,还有带着头盔、用机关枪和手雷武装的德国警察。

四个人被推向前。瑞泽尔认出了里面的贝拉的父亲和哥哥，她不禁倒吸了一口气。德雷尔转向人群，命令所有人都必须看着处决。

这些尸体挂在那儿从下午到晚上。准备绞刑架的是犹太警察，现在把尸体放下来的还是他们。贝拉的父亲和哥哥被指控进行黑市商品交易，控告他们的人是一个纳粹的线人，他一直作为办事员和他们一起工作。商店被关了，员工们的工作证件也被剥夺了。

他们就像鸡一样被挂着，瑞泽尔终于能够回家后这样告诉布利玛。贝拉怀孕了，没有工作，她的父亲和哥哥被谋杀了；她的丈夫被驱逐了。索斯诺维克所有的犹太人家里，人们点燃了蜡烛，悲伤地纪念逝者。

索斯诺维克
1942 年 4 月 23 日

亲爱的莎拉：

  我们不知道到底出了什么事。贝拉·科恩非常痛苦，因为她的哥哥去世了。我还能说什么呢？不要担心我们，少安毋躁。我真的没有什么好写的，也没有耐心写这封信。

瑞泽尔

施梅尔特组织达到了它最大的规模，在波兰的纳粹占领区，德国和捷克一共有一百七十七个劳动营。新的创业机会不大可能了，所以施梅尔特就集中注意力开放现有的劳动营。梅林要找新的工人以替代死去的工人，这变得越发的困难，因为健壮的犹太人劳动力在不断地被驱逐到劳动营的过程中已经耗尽。长老会并未准备潜在的劳动力名单，而是专门更新老年人的信息，即那些没有工作身份卡的，或者依赖社会服务而活的人。长老会急于找到一些人满足施梅尔特，或至少敲诈些钱也好，于是开始给这部分的人群发出传唤，要求他们带上衣物和贵重物品,如珠宝,到斯克拉多瓦街报到。他们在临时劳动营等待的时候,绝望中的家人企图给他们找工作。但是进入当地工厂工作的费用已经狂涨了。在罗斯纳厂——索斯诺维克最大的、最能提供保护的犹太人工厂——一个职位的价格据传言说已经涨到一万马克。盖世太保威胁要用到目前一直免于劳役的人补缺口,这样的人包括长老会成员和他们的家人。梅林引进了新的策略。犹太民兵在武装的党卫军部队支持下,包围了整栋的公寓楼。母亲和父亲如未在指定的场所工作的,以及有不止两个孩子的,就会被带走,进行"重新安置"。

1942年5月12日,一批人被运抵奥斯维辛,这些受害者从铁路的斜坡上被直接送到了一号毒气室。在这批人中有来自索斯诺维克的一千五百名男女及儿童。艾希曼的高效大屠杀运输计划已经被启动了。

在瑞泽尔目睹了科恩父子被绞死几个星期后,她听见了警察和党卫军进入他们院子的声音,他们大叫着,要所有的住户全都出来。等到她和家里其他人来到楼下时,院子里已站满了他们的邻居。房东贝格迈彻的妻子尖声叫着,被一个警察用枪托打了一顿。瑞泽尔和布利玛紧紧地站在她们父母身边,而拉雅·蒂娜和她的丈夫则把两个孩子挡在身后。可是这个混乱的局面来得快,去得也快:党卫军执行了某个瑞泽尔没有听清楚的命令,把所有人都放了,包括贝格迈彻夫人,然后离开了。

同样的事情发生在附近的大楼,她们的哥哥莫什·戴维和他的妻子孩子住在那儿——只不过莫什·戴维被警察带走了,抓到了斯克拉多瓦。瑞泽尔希望他会被送到杰帕斯多夫。

索斯诺维克
1942年5月14日

亲爱的莎拉:

　　我猜到现在你肯定等我的信等得不耐烦了吧,可是我能做什么呢？我的头一直昏昏沉沉，我的头啊，太难过了，不过莎拉，别担心我们，我们在家，拉雅·蒂娜也在家。我们现在还能说什么呢？没有！你运气真好！有很多人羡慕你，因为你有工作可做。开心点，高兴点，这里的局势如此难堪，你还有可以写信的人，每天你要一千次地感谢上帝……不过别担心。我们的哥哥莫什·戴维今天被送去工作了。他本应送到你那儿的，可是却会被送到其他地方。请别担心他的妻子和孩子，她们都好。别担心，这里一切都挺好的。你有什么新鲜事吗？莎拉，记住你是多么的幸运，你想象不到的。就写到这里吧，已经很晚了，该睡了，度过了漫长的一天，也累了。

晚安。多写写你的情况，不要谈我们。

瑞泽尔

莫什·戴维从一个施梅尔特劳动营给莎拉写了第一封，也是唯一一封信，希望得到一些信息或帮助。

奥特姆斯（Ottumuth）
1942 年 5 月 27 日

亲爱的妹妹：

我从未想过我会从一个劳动营里给你写信，不过面对命运谁都无能为力。说到我们的父母，祝愿他们长寿，我已经问我的妻子和拉雅·蒂娜有关他们的情况，可是没有收到回信。我非常担心他们——或许你知道得更多些。请立即给我回信。

我亲爱的，也许你能利用你和劳动营管理方的关系获得准许来看看我。我会非常高兴的。

莫什·戴维·冈卡兹

"不要因为你不是每天都收到信就抱怨",瑞泽尔警告说。她的信里都是例行的保证说大家都很好。她没有描述发生在索斯诺维克的事情,不过大概地暗示了一下:"也许你从新来的人那儿知道了这里的生意很是不错。不过别担心,最糟的已经过去了。"然而最糟的并未过去。她在下一封信中焦急地问她是否能在杰帕斯多夫找到和莎拉一起干的活儿。"如果我没有找到工作,我得去别的地方。你现在理解我了吗?"

六月份的时候,家里又有一次紧急情况。

索斯诺维克
1942年6月4日

亲爱的莎拉:

莎拉,你曾感谢上帝我们的地址还是以前的那个,你应该这么做的。或许你已有这种预感,因为我们在一次伏击中被抓住了,我们亲爱的母亲、布利玛、拉雅·蒂娜、戴维还有孩子们。谢天谢地,你收到了这封信。我非常担心你收不到,不过我又想,也许注定了你收不到我们的信。莎拉,但愿我们能重聚,开开心心地说话。

瑞泽尔

杰帕斯多夫也处于动乱之中。由于公路大部分的大段修建工程已经完成,劳动营的工作慢了下来。公路沿线的二十五个施梅尔特劳动营里有一些已经被关闭或合并,而在那儿工作的四千名犹太人被转移到其他的建筑项目里或重新分配到军工企业去了。

每天都有人被送走。莎拉不安地等着自己被叫到的那一天。霍克罗和艾拉从索斯诺维克来信说他们很奇怪她还待在那儿,因为其他许多人都已经离开了。在艾拉的建议下,她去办了个官方的证明,由劳动营的管理长官签名(不过把她的名字拼错了),记录了她在杰帕斯多夫的工作时间。

> 兹证明犹太女子
> 莎娜·冈卡兹
> 自 1940 年 10 月 28 日起在本劳动营工作
> 职业为女裁缝。
>
> 杰帕斯多夫,6/9/1942
>
> 博斯特
> 劳动营行政官

查姆已经消失了,可是她不知道他是否已经被转移或者只是要避开她。他最后的来信是一种解脱,也有言辞激烈的非难:"我不要求任何形式的解释。你不需要承担任何的后果。然而,悲伤会让你难以呼吸的。"

一个卫兵把她从营房里传唤出来,让她立刻去办事处里一个特别办公室里报到。虽然她预料自己会被转移,这次传唤却有些不同寻常。她走到劳动营总部时,没有人直视她的眼睛。她的信心已离她而去。她被引到一个小小的、空空的房间。一个纳粹军官站在一张桌子后面,他的枪旁边放着一个大箱子。她不认识他,不过他看上去却有些眼熟。

莎拉·冈卡兹?他问道。她点点头,紧张得说不出话来。他把箱子朝她推过去,她看见她的名字写在那儿,旁边是寄件人地址,是威尔海姆和安娜·帕其塔的。莎拉突然认出了这个穿着黑色制服的男人,他就是一张熟悉的相片上的人:这就是那位神秘的赫尔伯特·帕其塔。怪不得他的父母不愿谈及他。如果莎拉知道他们的儿子穿的是纳粹制服的话,不吓坏才怪。

很奇怪,他们的谈话十分普通。他是应他父母的要求而来的,他们曾想寄一个包裹过来,却被告知这个劳动营即将关闭。他们差他送来一箱食物,以及他们热情的问候。

她不仅没有受到她担心的惩罚,反而得到了尊重人的,甚至是温柔的对待。赫尔伯特·帕其塔诚恳地朝她点点头,她便带着包裹离开了。

几天后莎拉的转移安排终于宣布了,她的目的地是格罗斯萨恩(Gross Sarne)。她把她的信全部找齐了,一到了营房里,就在一张双层床床底下找到了新的藏信地点。

由于身边没有艾拉或帕其塔一家,她对离开杰帕斯多夫并不感到遗憾,不过没有人知道在格罗斯萨恩是否可以收到邮件。一想到在通信上可能会中断,她就心急如焚,因为在这个时候瑞泽尔已不再避谈她的恐惧了。

她第一封信来自于伯纳德·霍尔茨,他现在在另一个施梅尔特劳动营的办公室里工作。

布莱克海默(Blechhammer)
1942年7月7日

亲爱的冈卡兹小姐:

非常感谢你给我写来的话语。现在你们终于都全部离开了杰帕斯多夫。那一班子人现在去哪儿了?考夫曼还和你在一起吗?最近我收到了小艾拉的来信。她一切都很好!不幸的是我

5月8日在索斯诺维克的时候错过了和她见面的机会……你现在还是在做裁缝吗？你从家里得到了怎样的消息？这几天有空给我写些东西吧。

最好的祝愿送给所有杰帕斯多夫人。

伯纳德·霍尔茨

虽然瑞泽尔恢复了来信让她很宽慰，她姐姐的话却远不能让人释怀。明信片上只有寥寥几句，而且她的笔迹狂乱而潦草。

索斯诺维克
1942年7月10日

亲爱的莎拉：

请别为我们担心。我们都很健康，感谢上帝，一切都很好，拉雅·蒂娜也不错。其他没有什么特别。查姆怎样了？我们亲爱的父母和你的姐姐送来亲吻。诚挚的祝福给查姆。我和拉雅·蒂娜给你一千个吻和祝福。你还好吗？

瑞泽尔

在格罗斯萨恩，每天早上很早，男性劳工们就要走路去一座桥，而不是公路的工地。虽然她认出了一些来自杰帕斯多夫的守卫和军官，她担心是否必要重新证明她是一个女裁缝。她和劳动营的头头一开始就相处不好，他命令她用一块羊皮给他做出一个摩托车的坐垫，而且给她这个任务时，他挥舞着枪，威胁着她。

莎拉在杰帕斯多夫待了将近两年。现在，1942年春天，事态的发展更加迅猛。在格罗斯萨恩待了几个月后，她被用卡车送到位于罗拉哈特（Laurahutte）的一个劳动营。她躲掉了抵达时的检查，把她的信件藏了起来。周围的环境看起来都是那么陌生，不过有些囚犯悄悄说他们所在的位置离索斯诺维克不远。

一个突击队士兵朝她走来。她认出他了，她在杰帕斯多夫曾为他做过玩具娃娃的衣服。他曾经是多么热切地告诉她她可以回索斯诺维克休假，而现在他看上去也高兴见到她。莎拉问他，他们的所在地离她家人是否很近，他证实了这种说法。他提出给她安排一次探亲：时刻做好准备，他建议。

回家的可能性让莎拉充满了能量。她有几天没有见过他，接着突然之间他又回来了。他带来的消息让人震惊：索斯诺维克已是 judenrein①，他说，这是个纳粹词语，指的是一个已"清除"了犹太人的城市。他没有讲更多的细节。

那天晚些时候，一群犹太男子从城市里回来了，他们被派去清理一个很残暴的事件所带来的破坏后果。他们不知道死了多少人，也不知道城里还有多少人。

---

① 即犹太人干净的、无犹太人的意思。——译者注

空位期
1942 年 8 月 12 日

  这始于梅林在八月初发布的一个公告。这份印刷好的、用波兰语和依地语写就的公告突然之间出现在各个角落，不仅张贴在长老会总部，而且贴在索斯诺维克和临近城市犹太社区的墙上和公共场所。

  所有的犹太人，不论性别，年龄或工作状态，必须在 1942 年 8 月 12 日早上七点钟在体育馆报到。

  所有的犹太人应当穿上最好的衣服，带足一天的食物。

  所有的犹太人应当带好他们的身份及工作证明文件，以备检查和敲章。

  所有的犹太人都将能回家。

  同样的公告和程序已经在梅林辖区内一些较小的社区里开展了。如同梅林所说：犹太人来了，证件文件敲好了章，然后回了家。和其他地方一样，索斯诺维克的人们对必须把婴儿和残疾人带来的规定表示特别担心。不过，什么也比不上通过正式认可的文件重要。

  在 8 月 11 日早上，另一个公告神秘地出现在城市的大门和墙壁上。8 月 12 日的集合是个陷阱，这个公告警告说。犹太人应远离体育馆和其他公共聚集地。梅林个人因为他的腐败和与纳粹的勾搭而遭到了强烈责难。公告结尾呼吁人们揭竿而起："让每个人都趁着机会拿起武器，枪支、斧头、小刀、裁缝剪刀、醋酸和一切能用于抵抗的东西。"

这份没有签名的传单是一个抵抗运动第一批可见的标志之一，这个运动由复国主义青年团体的领袖领导，从被占领之时起就一直在积聚力量。他们很确定要求出示工作文件这件事是个诡计。两刊印刷粗陋的地下波兰语报纸也出现了，宣称长老会真实的用意是集中在一个地方抓捕尽可能多的犹太人以进行大规模驱逐。

梅林的警察反应迅速，取下了传单而且重申违抗命令的危险性。犹太人社区每栋大楼都被指派了一名长老会代表，以确保所有的居民都已离开其公寓，同时看守着空无一人的大楼。

8月12日七点钟，约五万人拥上索斯诺维克及其临近城市的街头。为了这个特别的场合，以前的交通限制被解除，所有的大道重新向行走的犹太人开放。索斯诺维克的犹太人穿着节日的服装，头发洗净梳好，同时带着食物和饮料，从一个小门进入了体育场——这个城市里最大的空旷区域。这里站满了人，包括年迈的、已有好几年几乎没有离开过公寓的老人，还有用推车推着婴儿以及怀抱小孩的父母亲们。整个体育场看上去就像一个巨大的蚁冢，四周都被栅栏围住。

那天早上只有不多的梅林的警察在那儿。可是等到体育场一挤满了人，党卫军就进来了，在周围用三脚架支起了他们的机关枪。

太阳升起来了，温度开始爬升，大家都在那儿等着，由于都穿着隆重的衣服，个个汗流浃背。下午一早，一群官员鱼贯而入体育馆。体育场中间和四边都摆好了桌子。有三人在中间的桌子旁坐下，其中一个来自盖世太保，一个来自施梅尔特组织，一个来自长老会。汉斯·德雷尔，盖世太保地区长官，主持这次集会。

犹太人被命令排成队。一个接一个的家庭朝中间的桌子走去。有工作证件的被告知要出示它们以供检查。盖世太保代表扫一眼每份证件，再扫一眼每个犹太家庭里的成员，挥挥指头，选择就结束了。每个人都被送到体育馆里的指定地点。第一组人是那些具有有效工作许可证的，其中大部分是在当地的商店里工作，家里没有老人或小孩拖累。他们的身份文件敲好章后，就被告知离开体育场。选入第二组的人没有合适的文件证明，不过看上去还健康，可以工作。他们被送到体育场另一个区域，等待被驱逐到一个劳动营。那些第三组的人则需要额外考虑：他们因身体虚弱或家庭原因——比如是婴儿的母亲或父亲——被告知得留在体育场，因为他们得再经过一轮选择。第四组是为大家庭以及那些不能工作的人保留的。他们将被送往奥斯维辛。

这样分组的意义不言而喻。绝望之下第三和第四组的人开始拥向唯一的出口，结果被用鞭子和坚硬的橡胶警棍武装起来的梅林警察打了回去。一家人发现他们在遴选桌前出乎意料地被分开，连最后一次说话或触摸的机会都没有。随着他们极力抗争想再看一眼以及再说一次再见，党卫军开始开枪了，先是射在空中，接着就往人群里射去，以恢复秩序。

长长的队伍慢慢地向前挪动。到了晚上的时候，天开始下起雨来，先是小雨，接着下起了持续的暴雨，整个体育场一片泥泞。官员们离开了，队伍也解散了，那些桌子现在都空了，黑暗笼罩着体育场。

第二天开始了，天气比前一天炎热了许多。本来就少的食物和饮料储备已经耗尽。整个体育场一片狼藉，衣服、书本和箱子到处都是。成千上万的人疲惫地躺在泥地里，有些人因为喝了水坑里的脏水而生病了。又开始要排队了。

瑞泽尔和布利玛以及她们的父母在一起等待着。拉雅·蒂娜和她的家庭就在附近站着，同时还有她们的哥哥莫什·戴维的妻子和孩子。第三天，瑞泽尔和布利玛同她们的父母一道走到遴选桌旁。他们没有人能出示有效的工作证明。漂亮而健壮的布利玛被选入第二组，瑞泽尔进了第三组，约瑟夫和查娜以及莫什·戴维的妻儿被命令到第四组去，那是体育场上最大的一组，都是些老人，号啕大哭的婴儿、孕妇、残疾人，以及虚弱得话也说不出来的人，整个群体里弥漫着悲伤的气氛。

瑞泽尔开始跟随她的父母，后来她看不到他们了，于是就哭了起来。布利玛听见了，朝她的声音的方向跑去。她可以看见一个守卫喊叫着，向她们走来，不过离她们最近的守卫却把视线投向了别处。就在那时，布利玛伸手摘下了瑞泽尔的眼镜，和她交换了上衣，并且把她拉到体育馆里第二组的区域。瑞泽尔任由自己被拖到那儿去，不过她的痛哭却不是布利玛的衣服能压得住的。

第三组和第四组里的人群慢慢地少了下来。在这些犹太人被命令在索斯诺维克的街上行进时，一些小孩被波兰人救了下来。成千上万的人直接从体育馆被拉到火车站，其他人则被暂时关押在克拉塔加街上已被腾出来的大楼里，由盖世太保和犹太警察看守，直到他们也被装上牛车，送往奥斯维辛。

瑞泽尔和布利玛还留在体育馆。布利玛尽可能地挡住瑞泽尔，不让她看到体育馆的惨状，可是她们却不能逃避人们因恐惧而发疯的尖叫，机关枪一顿一顿的枪声，以及推着空空的婴儿车、懵然迷茫的母亲们的哭声。

瑞泽尔和布利玛第二天终于也离开了。劫数难逃的人们曾在这个体育场里集会，他们留下的鲜血和瓦砾让这里湿滑无比。两姐妹被带到了斯克拉多瓦，在那里她们遇见了莎拉的一些朋友，她们也要去劳动营。瑞泽尔无法停止哭泣。"坚强点，你必须坚强点。"布利玛敦促她，而瑞泽尔就像说祈祷一样说着她母亲最后的话："你会和你的母亲在一起的。布利玛就是你的母亲。"

布利玛和瑞泽尔在斯克拉多瓦被关了几天，后来就被赶到了火车站。她们听说她们会去纽萨尔兹的一个女性集中营。突然她们看到了拉雅·蒂娜朝她们走来。她手里拿着两床温暖的被子。她把一床给了她们，并一起拥抱了一下。

据估计从 8 月 12 日开始至 18 日结束的驱逐行动里有八千人被直接送到了奥斯维辛的毒气室，其中就有约瑟夫和查娜·冈卡兹。

第五章

好日子　好邮件

从一辆挤满了成百上千晕头晕脑、伤心欲绝的女人的货运火车上，瑞泽尔和布利玛跌跌撞撞地走了下来。

她们走过纽萨尔兹劳动营的大门时，一个年轻女子朝她们跑过来，喊着："棉花！棉花！"她是莎拉的朋友、她们以前的邻居，萨腊·兹阿卡，在这里已有好几个月了。8月12日惨案的消息已经传到了纽萨尔兹。萨腊在新到的人当中认出了这两姐妹，而且很快看出由布利玛搀扶着的瑞泽尔已经到了崩溃的边缘。即便在这些索斯诺维克来的苦难女子里，瑞泽尔所遭受的痛苦也是极为巨大的。

在纽萨尔兹如果没有人帮一把的话，瑞泽尔撑不了多久。萨腊反应迅速，就在点名开始之前，她告诉两姐妹主动要求"棉花"，因为这份工作与其他诸如操作重型机械或更危险的，如烧煮及加工亚麻的工作相比，需要更少的体力。她们便依她的指示行事。即便有布利玛在一旁时刻照料，瑞泽尔适应劳动营的生活还是很慢。来到这儿第一天里发生的一件事始终纠缠着她。她们走去营房的时候，一个形容憔悴的男子拉着小木车经过，车上装满了尸体，这在纽萨尔兹并不是异常的景象。布利玛想快步走过去，可是这个男子却直直地盯着瑞泽尔。他示意她们停下来，说他认识她们的哥哥莫什·戴维。瑞泽尔几乎昏厥过去——她认出他来了，他是莫什·戴维的姐夫。她想多问些问题，可是他看上去病得太厉害了，没法说下去，而且布利玛也把她拉回去继续走路。她们再未见过他。但他就在那儿，好像就在那儿等着和她们打招呼一样，瑞泽尔不停地这样说。

纽萨尔兹是施梅尔特组织管理的一个较大的劳动营。约有八百名犹太人，其中大部分是来自扎格仁比地区的年轻女子，住在木头营房里，这是些轻薄易碎的房子，在格拉斯威兹（Gruschwitz）纺织厂外一行行排列。她们没有穿制服，而是穿着被驱逐时身上的衣服，这样很奇怪的一系列着装：有的是夏天的连衣裙，有的是睡衣，有些人穿着鞋，有些人则赤脚，整个厂房里呈现出一种奇异的、荒诞的气氛。

纽萨尔兹的犹太长老是一位极富魅力的前女演员，名叫米茨·梅赫勒（Mitzi Mehler），她长得美貌多姿，甚至被称作是"金发维纳斯"。即便是纳粹也似乎被她的魅力所倾倒，允许她为她的女同胞们安排娱乐节目及宗教仪式。对最为脆弱的女子，即她手下最年幼及最虚弱的人，她总能找到一份额外的配额以及休息的机会。米茨·梅赫勒保证了瑞泽尔和布利玛能同萨腊和其他来自她们城市里的女子睡在同一个营房里。

自七月以来瑞泽尔和莎拉就没有通过信了。这是难以忍受的一个月，充满了令人狂乱的猜测和恐怖的沉寂。莎拉不知道家里是否还有人在，以及她能否继续收到信件，尤其是现在她的地址不停地变换。

不过施梅尔特的劳动营还是继续收发邮件。到达纽萨尔兹几天后，瑞泽尔给莎拉写了信，告诉她那些让人伤心欲绝的消息：她们的父母以及莫什·戴维的妻子儿女已经失踪了。只有拉雅·蒂娜和她的家庭留在索斯诺维克。尽管身处绝望之中，瑞泽尔仍试图安慰莎拉。

纽萨尔兹
1942 年 8 月 25 日

亲爱的莎拉：

  我知道你肯定在想我的新回邮地址怎会是纽萨尔兹，不过那正是事实。布利玛、萨腊·兹阿卡、弗林卡·拉比诺维茨和我在一起。感谢上帝，我们过得还不算太糟糕。别担心我们。不过我们却很担心你和我们亲爱的、珍贵的父母。我们不知道他们发生什么事情了。但愿上帝保佑我们会有好消息。拉雅·蒂娜和戴维显然已经回到家中。最后一天，8月19日，我们在去车站的路上看见她了，这让我们感到些许的安慰。不过我们没有看到我们的父母。但愿他们都好。

  莎拉，莎拉，你是最好的。我们总是把你的相片放在手里，不停地谈论着你。如果你有不止一张父母的照片，请寄一张给我们吧。其他没有什么好说的。送上我俩的一千个吻。

瑞泽尔

得知她的姐姐们和两个好朋友，萨腊·兹阿卡和弗林卡·拉比诺维茨在一起，莎拉感到一丝安慰。她们在瑞泽尔的信中也各自有附言：

  亲爱的莎拉：你可能会奇怪我居然和你的两个姐姐在一起。别担心她们，她们和我在一个房间里，我会照顾她们的。我会给她们建议，毕竟我对劳动营的生活了解得很多。她们的工作很好，非常轻松、干净。至于我嘛，一切如常。给我写信吧。吻你，萨腊·兹阿卡

  亲爱的莎拉：我也一直想你，别担心，她们和我在一起。吻你，弗林卡·拉比诺维茨。

萨腊·拉比诺维茨写的一封信里告诉莎拉更多的消息。从体育馆出来后她曾被允许回家，但是她的父母和小妹格力卡被送到奥斯维辛。她信中呼吁她的朋友要坚韧，这其实也是对她自己说的。

索斯诺维克
1942 年 8 月 28 日

亲爱的莎拉：

在经历了长时间的沉默后，我给你写一封小小的明信片。亲爱的莎拉，这不是因为我已经忘了你。可是你知道现在的局势。这些天我都很少和姐妹们聚会。

这不是要道歉的时候：我们可以把道歉留到最后再说。我读了你寄回家的最后一封明信片。你的姐姐们不在家。她们和弗林卡还有古希亚·哥特曼在一起，她们都去了纽萨尔兹。你的姐姐拉雅·蒂娜和她的丈夫戴维和所有的孩子在家里。

亲爱的莎拉，请别哭泣！别哭泣！我理解哭泣会释放你的情绪，可是哭帮不了你。

问好。

萨腊·拉比诺维茨

拉雅·蒂娜和她的丈夫戴维也写了他们的信：至少现在他们是安全的。

索斯诺维克
1942 年 8 月 28 日

我亲爱的妹妹莎拉：

首先，我想告诉你我的丈夫戴维以及所有的孩子都在家。那是个多么大的婚礼啊：所有人都得到命令要去参加，身材矮小的，头发灰白的，老的，少的，穷的，富的。许多孩子看见他们的父母离去……亲爱的莎拉……我们的父母，你的两个姐姐,布利玛和瑞泽尔一起去了劳动营。要是我已经收到他们的第一封明信片该多好!如果收到了我一定马上给你写信。

我们都好,每个人都不错,小萨露西亚也很好。亲爱的莎拉,别担心我们亲爱的父母。他们并不孤单,你也不是一个人。有很多很多的人和他们在一起。B先生①的妻子把她所有的孩子都送走了,现在她只身一人。保重。

拉雅·蒂娜和戴维·科泽斯沃

然而这三封信的一致性却让人没有怀疑的余地。她的父母失踪了。许多朋友,他们的父母,以及他们年幼的兄弟姐妹也失踪了,包括贝拉·科恩,她大腹便便已到了走去体育馆都有困难的地步。

古希亚·哥特曼是莎拉的朋友中最后一个到达纽萨尔兹的,虽然她和她的哥哥在初夏的时候就已从索斯诺维克中驱逐出来了。她在临时劳动营里等待时,一个德国工厂监工冲进满是被关押的女子的房间。"我要七个女人:高大、漂亮、健壮!"她大声叫道。古希亚如果伸直身体的话,有五英尺高,她马上毛遂自荐了。她和其他几个人被送到了一个小小的棉花厂。她哥哥的劳动营就在附近。急于见到哥哥的古希亚抱怨说牙疼,请求她的监工送她到男子劳动营,因为那里有个从索斯诺维克来的犹太牙医。她是个出色的工人,于是监工同意了。当她到了男子劳动营后,她把她的计划告诉了牙医,后者叹了口气,把她一颗健康的牙齿拔了下来。和哥哥的重逢让她如此欣喜,以至于几个月后古希亚又牺牲了一颗牙齿。

古希亚被转到了纽萨尔兹,在那儿她听说了8月12日的大驱逐,

---

① 此处可能指她们的房东贝格迈彻。——译者注

明白了她的父母有可能也被抓了。厂里的德国经理把所有的女性集中在一起，证实了她们已经知道的事情：她们能躲过这一劫是多么幸运。他给她们一个非凡的建议：如果你有姐妹留在后面，他宣称，我能把她们带到这儿来工作。弗林卡·拉比诺维茨马上想到了她姐姐。她姐姐待在索斯诺维克更安全，还是来劳动营更安全？她怎么知道呢？

最终弗林卡决定她不能冒险把姐姐带到身边来。这是个艰难的决定，因为她可能再也收不到萨腊·拉比诺维茨的信了。

纳粹招募了一些德国女人来当守卫，替代了前线需要的党卫军。在纽萨尔兹，五十名前工厂女工得到了职位。她们在拉温布鲁克（Ravenbruck），柏林北边的女子集中营里接受了两个月的训练，然后补充了劳动营的保安力量。犹太女囚们已经习惯了米茨·梅赫勒每天早上欢快的问候："年轻的女士们，请起床吧！"现在每天早晨她们却听到一个身着党卫军制服的德国女人咆哮："婊子们，起来！"

宣布了要进行筛选的消息。一阵恐怖的浪潮席卷了营房，因为她们得知这次的检查会包括每一个人，而不仅仅是那些身体虚弱得干不了活的人。布利玛和莎拉的朋友们很担心瑞泽尔虚弱的身体状况。她们不再相信病人会如别人告诉她们的那样被送回家去康复。家里什么都没有了。

整个过程进行了好几天才结束。女囚们必须一个个出现在一组党卫军军官面前。在房间的中央，地板上已用粉笔画了一个大圈，圈的中间画了一个大的叉。每个女孩都被迫裸体围着这个圈走一遍，先是走，然后是爬。在新来的党卫军女守卫的协助下，一个军官会测量每个女子的胸部和腿部，检查她的肌肉，口腔内部及牙齿。最后，每个女囚的背上都会标注："A，"为最强壮的；"B，"为中等；或"C，"意味着要被送到奥斯维辛去。

很不可思议的，瑞泽尔幸免于难。她直到最后一天才进行检查，那个时候检查标准已经放松了，这样才能保证工厂的工人能满员。除了受到布利玛和莎拉的朋友们的保护外，瑞泽尔还得到了纽萨尔兹信教的年轻女子的同情和尊敬。她是她们当中最有学问的,是一本活祈祷书以及一本精确的希伯来日历。

女囚们很快就面临着另一个威胁。当令人屈辱的筛选结束后,她们听说营房也要进行检查,如果发现任何的个人物品,所有的人都要被惩罚。瑞泽尔是最后一个仍守着珍贵的信件、日记和相片的人,她抵制了其他女囚们要她放弃这些东西的恳求。

有人生起了一小堆火。瑞泽尔转过脸去,任凭她的手稿被人从她身边拿走。随着她的文字付之一炬,泪水从她的脸颊流下来。终有一天,她答应自己,她会重新创作这些曾经写满了她的日记的诗歌和文章。

到了1942年秋天,随着劳动营关闭和地址的变更,施梅尔特劳动营之间的邮件服务变得更加无常。一天萨腊·兹阿卡被派去打扫纽萨尔兹的办公室,发现一堆没有送达的犹太信件被随意扔在一个员工的办公桌下。她偷偷地把这些信件拿走,一次拿几封,直到她把这些财富的每一件都送到它们应该送达的人手中。

几个月的时间里,莎拉从杰帕斯多夫被送到了格罗斯萨恩和罗拉哈特,然后又被短时间地送回格罗斯萨恩,最后才到位于布兰德(Brande)的一个劳动营。这样快速的辗转各地增加了她已经收到的信件的危险。有些这样的转移只提前几分钟通知进行安排:一个监工会走进营房,告诉囚犯们要离开。不过她的运气一直不错。在每一个劳动营,她都能在囚犯中找到老朋友,而且可以把她的信件包裹传给某个人暂时保管。同时她也经常会遇见一些守卫和军官,他们记得她是来自杰帕斯多夫的"干净的犹太人",会让她去洗衣房工作或当裁缝。

艾拉总能找到她。"我的恼火是无边无际的。我给你寄了衣服和包裹,结果你已经离开了。"艾拉从贝德津写来的信上说。她不再是车间里的监工,而是梅林长老会里的一名工作人员。她没有提到8月12日的驱逐,不过她也清楚莎拉的父母被带走了。

贝德津

1942 年 9 月 20 日

我亲爱的孩子，萨仁卡：

听说你被转移到另一个劳动营，我非常地担心。我祝愿你一切都好。如果你有机会的话，告诉我你现在在做什么样的工作，感觉怎样，等等。

我在长老会里当秘书，非常地忙。我昨天收到了伯纳德寄来的明信片。他还是一如往常的能干，现在也有许多工作做。

小莎拉，我会给你寄来一些衣服。别担心你的父母，一切都很好。你在工作时一切所需的物品都有吗？你还在做裁缝吗？莎拉，我会给你寄鞋子，只需告诉我你在这儿会待多久。

吻你。新年快乐！

艾拉

就好像是对艾拉最后一个问题的回应一样，莎拉后来很快得知她会第五次被转移，这次是到一个叫做格罗斯帕尼欧（Gross Paniow）的地方。

与大多数施梅尔特的劳动营不同，格罗斯帕尼欧里男女囚犯的比例几乎持平。糟糕的卫生条件和遭污染的食物导致了 1942 年 9 月伤寒的爆发。劳动营头目担心他没法找到死去的犹太工人的替代者，于是下令进行六个星期的隔离期。为了保持工人的体力，同时也是为了限制可能已被感染的犹太人与党卫军卫兵的接触，他宣布工作暂时停止。

就在这个史无前例的相对轻松的隔离期气氛中，莎拉坠入了爱河。

哈利·豪本斯多克（Harry Haubenstock）是位俊朗的生意人，是捷克斯洛伐克北部苏台德（Sudetenland）地区人，那个地区很多世纪以来都是奥地利的一部分。他的家庭在布拉格市外经营着木材生意。他比莎拉年长十岁,是在一次发配额的时候与她认识的。

很快哈利就开始写小情书了,有时候一天会有好几份,写在从一本笔记本上撕下来的纸片上。每次擦肩而过他手里都会准备好一封。偶尔这些情书还会由一个朋友传递,就如莎拉曾经为艾拉和伯纳德传情达意一样。哈利能说流利的德语和捷克语,以及他苏台德家乡的语言,给莎拉写信时用的是德语。

他们的爱情之花很快就绽放开来。"我的吉卜赛人",她这样称他,有感于他的黑眼睛。"我的小新娘",他则这样叫她。

莎拉的好人缘,尤其是她与劳动营里颇有影响的长老如雷特那医生——他也在格罗斯帕尼欧——的关系让哈利很是骄傲。哈利很容易吃醋,而且抱怨说,如果有其他人在场她的脾气就很难以捉摸。"你在这儿的表现总是与在你自己的房间里不一样,"他在信中写到,"这里你总是给人你不关心我的印象。"他年纪更大,也更成熟,他提醒她。虽然他暗示过他以前的恋爱关系,他表示这次的爱是不一样的。莎拉的一些朋友不喜欢他。不过,她的心还是第一次完全被一个人占据,而且他提到的婚姻也让她心跳不已。

格罗斯帕尼欧①

我最亲爱的小莎拉:

你是劳动营这里一个有趣的人物。每个人都想知道如果我被派出去的话你会做什么。有时,我简直不知道该说什么,因为每个人都有自己的看法。不过,这些问题还是挺让我高兴的,因为它们告诉我大家都喜欢你,而且他们嫉妒我,因为你是如此忠诚而且勇敢地和我在一起。这给我带来的幸福

---

① 哈利在格罗斯帕尼欧和布莱克海默的信件均未标注日期。

无以言表，我真的没法和你形容。

　　有时我不知道该说什么，因为大家对你各有看法。相信我，我最珍贵的小莎拉，我简直无法再认出我自己。我的改变如此之大，如果有人现在看见我，一定不能相信我能爱得如此深沉而真挚。但是我很喜欢这种改变，因为这正是我亲爱的父母希望看到的。如果我能有机会把你介绍给我亲爱的父母以及与你的父母认识，我将会是地球上最幸福的人。

　　我甜美的女孩，恐怕你又会难过起来，因为我提到了我们亲爱的父母，不过这些天我没有哪天不想念我们所爱的人。萨露西亚，亲爱的，今天请一定给我写信。我们在发食物的时候仍会见面。

　　莎拉，我要结束了，给你一千个吻，我还是，

你的哈利

　　哈利的信总是回避了他们当前面临的难题，仿佛他的回忆或为他俩设想的未来能够取代劳动营目前的现实一样。不过他的承诺也是和莎拉以后的生活分不开的。就莎拉而言，她没有父母的认可，甚至不知道他们是否还活着，对这些关于爱情和婚姻的甜言蜜语她只能听听而已，只能当做不切实际而不真实的希望。

格罗斯帕尼欧

我最亲爱的萨露西亚！！

　　这里很冷，可是在我心里却燃烧着一股比岩浆还要炽热的火，而这火只为你一人燃烧。

　　萨露西亚，我亲爱的，很快就会有人被送走了。或许你会问你是否也有可能一道被送出去，不过我想女孩子们是不

能走的，多么遗憾啊。

　　萨露西亚，我的宝贝，我是多么渴望和你在一起。如果我们自由了，我会弥补我们在这儿失去的，不会让你一个人独处，连十分钟也不行。

　　我有一种归属于你的感觉，就好像我们已经结婚了一样。不过我不需要正式的婚礼，因为你说的肯定的话对我来说已经是神圣的了。最近你说的一些话让我非常开心。你说你会给我完全的自由，而且会放弃一切。我很开心，并不是因为你说的你要做的事情，而是因为这表明你是爱我的，而且只爱我一人。

　　我的小新娘，我什么时候才能永远把你抱在我的怀里？那将是我生命中最幸福的时刻。昨晚离开你我是多么的不舍。你是多么的可人，我们居然被剥夺了自由，这太令人气愤了。

　　末了，我的小可爱新娘，奉上一千个吻。

哈利"吉卜赛人"

这片绿洲是短暂的。隔离期很快就会结束。有传言说劳动营会被解散，囚犯们会被分散到其他更大的劳动营里去。虽然哈利对莎拉许诺忠诚以及永恒的爱，但是他们目前局势的不确定性让一切将来的计划都显得可笑。

格罗斯帕尼欧

莎拉：

　　昨天我收到你的信，让我非常难过。不幸的是，我昨天没法在信里写更多的话来让你开心。我最亲爱的，别担心，你非常清楚我们会一直在一起的。没有什么能让我和你分开，因为我对你的爱是无边无际的。萨露西亚，昨天查床的时候你是不是很担心？你应该马上上前一步进行报告的。身边随时要放好一件外衣，这样就可以很快披在肩膀上；你穿睡衣的样子非常可爱。

我 10 号到 11 号值班；我经常经过你的窗户，但是我没法进来。我最亲爱的萨露西亚，我真的不大理解你昨天的信。请用德语写吧。我保证不会纠正你的错误。

我的小萨露西亚，我有种预感。我相信我们很快就会被解放的。那时我们会好好利用我们的时间。我已经在期待那一天了。

……如果我们在另一个劳动营，我会用我的吻带走你的坏情绪的。

我的可爱小新娘，保持乐观向上的精神，一切都会好的。吻你一千次。

哈利"吉卜赛人"

她的姐姐们不知道有哈利这个人的存在；对她们来说，想象查姆的继续存在是一种安慰，至少她们见过这个人。莎拉没法把她的爱情的得或失在信里说给瑞泽尔听。但是她把她的心声吐露给了艾拉。同样的，艾拉把她的让人意想不到的、与一位有妇之夫的浪漫纠缠说给了莎拉听。

贝德津
1942 年 11 月 4 日

我可爱的小萨露西亚！我亲爱的！

终于收到了你活着的消息！我没法——即便是我这样的

大嘴也没法用言语表达我的欣喜！现在是晚上十二点半，我带着极大的兴奋给你写信，我都不知道我在这个打字机上敲着什么东西。现在我知道你这么多消息！你终于在幸福之中，而这又让我多么的幸福！我非常了解你，可能比别的任何人都更了解你。我会用德语写信，因为我想让哈利也能看到这些话。他可能不知道我们的波兰语！

你说你的哈利是你一直盼望的那个人，也是我会认为合适你的那个人，我相信你。我祝愿你们在温暖的爱情中得到许多幸福。我亲爱的孩子们，我多想和你们在一起！也许会这样的，有时这样的奇迹会发生的！

萨露西亚，关于我自己，我有很多话想说给你听。我在这儿非常好，非常好。同时我的运气不错，也能和某个人交往。不过两个星期前，他的妻子来了。我能做什么呢！我们被剥夺了自由，连两人间的眨眼和对视都要遮遮掩掩。那样对我这样的人来说实在无趣，因为我是多么地热爱自由。

你有没有收到我寄到罗拉哈特劳动营的明信片？今天我收到了你寄来的第一封信。我们的女孩子们在这儿不错，比格罗斯萨恩的时候要好多了，同时也比在埃克曼的杰帕斯多夫时要好……

关于我的爱，我没法把一切都写下来，但它是多么的甜蜜，多么美妙，而现在我们两人都很不情愿地看到，一切都毁掉了，狠狠地一下子毁掉了。因为我的感情不是单方面的，它们得到了百分之百的回报。我们在一起的时候是多么美好！我们互相理解，而那样也带来了一定的和谐，没有和谐就没有爱。我希望你和哈利永远能找到那种和谐。

我从家里来信得知了你亲爱的父母的消息。我问起过他们，但没能见到他们。我多后悔那次没有去你家看看。但你是坚强的,对吗,我的小女孩?我为你而骄傲,永远如此。你在过着自己生活的同时,要总是记着我,你一定要用一种让我满意的方式生活。我对你有绝对的信任,因此,我觉得我已经喜欢哈利了。

现在给哈利写几句吧!我亲爱的年轻人,请允许我亲热地称呼你。毕竟你是我亲爱的萨露西亚的年轻人,因此我才有这个权利。我希望你值得我可爱的小朋友的爱,我希望不会对你感到失望!我现在只有一个愿望,那就是尽快来到你身边!我们肯定能相处愉快的!

萨露西亚,为了我保重身体,和你亲爱的哈利过得开心点。我在信封里没有找到你答应我的相片时,我真的哭了。有机会的话,你们两人一定都要送我一张。我确实没有你们的相片。

你们两人现在会到哪里去呢?或者你们会在哪儿待着?要在一起。而且永远要记住爱情是生命中最美丽的光。

萨露西亚,我会把我可爱的情郎拉到这里来。如果我成功的话,在这个世界上就没有什么我还需要的东西了(除了战争结束)。看,现在你几乎知道我的一切了……

艾拉

莎拉有几张家里寄来的照片,包括瑞泽尔在8月12日前寄给她的父母亲的个人照。其他的战前拍的照片是她在集中营里认识的朋友们送给她做纪念的。她和艾拉在杰帕斯多夫休假期间拍了一张照片,艾拉很不情愿地把照片给她。"给我的萨仁卡!"1942年11月25日她在照片上签上字,把它装在信里。

劳动营里拍的照片极少,但也并非没有。罗西亚在1941年收到了

第五章 | 好日子　好邮件

她的哥哥在杰帕斯多夫寄来的一张照片，不过她抱怨说"照片不清楚，只看见他的侧面。"

哈利给了她一些他战前的照片，其中有一张他是个穿着水手服、表情严肃的小男孩，另一张则是个骑着摩托车的、生气勃勃的年轻人。不过他想要一张他和莎拉在一起的照片，以纪念他们的爱情故事。格罗斯帕尼欧的一个人有架相机，而且同意给他们拍张照。沃尔夫·雷特那医生也设法给他的朋友和同事拍了一张集体合影，莎拉在后排，他在给莎拉的照片上签下了自己的名字。

哈利和莎拉是在1942年10月28日于户外认识的，那天正是她离开家里两周年。他们两人站在一个狭窄的木门口。哈利摆着一个骄傲的姿势，西装革履，看上去好像一个成功的公司经理，只不过他的上衣前面钉着一个犹太之星。莎拉外面穿着短上衣，里面则是她哥哥赫什·雷布的衬衣以抵御秋寒。她斜倚着门口，离哈利不远，手插在口袋里，脸上挂着一丝神秘的笑容。

哈利发誓在即将到来的转移中为了让他们在一起会"像狮子一样战斗"，也敦促她"发挥你所有的本事"。他们一起来到了布莱克海默，这是个伯纳德·霍尔茨于1941年到过的施梅尔特集中营。然而，这里的警卫措施更为严格。哈利写信的频率慢了下来，对未来也失去了信心。

　　　　　　　　　　　　布莱克海默

我亲爱的萨露西亚：

　　我极为抱歉——而我并不想让你失望——可是我对拉格福勒能否帮忙已经失去了希望。

　　我最可爱的，亲爱的萨露西亚，无论发生什么事情都无法把我和你分开，你是和我在一起的，即使我们之间隔了千万公里，我也会，我的可爱小新娘，信守承诺，忠贞不贰。

155

唯一让我担心的是——即便我对你有无比的信任——知道你孤身一人和那些人待在一起，他们会唆使你和我反目的。

　　萨露西亚，我亲爱的小新娘，今天请给我写几行字，让我宽怀吧。我现在的心理状态是最糟糕的了。我的宝贝，我能唯一不停地说的就是，我只爱你一个，我永远不会爱上其他人。

　　萨露西亚，亲爱的小女孩，我想吻掉你的眼泪，可是在这里从没有独处的机会。我深深地自责，不该说服你和我一起离开格罗斯帕尼欧。或许我们把这一切看得太悲观了，或许我们还能够幸福地在一起。

　　我亲爱的，现在我仍是，给你千万个亲吻，都一直是你的。

哈利"吉卜赛人"

　　他悲观的预计之后很快就是要求离开的命令。

　　莎拉从她在营房外挖的一个洞里把信件拿了回来。传言说他们将往西去。艾拉的信里透着担心："你没有和哈利留在一起，这是很傻的决定。难道就没有别的路可走？"可是她没法控制自己往哪儿走：男囚犯走的是一条运送路线，女囚犯走的是另一条。

　　即使是在 8 月 12 日的大规模驱逐后，索斯诺维克仍远不是 judenrein。年老体衰的已被处死，而许多健壮的年轻工人则被送到劳动营里，不过还有约两万犹太人留了下来。罗斯纳的制服和鞋厂仍雇佣着两千多个人。索斯诺维克和贝德津的其他车间也在以全部规模或将近全部规模进行生产，雇佣的工人成千上万。长老会仍继续维持着庞大的犹太民兵和行政人员。

　　施梅尔特的运作得到了军队和军备部长阿尔伯特·斯皮尔（Albert

Speer）的继续支持，后者甚至亲自介入以保证军工厂的运营以及大型建筑项目按计划进行。从莫斯科铩羽而归，而且在经过斯大林格勒的惨败后，德国军队不再有不可一世的神气，再受不起内部出什么乱子了。有一次，军队的军官们朝党卫军开枪，因为他们想把一个劳动营关闭掉，同时把那里的犹太工人带走。施梅尔特甚至获准用死尸交换已经上了通往奥斯维辛火车的活的、相对强壮的囚犯，这样便激起了奥斯维辛的司令官鲁道夫·霍斯（Rudolf Hoss）的愤懑，因为他的安排被打乱了。

施梅尔特组织还有额外的宣传价值。随着世界各地慢慢地意识到纳粹对付犹太人的手段绝非儿戏，有关劳动营的新闻报纸报导便应运而生，用来抵消死亡集中营的报导。1942 年 12 月有一篇这样的文章，副标题为"反击罗斯福恐怖论之眼见为实"。弗里兹·费亚拉（Fritz Fiala）在德语报纸 *Pariser Zeitung* 上撰文指出施梅尔特劳动营是"德国人性"的典范，与东方那些所谓噩梦般恐怖的不实传言相比，更能代表犹太人的状况。文章中还援引了梅林的话。

万湖会议一年多后，尽管一直有怨言说对犹太劳力的依赖违抗了元首的意志，仍有近五万犹太人在德国、波兰和捷克斯洛伐克境内为施梅尔特组织工作。表面上施梅尔特看上去遵守了官方政策，关闭了一些较小的劳动营，但实际上变化甚微。施梅尔特自己也从利润丰厚的奴隶贸易中狠赚了一笔，而且提升到了党卫军支队长（旅队长）的职位。

种族纯净的梦想仍在招手。1943 年春天，希姆莱终于命令阿道夫·艾希曼关闭施梅尔特集中营，以和铲除剩余犹太人的计划相协调。四月华沙犹太人区的起义让局势对施梅尔特和索斯诺维克不利。如果起义的斗士能在华沙掀起令人不愉快的骚乱，他们在其他地方也能做出同样的事情。即使是所谓的生产力巨大的犹太人区，如比亚里斯托克（Bialystock），也必须得到清洗。

要拆除施梅尔特组织，先要从两个决定开始——这两个决定正预告了将来的不幸。首先，所有剩下的施梅尔特场地被正式划作集中营。杰帕斯多夫、格罗斯萨恩和格罗斯帕尼欧都被关闭，不过莎拉在1942年曾短暂停留过的劳动营——罗拉哈特、布莱克海默和布兰德——现在都作为奥斯维辛或另一个大型集中营格罗斯罗森（Gross Rosen）的卫星营地。这个转变是由官员们来宣布的，他们在劳动营里发表演讲、大肆鼓噪，向工人宣扬即将得到的好处。

第二个决定是作为清洗的序曲，把索斯诺维克剩余的所有犹太人驱赶到犹太人区。他们被赶出自己的家，大多数人搬到了一个叫做斯洛杜拉（Srodula）的偏远郊区；一个老年人居多的小群体被限制在索斯诺维克的旧城区。贝德津的犹太人区被称为凯米昂卡（Kamionka）。一些使用了这些新的回信地址的信件仍被寄到了劳动营，从犹太人区发出的信件在社区的邮袋里传递的速度更慢了。每封明信片上除了常规的邮戳之外还有一个新的犹太人长老会的章。

每次驱逐都是最后一次，梅林这样劝抚他的属民。他为自己与纳粹不断的谈判辩护，说任何其他的道路只会让整个社区被毁灭。"作为一个将军，我已赢得了异常伟大的胜利，"在8月12日大规模驱逐之后他公开祝贺自己。"我本来要失去一切，现在只失去了百分之二十五，谁还能要求比这更好的结果吗？"他下令给每个人多发一份配额，好像这样就可以给他有关稳定的将来的承诺增加更多的可信度。然而在斯洛杜拉和凯米昂卡新区的情况却证明任何真正的乐观都是错误的。

所有的犹太人都被迫离开自己的家园。1943年3月10日，犹太人区被封锁了。犹太警察在里面统治，而党卫军则把守大门。每个公寓里挤进了多达三十人；除了床以外所有的家具都被搬出去扔在大楼外面的平地上。人们轮流睡觉；每当有人去工作了，另一个人就会替代她/他的位置在床垫上睡觉。梅林早就放弃了所谓能给劳动营工人的家庭发钱的虚伪托词。"关于你工作的报酬……我没法拿到，要不看看你能否拿到。"拉雅·蒂娜在信中对莎拉说。她在厂里做十二小时，休息十二小时。她的丈夫戴维，在长老会找到了一个职位。他们在天亮时离开犹太人区，同样的还有长长的一列队伍，他们在警察的护送下走几小时路到市区，晚上再回来。萨露西亚和莫尼耶克是犹太人区里所剩无多的孩子中的两个，当他们的父母在城市里工作时，他们被留下，长长的一天里，无依无靠。拉雅·蒂娜的祈祷中透着一份苦涩："愿上帝保佑我不必给他写明信片，让姐妹和父母能在桌旁团聚，共享欣喜。"

长老会每天都会给出名单，上面列出了即将被召集到斯克拉多瓦临时劳动营的人员名字。每次驱逐后都普遍会有骚动不安，每家人都想尽快知晓他们所爱的人的命运。艾拉来信说围捕是经常的事情："我的来自克拉科夫的姐姐和她的孩子不在这儿了；很不幸，她的丈夫自杀了。"

1942年11月伯纳德·霍尔茨回到了索斯诺维克。在莎拉的请求下，他利用他能接触到长老会资料的便利找到了哈利的所在，并且能够把他的地址转给莎拉，同时带来哈利很快就会被任命为犹太长老的消息。

虽然健康状况江河日下，伯纳德从未放弃他对艾拉固执的追求。在受到一次严重的伤寒的侵袭后，他住进了医院。"我想和你谈谈伯纳德，"艾拉信中写道，"只有你能理解他。他总是这样：忠诚，深陷爱情不能自拔，为人真挚而且也变得英俊了。因为我们年龄的差距，我已经无能为力了。"

他们俩复杂感情关系的最后阶段发生在一个能够挑战伯纳德爱和希望的承受能力的背景下。

1942年3月12日

我亲爱的孩子萨仁卡！

　　我这么久没有写信你应该不会奇怪的。整整一个月，我在索斯诺维克的梅林总部工作，每天回家已经很晚了，没办法找出一点空闲时间做个人的事情。现在我也在你的家乡工作。我告诉了我的同事们杰帕斯多夫的情况，当然，我也告诉了他们你的事情，我的孩子！时间过得飞快，从你开始服劳役到现在有多久时间了？你好吗？你现在看起来怎样？我想知道一切，所有的一切。

小伯纳德还在医院里，不过他感觉好多了。可现在还有些副作用和生病后的并发症。他看上去很痛苦，但我希望他很快就能重新工作。他的父亲被送回到劳动营里去了。

我亲爱的！谁知道我们可能会在某个地方会面呢？你想和我见面吗，小东西？我得去医院了，因为我不知道我们什么时候能回来。每个人都住在斯洛杜拉（犹太人区）。你知道那是什么地方吗？我的母亲病了，但我帮不了她。另外，我的哥哥得搬到斯洛杜拉去，而我的姐姐已经在凯米昂卡的贝德津犹太人区了。所以，慢慢地，我的家庭变小了。我很高兴我有很多工作做，不然的话，我真没法熬过所有这一切。

今天是美好的一天。太阳如此美好温暖，这是使人健康的天气。你在的地方好吗？哈利给你写了些什么？他是否已经是犹太长老了？

我得走了——保重，温柔地吻你。

你的艾琳卡

拉雅·蒂娜和戴维同样设法从犹太人区寄来一封信：

斯洛杜拉

1943 年 4 月 11 日

亲爱的莎拉妹妹：

首先，我想让你知道我的心是和你在一起的。因为我没

第五章 | 好日子 好邮件

有给你写信你可能都急坏了。今天是很久以来第一次写信。晚了总比不写的好。我的心在痛，它狂乱地跳着，因为担心你会认为我不能总是给你写信，或者给你寄点什么，所以我就忘了你。不，我经常想着你。如果我能撑得住的话，给你写信会更容易些……有四个星期我没有住在公寓房里。这个星期我终于能够住进去了。过去这四个星期都把我逼疯了，真的疯了。无论你在什么地方过的夜，白天你都会在另一个地方。等了好久，我终于有地方住了。我现在能够体会到公寓和床的价值了。同时我是世界上最幸福的人，因为我和戴维在一起……我必须习惯又和他一起生活。

我没有收到你的卡片。写附言或者什么时候有空写都行。我祝你节日愉快。希望老天让我们一起过一个开心的逾越节。

在纽萨尔兹的劳动营，米茨·梅赫勒任命布利玛为营房的监管。她的新职位让她更有地位，她帮助瑞泽尔和其他信教的女子举行了逾越节的家宴。布利玛的责任同时也让她格外容易受到伤害。有次布利玛在点名时来晚了，梅赫勒给了她一记耳光。瑞泽尔不能原谅她，这个犹太长老曾被所有的女囚犯如此地信任，如此地敬佩她的公正。

至少瑞泽尔还能够写信。

纽萨尔兹
1943 年 4 月 26 日

最亲爱的莎拉：

没有收到最亲爱的你的来信时，我根本不知道该做什么。现在是星期一晚上，节日开始的时候，刚刚宣布了有来信的人的名字。布利玛和我焦急地等待着。可是没有，多让人失望啊！莎拉，你为什么对我们这么做？你难道不知道你的信是我们唯一的幸福，我们的一切吗？

哦莎拉，我们的心在疼！今天，逾越节开始了。我们相隔如此遥远，这里没有父母，没有兄弟姐妹。我们在思念着你，拉雅·蒂娜和我们所有的亲人每日每夜都在想着你。是的，上星期我们收到了拉雅·蒂娜的来信，感谢上帝，他们都很好而且在家里，哦，但愿他们能留在那里。可是我们没有我们最亲爱的父母的任何消息。这太让人受折磨了！我们没法把他们从我们身边分离开去。愿上帝保佑此生我们仍能够见到他们。愿我们能尽快交流我们过去的经历。

请不要为我们担心。谢谢上帝，我们都很好而且干着比较轻的活。你在做什么？你的工作怎样？你身体好吗？我们为什么很少收到你写的信？你收到了拉雅·蒂娜的信吗？还有艾拉的？

……你的姐姐们送上一千个吻和问候，她们想念你，祝你节日愉快。要是我们能在将来团聚该多好！

请告知查姆是否和你有信来往——请怜悯我们，我们别的什么都没有了。

瑞泽尔

瑞泽尔在信上留了些珍贵的空白处让其他人写上几句话，他们有家人在莎拉的劳动营里。

亲爱的苏琪，你节日过得好吗？我们很好：我们吃了逾越节家宴。弗莱德·利普施茨（Fryda Lypschitz）的家宴直到早上两点才结束，只是我们很思念亲爱的父母。向莎拉·冈卡兹问好。吻来自杰迪……

亲爱的妈妈，我借此机会也加几句话。我收到了你的明信片。来信告诉我你的节日怎么过的。我过得不错。我们在房间里做家宴直到早上两点。

拉雅·蒂娜寄来了包裹，里面有温暖的被子和食物。因为她们不同的所在，邮件变得越来越不可捉摸，这四姐妹为弥补每次联系的不确定性，在信中什么事都写上去了。

纽萨尔兹
1943 年 5 月 10 日

最亲爱的莎拉：

放在我们眼前的是你 4 月 20 日的信，我们一边读着，一边哭着。莎拉，这些节日里我们是这样彼此分离，天各一方。我的心情十分沉重，以前过逾越节时，我们和亲爱的老父亲、最亲爱的母亲坐在桌旁，母亲把什么都给父亲准备好了，那是多么的甜蜜。可今天，多遗憾！所有人都不见踪影！我们想知道他们是否还活着而且健康，如果是这样的话，我们会多么高兴。莎拉：节日期间我们有四天休息，家宴晚上我们度过的方式和你们是差不多的，惦记着家人，心里很难过。

你想知道我们在哪儿工作。并不是你那些精致的料子，莎拉，不过只是棉布而已，干净，工作量也不大。我们上班是固定的，从六点到晚上五点，中间还有一小时午饭时间。你也是固定上下班还是轮班的？你上班时怎样？……听说你收到了亲爱的查姆的来信我们都很开心。他现在人在哪儿，在哪儿工作？我们没有布利玛的未婚夫即亲爱的雅各布的消息。我们收到了拉雅·蒂娜寄来的两个包裹。你也收到了邮件吗？表妹罗西亚的信是从哪儿寄来的？她的姐姐在哪儿呢？

你有无收到艾拉的信件，她在给你发邮件吗？

　　一千次的问候和亲吻，

你的姐姐瑞泽尔和布利玛

拉雅·蒂娜没有收到莎拉的来信。五月底她又给莎拉写了封信……

斯洛杜拉
1943 年 5 月 22 日

最亲爱的莎拉：

　　我们在想为什么没有收到你的信件，我们非常担心。你肯定也在担心我们，不过感谢上帝，一切还好。我们都在家里，亲爱的孩子们都好……或许你听说了那个婚礼。谢谢上帝我们还能给你写信。同时我也在和我们亲爱的姐妹瑞泽尔及布利玛写信。你有无收到我寄来的包裹？瑞泽尔和布利玛已经回复了。除此外就没有什么特别的。我们希望能得到你的好消息。

　　祝好！

拉雅·蒂娜

　　犹太抵抗力量的领袖们——他们大多从青年团体中选拔而来——认识到最后的时刻来临了。随着一些当地的工厂开始关闭，他们预见梅林的"工作以拯救"的策略已是危如累卵、行将崩垮，这样的话梅林在他纳粹主子那里的最后一些影响力也会被清除干净。摩德才·安尼尔韦兹（Mordechai Anielwicz），华沙抵抗运动的领导人之一，后来是起义的英雄，曾拜访过他们，而他们与在琴斯托霍瓦（Czestochowa）

的志同道合者也保持经常联系，但是除了建议和信息外，没有多少资源可以共享。曾有信使被派出去跑武器的事，但往往都无功而返——如果他们能返回的话。

他们积聚了一批少得可怜的武器；不到十五支手枪，几十个手雷和土制炸弹。藏在他们的小军火库里的还有一台打字机和印刷机。由于缺乏真正掀起武装起义的能力，他们把注意力放在反纳粹的宣传以及破坏活动。前线的德国士兵曾收到一批来自索斯诺维克鞋厂的军靴，里面塞着印刷单，上面警告士兵们德国正在输掉这场战争，并敦促他们立即投降，纳粹对此并不感到好笑。

这个地下运动因为 8 月 12 日的驱逐而变得更为激进。他们意识到有系统地铲除犹太人的计划正在进行当中。但他们极为有限的资源，以及仅几小时路程外奥斯维辛里令人发指的现实使得他们没有多少选择余地。华沙犹太人区的覆灭就是让人清醒的事实。梅林已经躲过一次刺杀企图，而他的死亡给他们带来的除了一波接一波的报复以外，就没有多少了。从华沙和巴勒斯坦传来的信息警告说武装抵抗是徒劳的，并建议他们加入游击队员的行列，或找到其他逃生的方法。与此同时，地下运动的成员频繁地移动，藏身于一个掩体和秘密地点网络里。

他们中间有些人决定加入游击队。其他人则进行着有组织的获取南美护照的努力，这是由瑞士在其中协调，同时也得到了梅林自己暗中的财力支持，因为这也是他自己的个人紧急逃生通道。有些"面貌较好"的犹太人想得到雅利安①的身份证明以住在犹太人区以外的地方。另一个逃生方法是翻山越岭从波兰到捷克斯洛伐克，然后再到匈牙利。

他们正在最后确定计划时，梅林发起了进攻。因为一个告密者的指示，一群犹太男女在与游击队员们会面的路上遭到德国人的伏击和处决。

---

① Aryan，旧时用于指纳粹统治下的德国非犹太日耳曼民族的后裔。——译者注

剩下的抵抗运动战士们退回到了掩体里面。

艾拉选择这个关键时刻完成了伯纳德·霍尔茨自1940年10月以来一直追寻的梦想：她嫁给了他。他们搬到了贝德津凯米昂卡犹太人区。在一张信头为贝德津长老会办公室的信纸上，她和她的朋友分享了她的喜悦。

贝德津

1943年6月5日

我亲爱的孩子，莎拉！

　　今天一整天都在下雨，沉闷的冷雨。不过一个星期前，5月22日，天气却格外的好。那天阳光灿烂，温暖而美丽。在星期天下午，我把自己永远拴在伯纳德身边了。婚礼是在小"斯洛杜拉"的拉比家里举行的。伯尼看上去很棒——严肃，不过很幸福。我希望你在嫁给你的哈利时能和我一样兴奋。

　　伯纳德在长老会有一份工作。我很高兴我们总算到了这一步了，虽然时机并不很好，但是你知道的，莎拉，他是多么想有这么一天。他最痴心的愿望得到了满足。

　　你对此怎么说？你好吗？你没给我写信，这让我不安。昨天，我和我的丈夫（！）一起读了你从劳动营寄来的所有信件和明信片。上帝保佑，你会和我们在一起。

　　保重，我的孩子，甜蜜的问候和吻。

你的艾琳卡

她在信的背后签上了艾拉和伯纳德·霍尔茨的名字，而且加了一句："我们结婚了！"

六月初的一天，正当父母亲在工作时，盖世太保把犹太人区的约一千两百名孩子抓去了。一些稍大的孩子照父母教的那样躲到藏身之处去了。父母们下班回来，面对的却是空荡荡的房间。

在接下来的日子里，大多数工厂被关闭。工人们被遣送回犹太人区。

但盖世太保在半夜里冲进来时，犹太人区的一名护士是唯一在值班的人。只要能走路的人都被赶到街上去了。纳粹给了护士一针管吗啡，让她给卧床的病人注射。当她不小心把针管掉在地上时，遭到了纳粹的拳脚相向。注射吗啡时，她的手都在发抖：遵照纳粹的命令，她把额外剂量的阿司匹林注射在那些还没死去的病人身上。

6月19日，一名女子在剩下没关闭的一个厂里透过窗户看到了摩西·梅林。他在和费妮·兹阿那过马路，两人被盖世太保军官夹在中间。这名女子更仔细地看了看。这一次，她发现梅林走路不再是他通常的大摇大摆的样子。

梅林和他最亲密的同伙被逮捕并带到了盖世太保的总部。从那儿他们登上了去奥斯维辛的火车。

梅林缘何失踪，他余下的同事们并没有得到任何的解释。艾拉没有和他一起被逮捕。她继续在长老会工作。不过她和其他人一样相信通过南美洲逃生的可能性。她和她姐姐一直直接和瑞士那些想法子搞定护照的人通信。这最初是由一个贝德津的犹太富商组织的，他在被占后不久就逃到了日内瓦。

到了1943年夏天，就连孩子也知道了"集中营"和奥斯维辛可怖的幽灵。

凯米昂卡

1943年7月15日

我亲爱的孩子，萨仁卡：

我收到了你的明信片，谢谢你。小伯纳德开始上班了，已经出了门。我开始有点紧张了,不过上个星期天在犹太人区我遇到了来自塞尔丁(Seldyn)的黑人①,她让我宽心不少。我很遗憾你和哈利分开了。

我们虽然在犹太长老会工作,可我们的心总是记挂着劳动营。小伯纳德最近为我做了不少好事。他是个很好的男孩子——不管怎样,真遗憾你没和我们在一起。今天是个雨天,你知道这种天气总是让我伤感。下星期我们就会知道要不要去劳动营。你在工厂里一天工作多少个小时?你身体好吗?我想起了我们在杰帕斯多夫的小房间,现在我们不在一起了,我很难过。小伯纳德现在在警察那儿工作。

热烈的问候和亲吻!

艾拉·霍尔茨·格特纳

艾拉又来了一封信,告诉莎拉她将去奥斯维辛。

凯米昂卡
1943 年 7 月 15 日

最亲爱的萨仁卡:

我忽然就在邮局里了。邮件今天要发送,我怎能不和我的萨仁卡写信呢?刚才我的丈夫,小伯纳德,也在这儿。他看起来不错,感觉也很好。我很想知道你怎么样,你的身体好不好。我们都很好,而且计划去劳动营。今天天气极好,我们处于最佳的精神状态,对未来也抱有很大的希望……哈

---

① 艾拉指的可能是费妮·兹阿那,梅林的同僚,也被称作"黑人",不过据一些说法,兹阿那同梅林一道被驱逐到奥斯维辛了。

利怎么样?他在哪儿?他为什么没有消息?从塞尔丁来的女士把一切都告诉我了。当时我们能说话的时间很少——中央办公室的某个人可能在幕后监视。也许我会有机会和她说话的。

不担心,姑娘,会好起来的。勇敢点,保重自己。热烈的问候来自我的全家人以及我们的伯纳德。

吻你,

你的小艾拉

萨腊·拉比诺维茨在 1943 年 2 月 16 日后就没有音信了。拉雅·蒂娜在 1943 年 5 月 22 日后也再未寄来信件。此后再也没有她和戴维以及他们的孩子萨露西亚和莫尼耶克的消息了。

艾拉最后的来信上的邮戳日期是 1943 年 7 月 16 日。

最后的清洗是在 1943 年 8 月 1 日星期六开始的。选择这个时候让人吃惊,因为以前的驱逐从来不会在周末开始。六百多名党卫军包围了索斯诺维克和贝德津的犹太人区,命令犹太人在一个开阔处集中。约有八千五百多人被立即送往奥斯维辛。到了 8 月 9 日,更多的、成千上万的人上了去那里的火车。

不过约有四百人已经逃到数月以来挖掘而成的掩体里,挖出的泥土都是在晚上小把地处理掉,以免引人注意。掩体里的天花板太低了,人在里面只能躺着,不过有一些掩体可以容下多达三十个人。最后一个进来的要负责把掩体的伪装——可能是个烤箱,一件家具,或一块遮盖着洞的毯子——弄好。有些掩体还装备了食物和水,外加床垫,灯,无线电和一个便桶,以备长时间的躲藏。还有些掩体以地道相连,通向贫民区以外的地方。

8 月的酷热让人简直无法呼吸。人们不着衣物躺在地上以让自己不那么热。有些人可以听见外面人的说话声,明白这次袭击的目的可能就是终结犹太人区。让纳粹恼火的是,他们希望这件事尽快结束,可是包围整整持续了十天。他们知道掩体的存在,而且用机关枪巡逻着这个区域,挨家挨户地搜索,仔细聆听能让他们发现一个藏身之地的声音。当他们发现了声音或动静时,他们会搜寻入口,并且往里面灌满毒气或往洞里开枪。从掩体出来的犹太人要么被打死,要么被抓去,送入下一拨去奥斯维辛的队伍。

随着索斯诺维克和整个地区的犹太人区被清洗完毕,施梅尔特组织正式宣告结束。施梅尔特自己也被解除了作为"上西里西亚地区掌管犹太事务的特别全权代表"的职务。他退休回到了他在德国靠近奥波莱(Opole)的乡下家中。

希姆莱,1940年施梅尔特组织的创始人,终于成功地把这个组织解散了。不过他使用犹太劳力的决心却对纳粹的资源有立竿见影的影响。犹太人对纳粹的战争事业有巨大的贡献。因为1943年8月的驱逐,两家生产坦克的厂子一夜之间失去了它们全部的劳动力。

在希姆莱的指示之前,奥斯卡·辛德勒(Oskar Schindler)——他的厂子也是施梅尔特组织的一部分——把他的工人从波兰转到了他自己的祖国捷克斯洛伐克,那里还有十七个前施梅尔特劳动营。这个新址因为够远,所以辛德勒可以继续经营,具有相对的自主性。

在一个叫做萨茨拉(Schatzlar)的捷克斯洛伐克的山村里,约有一百名犹太女子在另一个纺织厂里工作,这个厂子也是施梅尔特组织的一部分。她们现在是正式的集中营的囚犯,不过,到目前为止,没有什么太大的改变。

第六章

最后的生日

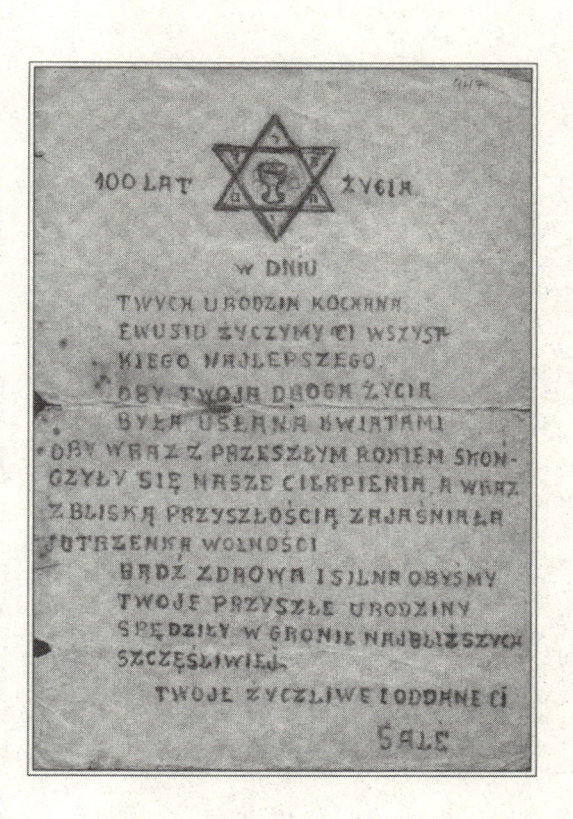

远处的雪山巍峨耸立。尽管搬到另一个集中营有种让人熟悉的疲劳和焦虑，这皑皑雪景看上去却十分迷人。

在离开杰帕斯多夫后的六个月里，莎拉被转移到了五个不同的劳动营里。哈利试图让他们两人留在一起，可是却失败了。一天早上她和一群女人被召集起来，得到命令要马上离开，目的地不详。

萨茨拉村坐落在波兰和捷克斯洛伐克之间的巨山（the Giant Mountains）之中。村里的人口为三千，不过随着滑雪者从南部几个小时路程以外的布拉格的到来，这个数字会增加不少。火车站新添的德语标志下面仍隐约可见捷克语名字"扎克勒（Zacler）"。村庄周围高山环抱，较低的小山上长满了高高的、纤细如铅笔、顶端为绿色的小树。

其他的劳动营与周围的城镇隔得更远。当莎拉和其他女囚犯从车站出来，走在村里坡度很陡的街上时，她们可以看到捷克的镇民们，而在后者看来，他们看见的是一群食不果腹、衣衫褴褛的女子，大部分人穿着木鞋，衣服上缝着黄色的星星图案。莎拉从未穿越过大山，也没见过滑雪板，不过即使是当地人也都使用滑雪板作为交通工具，在雪面上像舞蹈演员一样舞蹈。

就生产必需的战争物资而言，萨茨拉不是个好地方，可是它却是好几家与施梅尔特签订了劳动合同的纺织企业的所在地，这些企业包括一家由德国 G. A. 布尔及索恩公司（G. A. Buhl & Sohn）拥有的工厂。同时它也是战略要地，被腓特烈大帝（Frederick the Great）于 1745 年发现，当时普鲁士军队正在研究撤回西里西亚的路线。现在，近两百年以后，小小的萨茨拉又一次被认为是重要的路标——如果俄军逼着德国人撤回波兰的话。

布尔及索恩纺织厂并不大：仅有约一百二十名女子在那儿工作。这对党卫军卫兵来说也是相对较愉快的差事，他们住在附近一间从当地一个捷克家庭里征用过来的民宅里。劳动营的指挥官已婚，和他的妻子及两个年幼的孩子住在工厂和营房隔街正对面的一个舒适的屋子里。

在萨茨拉的第一次点名之前，莎拉在营房里最低的床下面找到了藏她的信件的地方。当她在队列中找到自己的位置时，一个守卫叫她把鞋子脱掉，后来才还给她。她一直很小心地保留着那双鞋——就是她从家里带来的那双，在杰帕斯多夫时也得到了查姆的精心修补——辗转于六个劳动营。她很不情愿地把鞋子交了上去，换上了一双笨拙的木鞋。

她是和几个亲近的朋友一起来到萨茨拉的。她们是一群乐观活泼、足智多谋的女孩。她们中间大多数有着相似的家庭背景；有些是从索斯诺维克来的。她们都是劳动营的老经验了，不过莎拉是待的时间最长的，也算是项殊荣了。走进营房的时候，她们互相大叫"一块儿享用我的卧室家具"，急于重新建立患难中的情谊，正是这份情谊扫掉了压抑在这些拥挤的木头床和没有供暖、穿堂风呼呼响的房间上的阴霾。

她们的关系好得让整个劳动营都羡慕。她们什么都一块分享，如果有人身体虚弱了，她们会把她们本来就少得可怜的食物配额凑在一起给她。她们尽量让自己的衣服和身体保持干净，决意要避免把头发剃干净的额外的屈辱。半夜里的时候，她们要用冷得冻人的水洗漱，互相挑对方头上和身上的虱子。她们共用一把莎拉从家里带来的黄铜梳子。

伊娃·乔思科维茨（Eva Joskowitz）是她们的领袖，是那个把她们都团结起来的人。她同时也是她们中最棒的觅食者：她在劳动营的厨房里有熟人，有时能给她一些萝卜，她便会把皮刮了，把萝卜做成一道特别的三明治，和她的朋友们分享。弗里德尔·希尔波斯坦（Friedl

Silberstein）是另一名成员，长相精致，为人敏感。莎拉·格朗伯姆（Sala Grunbaum）是个子最高的那个："大莎拉"，她们这样叫她，以和"小莎拉·冈卡兹"区分开来。珠希·耿特（Zusi Ginter）总是有几个诡计要耍。上次的冒险行为差点给她换来一顿皮肉之苦：她给自己缝了一条短裤，上面有个容量很大的口袋，用来藏偷来的食物。当她被工厂的监工召见时，她开始跑起来，只见土豆一个接一个从她的裤子里掉了出来，"像袋鼠一样"，她和她的朋友们大笑。

她们的亲如一人不仅仅体现在实际生活上。她们从彼此身上汲取力量和坚韧，坚持着能把她们同战前的生活联系在一起的信念和礼仪。她们震惊地发现厂里有一对母女，互相从对方那儿偷东西。我们绝不会这样，她们起誓。她们很关注劳动营里成为孤儿的女孩们，有些还只是孩子。大莎拉和她十二岁的表妹一起睡一张床，很乐意照顾她的"宝贝"。

夜晚喃喃地讲述自己的家庭就像温暖芳香的空气一样弥漫着营房。她们谈论着最亲近的亲戚和朋友，好像她们都是一大家子里的人一样，这样便勾起了她们对过去生活的回忆。对家的思念，破碎的生活，远离父母所带来的空虚成为了房间里共同的痛。她们对未来的梦想基于一个坚定的信念，即终有一天她们会和她们的父母团聚；终有一天这里每个女人都会成为一个新娘和母亲。

她们中有些人在附近的劳动营里有亲戚。大莎拉在一个大得多的前施梅尔特劳动营里有一个小妹，这个劳动营里有一千四百名女子为卡车制造帆布罩子。小莎拉盼着她姐姐们的来信，希望拉雅·蒂娜仍在索斯诺维克的犹太人区，希望瑞泽尔能从劳动营里继续给她写信。

每天早上这些女人都会被叫醒。早餐是一杯温温的、看上去像咖啡的褐色液体，以及一小片面包。她们在厂里的十二小时换班在每天早上五点钟开始。珠希和莎拉被分在同一片。她们整天都背对着背操作着巨大的机器，这些机器会把大卷的生亚麻送到一个满是沸水的水槽里，这样就精炼出亚麻线，然后再经过一个装置，线就被卷成了小纺锤。随着纺锤越来越多，它们必须被拿起来封箱，而另一大堆亚麻又被塞到机器里。如果线缠了或断了，必须手动接回到原来的位置上，然后重新开始。这根线最终会到德国军人穿的衣服上。

珠希的机器运转得很好，她的箱子里很听话地装满了灰色的棉纺锤。可是莎拉的机器却似乎很有个性。那个德国厂长会朝莎拉大叫，骂她偷懒，虽然那些线不停地断并不是她的错，珠希则会试着去帮她。到了晚上，她们会笑话那位厂长难闻的口臭，以及他的红眼睛不停地瞪着她们的腿的样子，因为她们穿着木屐，脚步沉重地从一边跑到另一边，发出很吵的声音，不过白天的时候，莎拉经常会遇到麻烦，费尽力气让那台情绪化的机器运转正常。

中午左右，她们一般会短暂休息一会儿，中饭通常是一道用土豆皮做的加水过多的汤，有时候还会有一片面包。她们和伊娃一块儿吃饭——她在隔壁房间的另一台机器旁工作。星期天的时候，她们会得到一小块黄油，汤里会多一片马肉。如果她们中某个人运气好找到一大块土豆，她们会把它给分了，切成薄片，摆成一层层放在面包上，然后伊娃在她机器的一角把它加热。吃的时候，她们会给这份三明治想象一个新的口味。奶酪，伊娃问？肉？不，今天是鸡蛋，珠希更正她，发誓说总有一天她会吃面包吃到身体撑得要炸掉为止。

每过几天就会有火车运来原材料。莎拉总是主动要求走到车站去，然后把巨大的亚麻卷从火车上卸到待命的卡车上。这样做能给她和外面的世界接触几分钟的机会。她通常都会带点东西回来——从一个友好的捷克火车乘务员那儿得知的传言，或者可能是司机那儿得到的一根香烟。回到劳动营后，她们把卡车上的亚麻卸下来，运进厂里。这些亚麻卷是由其他劳动营的囚犯做的，里面有时能发现一些小纸条，上面写着名字或信息，这些都会在当天晚上同其他女囚犯一道分享。

莎拉写的一封信抵达了瑞泽尔那里，之后瑞泽尔便往萨茨拉的劳动营寄信了。她和布利玛还在纽萨尔兹工作，她们收到过拉雅·蒂娜寄来的一个包裹，不过没有信。

一纸信函连结着两个劳动营，四个姐妹。

纽萨尔兹
1942 年 11 月 12 日

最亲爱的妹妹：

这是真的吗？我们收到了你寄来的信？哦，莎拉，莎拉！我们太高兴了，都不知道该做什么才好，而与此同时，我们是如此思念你。现在我们又找到彼此了。终于找到了！终于找到了！哦，我的心都要碎了！莎拉！我不知道该先写什么，我要发狂了。我们的眼里噙满了泪水。你经历了这么多事情，现在在一个女性劳动营里。可是我们也经历了很多，很多。大家不能在一起我们很难过。看上去那就是我们的命运。昂起你的头来，莎拉，不要绝望。或许此生我们仍能重聚，到时候我们会有很多很多的事要互相倾诉。哦，我们别无所求，就是想和我们亲爱的，亲爱的，最亲爱的父母一起坐在桌旁。噢天哪，什么时候，什么时候才能如此？还有我们的姐姐、哥哥和家里其他的人……我们收到了一条被子，不过没有信。寄件人是拉雅·蒂娜。我们不理解为什么没有收到她的来信。你收到了家里的来信吗？很不幸，我们没有。你是我们唯一可靠的人。写信吧，只要有机会就写。查姆在哪儿？你收到了艾拉和查姆的信吗？我们共同的朋友里，谁在一起？记住，你比我们更有价值。

你的姐姐们给你成千上万个吻，想念你。

瑞泽尔和布利玛

另一名纽萨尔兹的囚犯加了个附言，对萨茨拉工厂里危险的机器表示了担心：

> 借着这个机会，我给你写几句。我和莎拉小姐的姐姐们住在一个房间里。我收到了你的邮件，我很感谢……我亲爱的孩子，你一定不能失去希望，好好工作。记住你的家庭，当心那些机器，工作认真点……

莎拉的信件被一个年轻的德国女人看过了，她是劳动营里的监工和检查员。伊丽莎白·毕肖夫（Elizabeth Bischoff）比她监督的那些女人大不了多少。她并不掩饰她对被分派到萨茨拉来工作所感到的不满，不过她会做到尽量公正。圣诞节的时候，她教这些女人用德语唱圣诞颂歌，而且组织了演出，她身穿她的党卫军制服参加了这场演出。毕肖夫同时也有她浪漫的一面：三月的时候她把莎拉叫到办公室，给了她一封哈利写来的信，考虑到哈利优美的文笔，她决定准许莎拉收他的信。

毕肖夫同时还允许她收下哈利为她十九岁生日礼物而寄来的特别惊喜。

戴赫恩福斯（Dyhernfurth）
1943 年 3 月 1 日

我最亲爱的萨露西亚：

有人告知我女性劳动营可以通信，于是我就在想，我最亲爱的，为什么还没有任何你的消息。

我深爱的萨露西亚，你的生日之际，我祝你一切都好，首要的就是你能很快和你的父母以及我亲爱的父母团圆。我希望今天就能团圆，而不是明天！

我最亲爱的萨露西亚,我给你寄来了在格罗斯帕尼欧拍的小照片。这是我拥有的最贵重的东西,因为那时我们在一起。要是你现在能和我在一起该有多好。但是每个爱情都需要通过苦痛和分离的考验,即便那对我们来说没什么必要。你很清楚我是可以依靠的。

……我亲爱的小新娘,我希望你对男人能有些好的看法。不过,请不要用普通的标准来看我,因为对我来说没有其他的女孩子,只有我唯一深爱的萨露西亚!!

我最亲爱的,我祝你生日一切都好,我永远都是你的,

哈利

哈利现在是戴赫恩福斯的一名犹太长老,这里是一座巨大的化学园区,生产毒气,为曾是施梅尔特组织一部分的格罗斯罗森集中营的分营。他们在格罗斯帕尼欧那些日子里留下的相片是笔财富,哈利在相片后面注明日期,并签上"献给小萨露西亚之生日。"看到他优雅的笔迹以及个性鲜明的签名让莎拉觉得宽慰,让她振作。

伊丽莎白·毕肖夫还准许她再收一封信。哈利发现莎拉的老朋友以及仰慕者沃尔夫·雷特那医生在萨茨拉地区工作。

戴赫恩福斯
1943 年 4 月 7 日

我最亲爱的萨露西亚:

我直到昨天才收到你在 2 月 22 日寄来的宝贵的明信片。你可以想象得到这些日子里没有你的消息我是多么的不开心。我写信很困难,不过你可以多写写,对吗?

你别担心我,我现在几乎没有自由时间,因为我每天晚

上要到六点半才到家，然后要值班……我看上去很不错，这里的工作总的来说比较轻松。我很高兴你身体还好，只不过我担心你，因为你的工作比以前更辛苦了。

我写信来庆祝你的生日，我亲爱的萨露西亚，而且给你寄来了在格罗斯帕尼欧拍的照片。你应该知道我很舍不得这张照片。我本想寄个包裹的，只不过我不知道你是否能收到。

不幸的是，我们没有这般好运，能在你生日的时候团聚。我很高兴，亲爱的萨露西亚，你时不时能和沃尔夫医生在一起，这样你身边至少有一个杰帕斯多夫的熟人。我向亲爱的沃尔夫表示问候。

看起来希望我们俩能有最好的结果的朋友比真正的朋友要多……我当然是讽刺的语气！人们一直想告诉我很多你和沃尔夫在杰帕斯多夫的事情。我马上告诉他们我对你，我亲爱的萨露西亚的好感和尊重是不会改变的……

最亲爱的小萨露西亚，请不要因为我给你写这些东西而生气，可是，能知道你的朋友是谁是件好事。

请写信告知你需要什么。我会把你需要的一切给你寄来的。你知道只要是你想要的，再困难、再贵的我都能帮你得到。我亲爱的小新娘，我仍没有放弃我还能很快就抱你入怀的希望。我正为了你调过来的事情而疯狂努力。如果你是在一个男子劳动营，我就能马上把你弄到我这儿来。

萨露西亚，我甜蜜的女孩，继续坚强下去，要相信我们的爱，我们会得到帮助的。

我的纸不够了，所以我就写到这儿吧。我本可以连续写上几个小时的。

我还是，吻你一千次的，

又及：向大家问好，尤其是你的女朋友们，我们来自格罗斯帕尼欧的亲爱的女孩们!

哈利"吉卜赛人"

哈利还是和以前一样:激情四溢,滔滔不绝——而且吃一个老朋友的醋。她极少见到雷特那医生,他总是在萨茨拉附近的许多前施梅尔特劳动营之间穿行。哈利对她的担心并不恰当——而他让她不要担心他的说法同样如此。

现在,哈利也沉默了。

自从1940年以来莎拉的世界就一直在收缩。她到达萨茨拉之后收到过一个包裹:拉雅·蒂娜寄来的一条羽毛毯。一想到她的姐姐把羽毛拔下来,洗干净,就像她们的妈妈以前做的那样,她不仅感到毛毯的温暖,也觉得十分欣喜。不过自那以后她就没有收到拉雅·蒂娜的邮件了。

至少瑞泽尔一直在写信,不过她没怎么收到莎拉的回信。

纽萨尔兹
1943年7月6日

亲爱的莎拉:

我最后一次给你写信,莎拉。如果你不想回信,那么也没关系。如果你的姐姐们必须承受这么多的痛苦对你来说可以接受,那么我们只能说,很不幸,那就这样吧。你的良心怎么了?我给你写过这么多信你怎么还是一言不发?我们收不到亲爱的拉雅·蒂娜的邮件,又没有我们亲爱的父母的消息,这难道还不够吗?现在你又这样对我们毫不在意?我们再次求你给我们写信,让我们知道你是否还好。你怎么样了?或许你收到了我们亲爱的拉雅·蒂娜的信?你收到了艾拉或查姆的信吗？我们很好，很不耐烦地等待着来信……珠希·耿特的姐姐向她问好……

瑞泽尔和布利玛

随着她的信一去无回，瑞泽尔的生气化为了忧虑。沉默的不仅仅是莎拉。拉雅·蒂娜呢？艾拉呢？还有查姆呢？几个星期后，瑞泽尔又给她写了信。

纽萨尔兹
1943 年 7 月 24 日

亲爱的莎拉：

我是在不耐烦和痛苦的状态中给你写信的。亲爱的莎拉！想象一下我们没有收到亲爱的拉雅·蒂娜任何邮件的心情吧。谁知道我们的亲人还在家里吗？不过或许，或许你有他们寄来的邮件？哦，如果是这样的话，我们会多么高兴。我们求你了，亲爱的，写信告诉我们一切，告诉我们你的确切情况。你的工作怎样？你的身体健康吗？感谢上帝，我们都很好，而且在工作。收到你的邮件总能让我们那么高兴。可是，莎拉，你为什么不写信呢？你尤其应该给拉雅·蒂娜写信。你有没有收到过她寄来的一个包裹？珠希的姐姐们问好。

最后送上极其思念你的姐姐们一千个吻和问候。

瑞泽尔和布利玛

几个月过去了。瑞泽尔再没有来信。再没有信件了，再没有包裹了。外面世界的大门已然关上。

第六章 | 最后的生日

劳动营里的朋友们成了姐妹。当邮件服务在1943年停止了之后,她们通过互相写信来打破这令人心惧的沉寂。

她们对未来的憧憬是没有尽头的。生日是她们的聚焦所在,她们会花很多精力、搞很多活动来庆祝。到目前为止珠希的生日是最为精心庆祝的了:当她下班回来后,她看见她的床上放着白色的东西,这是条裙子,前面有一排扣子,全由手工精心缝制而成。裙子旁边,朋友们放了一片有艺术造型的面包,这是"蛋糕(torte)",她们很得意地宣称。她们每个人都捐了一片面包,然后把它们叠成一层层的。

有时候,只有看到白雪盖顶的大山才能振奋莎拉的精神,让她重建正在消退的信心,相信总有一天能够再次穿越它们。她通过给哈利写了封信抒发自己的情绪,虽然这封信可能永远也寄不出去。

萨茨拉
(日期不详)

……当我去上班,看着大山的时候,我想起了你。来吧哈利,来到我身边,我害怕极了。虽然我们之间相隔千里,没有什么能把我们分开。你将永远,永远是我的。我们都以为事情不会到这一步,可是却到了,这是最为残忍的……我甚至不想去回忆那一刻,你那满是泪痕、憔悴的脸——哦,哈利,我问你,告诉我,这一切什么时候才会结束?什么时候,什么时候?

我感觉好多了,我要去睡觉,要一晚上都想你。你开心吗,我的黑吉卜赛人?我得起来了,这里从来没有一人独处的机会,当我夜晚筋疲力尽地回到家里时,我把我的思绪都给了你……我有那么多话要说,那么多可以让你开心的话。可是现在你却离我那么远。你还会想你的可爱的萨露西亚——还是她已经从你的心里消失了?你记得是我让你自由吗?我从未想过要牵绊你。你仍能够想做什么就做什么,这点很让我高兴。你离我那么远,或许你现在能更清楚地了解我的初衷了。

我们会耐心地等待着,其他的就交给命运吧。

1944年没有哈利寄来的生日祝福。相反,莎拉的朋友们送给她诗歌和卡片,是用波兰语或依地语制作的,她们躲过检查员的视线,然后隆重其事地交给"三号房间上铺"的莎拉·冈卡兹。有些女难友还有带图片的明信片,有的是她们之间交易所得,或者和她们在火车站或工厂遇到的某个人物物交换而来。更有有艺术细胞的难友在空白的卡片上画上手工上色的插图。

她把所有的生日卡片都细心保留了下来。

萨茨拉
1944年3月5日

嘿!嘿!20号营房的住户们!
你们听到了今天的通知吗?
3月5日,
是萨露西亚·冈卡兹的生日,
所以我会参加庆祝活动
给她我的祝贺,
在你的生日,萨露西亚,亲爱的,
我迫不及待要表达我最真挚的祝愿。
愿你的愿望尽快实现,
这样你和你的哈利能自由地生活,
不再有苦难的日子。
让幸福照耀在你身上,
让邪恶走过你身旁。

让你心中充满希望，
无需再为恶人彷徨，
因为我们不会永远在这儿受难。
会有一天
有人能把我们解放
带领我们远远离开这些营房。
愿你的下个生日
和你所爱的人同庆，
欢乐和自由同享。

萨腊·维兹曼（Sara Weisman）

  战局已决定性地对德国不利。但是就在希特勒的军队撤退之时，纳粹继续把成千上万的犹太人，大部分来自于匈牙利，运经苏台德的劳动营，送到德国的深处。匈牙利巨大的犹太群体中的大部分人在此之前都平安无事。人们心存希望他们会逃脱他们的教友的命运——直到1944年3月纳粹完全控制了他们的国家。

  随着匈牙利女子的到来，萨茨拉的营房变得更加拥挤。据传她们是从到奥斯维辛的运输队伍中下来的。其中一些人仍穿着家里带来的时髦服饰，而且她们给人一种瞧不起波兰女人的印象，因为好几年的囚犯生活给后者留下了一定的印记。匈牙利女人对环境的适应比较慢。不久后，她们的漂亮衣服就破烂不堪了，头发也因为一次特别凶猛的虱子爆发而被剃了个干净。她们互相争吵，偷盗是常有的事。营房里的老经验们都悄悄地把她们自己的东西藏好了。

  这些匈牙利女人们对劳动营里日常生活的物资匮乏缺乏准备。在饥饿的驱使下，她们在垃圾中搜寻任何貌似食物的东西，根本不顾那些经验丰富的女囚犯的警告，因为她们知道吃变质的剩余食物的危险。

很多人生了病，无法工作。让营房里的人普遍感到惊愕的是，匈牙利人除了少数几个之外，其他人都被挑中了。她们会被送到奥斯维辛去，正是那个她们以为自己已然逃脱的地方。

艾拉是在1943年8月初踏上去奥斯维辛之路的。在此之前她的生活可以说是被大多数波兰犹太人艳羡的。她和伯纳德设法躲过了驱逐，直到纳粹对犹太人区的最后清洗。现在，他们面临着最糟糕的局面。

乘火车从索斯诺维克地区来到奥斯维辛的一车车犹太人们得到了尤为可怕的接待：当地盖世太保得到警告，这批犹太人里可能有犹太人区抵抗势力的残余分子，作为对此的反应，许多犹太人被当即枪杀或不经挑选便被送到毒气室。

伯纳德的命运如何没有记录。不过艾拉既未被枪杀，也未被毒死。她被选中参加劳役。

艾拉先是在奥斯维辛的一个巨大的货仓里工作，整理那些从已去毒气室的男女和儿童身上取下的衣服、鞋子、用具和其他贵重物品；这些个人所有物会被运回德国供以后使用。最著名的一个仓库名叫"加拿大"，意指货品丰富和无尽财富之地。在一个这样的地方，艾拉认识了罗莎·洛波塔（Roza Robota），她是一名狂热的犹太复国主义者，曾是抵抗力量战士。她们成为了好朋友。

罗莎是她家里唯一一个没有在到达时被毒气毒死的成员，她很快便和奥斯维辛的一个地下组织联系上了，因为这个组织的一些领导人碰巧来自于她的家乡，如波兰的切哈努夫（Ciechanow）。她组织起一个从违禁的电台广播发布消息的团体，并且通过物物交换得到加拿大的一些财物以资助抵抗力量的活动。她同时在特别指挥队[①]那儿发现了

[①] Sonderkommando，犹太人奴隶劳动的特殊小队，任务是将尸体从毒气室拉到焚尸炉。——译者注

一些旧朋友，这是一支臭名昭著的工作队，被部署在毒气室和焚尸炉，他们的面孔已被炉子无情的灼热所扭曲。

艾拉被转移到相对较新的维克索尔〔联盟金属加工厂（Weichsel Union Metalworks）〕，该厂于1943年秋天开业，为的就是取代被盟军炸弹摧毁的克拉普（Krupp）工厂。她被分配到办公室工作。就像加拿大的货仓一样，联盟加工厂在奥斯维辛的劳动等级里具有令人重视之处；它是个新厂，相对安静，工作在室内进行，而且配额也更好。有两千五百名囚犯在那里工作，还包括德国平民，一天二十四小时三班倒，生产大炮的炸药和引线。

联盟厂的女人们住在特殊的营房群里。艾拉和其他三个女人睡在三十六个木制铺位中的一个。虽然没有窗户，也没法隔热防冷，这个特别的营房里却住着很富活力的一群知识分子、老师和教授。每天晚上只要时间和精力允许，她们就会把年轻的女孩子们聚在一个圈里，然后艾拉和其他女人就文学和历史进行热烈的讨论。女孩子们很景仰艾拉，她还是那么富有魅力，与众不同，即便在奥斯维辛也是如此。头发长了的时候，她会用一块布制成紧带。或者在制服上悬挂上一条皮带。有时候她会很神气地戴上一顶帽子。

马拉·韦恩斯坦（Mala Weinstein）和艾拉共用一个床位。她是年纪最小的女孩之一，在联盟厂里的内间里工作，那里有严令限制的火药室或Pulverraum，她在那儿和其他五个女子把火药填压到爆炸装置里去。这种精细活儿纳粹更喜欢让女人来做。艾拉很疼爱马拉。当这位年轻的女孩儿下了晚班回来后，她有时能发现艾拉给她的一个礼物、一块面包或一个纸条。马拉的床友们知道她永远不会忘记她刚来奥斯维辛的日子所看到的：一辆卡车装着她三个姐姐的尸体从毒气室往火葬场开去。

在联盟厂工人的另一个营房里，另外一群志同道合的女子晚上聚在一起。她们的讨论由犹太复国主义者和抵抗斗士们发起，关乎政治，言语激进。她们学会了游击队员们的歌曲，背诵解放的诗歌，让营房里充满了自由的歌声和未来在巴勒斯坦生活的梦想，这比她们身边的恐怖来的更为真实。许多人在认识安娜和艾斯图希娅·瓦克捷布朗姆（Anna and Estusia Wacjblum）之前对华沙犹太人区起义的事情一无所知，这两姐妹通过讲述令人心潮澎湃的华沙年轻人与纳粹斗争的第一手故事，把反抗的精神灌输给营房里的人。安娜在联盟厂里工作，而艾斯图希娅被派到火药室里。像罗莎·洛波塔一样，瓦捷克布朗姆姐妹知道奥斯维辛有一个地下组织，她们决心有所表现。

外面世界的消息慢慢传开了，这些要么是从守卫那儿无意间听来的——他们对战争的进程感到越来越紧张，要么是从进来的囚犯的报告中收集而来的。1944年春天和夏天把奥斯维辛带入了一个新的更深的地狱，对特别指挥队来说尤为如此，因为他们目睹了超过四十万名匈牙利犹太人的到来和被愈发加快的毒气——焚尸——埋葬三部曲谋杀的过程。这个血腥无情的杀人步骤更加加深了人们心里不断增长的恐惧，即德国人在向盟军投降之前会把他们全部处死。

在奥斯维辛早期的日子里，纳粹他们自己通过死亡循环来处理他们的受害者，不过随着尸体数量的增加，他们把这些最令人作呕的责任派给了特别指挥队。后者与集中营里的其他人被隔离开来，而且出于额外的安全考虑，纳粹会定期清洗特别指挥队。一些人很快就垮了并自杀身亡，一些人则在伴随这份工作而来的特别的食物和特权的诱惑下堕落了，一些人想报仇，还有一些人梦想着逃跑。

在1944年最后几个月里，特别指挥队知道对纳粹来说，他们快到了失去利用价值的时候了，因而被迫采取行动。根据战后发现的埋在地下的日记记载，他们计划举行起义，闹得集中营里鸡犬不宁，以让他们有足够时间剪断通电的铁丝网。在接下来的混乱中，他们中的一些人或许能够逃出生天。不过首先他们需要能用来制造炸弹的炸药。

艾拉·格特纳是瓦捷克布朗姆姐妹及火药室里的女子与罗莎·洛

波塔和特别指挥队之间的联系人。

这次计划吸收的女囚犯多达二十个,一些是由艾拉找的。她的床友马拉也加入进来,她虽然对逃跑的机会持怀疑态度,但却很希望为她姐姐们的惨死报仇。她们的计划是从火药室里的女工们用于工作的火药里面扣下极少量的粗糙黑色颗粒。这些小偷小摸大部分在晚班进行,因为那时的守卫不是那么严格。

纳粹的监工把火药牢牢锁了起来。每次发出火药之前他都会细心地把每一份称一称。在长达九个月的时间里,火药室的女工们都在收集宝贵的火药颗粒。她们的进展很慢,每天都从仔细分配好的火药量里偷偷地舀下几茶匙,直到后来艾斯图希娅大胆地设法偷到了监工的钥匙,直接从防火的保险箱里取出火药。女工们把她们每日所得扫进小布条里。艾斯图希娅则把这些小包裹收集起来,藏在一个原本装满垃圾的托盘的假底座里。然后她把这个托盘交给上白班的妹妹安娜。安娜准备好让艾拉接手时给她暗号。她们在洗手间会合。

当艾拉和她们的朋友们离开厂里的时候,她们会把火药藏在她们的内衣里,或者扭结在头巾上。她们排着长队要走几英里的路回到集中营,路上会经过党卫军卫兵。搜身是很频繁的事情,而且经常突如其来:她们一般待在队伍的中间,这样万一有突然检查,也会最后才轮到她们。如果卫兵靠近的话,她们只需把火药扔掉,落在地上无人知晓。

回到劳动营后,艾拉把炸药交给罗莎·洛波塔,后者会将其藏在特别指挥队用于搬运尸体的手推车里。这走私火药的最后一站是一个临时的炸弹工厂,里面有一个俄罗斯囚犯,前苏联军队军官,在秘密地工作。

1944年10月7日,特别指挥队把第四号焚尸炉炸毁了。他们刚刚得知纳粹正准备清洗他们那一组,而且可能在他们没来得及完全准备好之前采取行动。他们手里只有偷来的不多的几支手枪,他们袭击了党卫军卫兵,剪断了通电的铁丝网。在接下来的短暂交火中,四个党卫军卫兵被杀，十二个受伤。四号焚尸炉的八个烤炉和三个毒气室被毁。有几百个人逃入了树林里。

虽然他们希望能引发大规模的集中营起义，其他抵抗力量的战士，波兰人或者犹太人，并未加入特别指挥队的行列。党卫军在几分钟后就重新控制了局势，用喷火器和机关枪还以颜色。几乎所有逃跑的囚犯都被重新抓了回来，就地枪决。

起义的余波正好在奥斯维辛作为死亡集中营的最后日子里。随着俄军的日益逼近，每晚都有飞机在头顶飞过，海因里希·希姆莱下令火车在1944年11月2日停开。奥斯维辛巨大的杀人机器，剩余的此前每二十四小时能焚化一万五千具尸体的焚尸炉和烤炉，关闭了。

然而对起义的调查却刚刚开始。

一种秘密的气氛弥漫着集中营，谣言迅速流传，对报复的恐惧愈发强烈。集中营的反情报机构，党卫军的政治武器，在焚尸炉的残骸中发现了火药的痕迹，不过仍不清楚焚尸炉的破坏是由炸弹引起还是因为蓄意纵火，先从草编床垫烧起来，然后迅速蔓延到整个木头建筑。不久，这次爆炸就被查出与联盟军需厂有关。雷吉娜·沙夫兹塔金（Regina Safirsztajn），火药室的女工头，被逮捕了，接着是艾斯图希娅。在联盟营房里一个犹太女人的告密下，纳粹还逮捕了艾拉，虽然她从未在火药室里工作过。雷吉娜、艾斯图希娅、艾拉遭到了讯问和拷打。她们坚称自己是清白的，而德国人也没法找出她们之间的联系。罗思·梅斯（Rose Meth），火药室里另一名女工，被误认为是艾斯图希娅的妹妹，也被逮捕了。几天后纳粹释放了所有的女工，决定通过他们的眼线网络进行认真监视，以找出更多真相。

这次起义在柏林引起了雷霆震怒。即便在这战争的后期——德军在每条前线上都节节败退——盖世太保还是花了很大力气去发掘炸药的来源。虽然他们本可以把有任何参与起义嫌疑的任何人处死，他们却决心调查潜伏在背后的阴谋破坏行为。他们或许还希望能揭开抵抗力量的领导人的面纱。

纳粹惧怕对军需厂里的破坏是有原因的。在彼得斯瓦尔道（Peterswaldau）劳动营，女工们把搞乱她们插入炸弹盒里的时钟机件当做是无上光荣。布衡瓦尔德（Buchenwald）的流水线工人们为地下组织偷了几把刚刚生产好的枪支，而且有效地破坏了其他许多要运给国防军的枪支。在多拉（Dora）组装V1和V2火箭的工厂里，犹太工人琢磨出来如何破坏用于轰炸伦敦的火箭的引导和防御系统，虽然一万只火箭里只有四千两百只达到了目标，但这里面犹太工人的功劳不容忽视。

为了加快对奥斯维辛起义的调查，党卫军任命了一个新的间谍，一个英俊的有一半犹太血统的捷克人，名叫尤金·科什（Eugene Koch）。他的特别目标：艾拉·格特纳。

科什相貌俊美，衣着入时，魅力十足。当他试图打进犹太地下组织时，那里的犹太男人们认定他是个告密者，拒绝让他参加他们的秘密会议。不过科什显然在艾拉那儿取得了更大的成功，和她会面，进行私密谈话，用食物和奉承之词来吸引她。据一些说法，艾拉会向科什吐露她的秘密。

在第一次审讯几个星期后，艾拉再次被逮捕，接着就是艾斯图希娅、雷吉娜和罗莎。她们被带到十一号地堡，这是一个臭名昭著的严刑拷打之所，里面的手段极为残忍，甚至连鲁道夫·霍斯（Rudolph Hoss），劳动营的司令官，都抱怨说他的午觉会被传入他临近的别墅里的惨叫声吵得不得安宁。当这四个女子被审讯的时候，剩余的同谋者——其中有马拉、艾斯图希娅的妹妹安娜、罗思·梅斯——都是大气不敢出，她们的同志所经受的痛苦折磨着她们，同时她们也害怕自己也会被人告发。这次审问以及令人恐惧的悬念持续了四个星期。

当罗莎还被关在十一号地堡的时候，一个犹太监工给男子劳动营传去一个消息，要求和罗莎在抵抗力量里的一个朋友见面。犹太男子们不能确定是否回应，他们担心他们会被诱入一个陷阱里。他们等着，生活在劳动营里继续下去。充满痛苦的日子一天天过去。最后他们决定去冒这个险。那名犹太监工设法把纳粹守卫灌醉，然后把罗莎的朋友偷偷带到她的牢房里。他回去的时候带给他们的是让人痛苦的消息：她的身上脏污不堪，伤口遍布，外貌变得让人无法辨认。他还带回来她写的一张纸条，她在上面发誓她永远不会背叛自己的同志。罗莎最后的劝告是希伯来人的座右铭：Chazak V'amatz, 即坚强而勇敢。

奥斯维辛的"政治部"也在审讯现场，根据其平民身份的秘书的说法，罗莎揭露说她是从艾拉那儿把火药拿去的。罗莎还讲出了她在特别指挥队的联系人的名字，不过她知道他已经死了。同样据这个秘书说，艾拉对她的逼供者承认她是从雷吉娜和艾斯图希娅那里拿的火药。这个秘书得出结论：这四个女人每一个都比她见过的在类似情形下的男人要坚强。

为了强调蓄意破坏的后果，司令官霍斯决定处决这些女子——不过在那种不可理喻的颠倒的纳粹逻辑下，这个曾监督过数以百万计的犹太男女的谋杀的人却必须等到额外的授权，以让这个别的四个女人的处决合法化。这个决定被递交到柏林的最高法庭，而最高法庭又把这个悬念延长了几个星期。1944年圣诞节，法庭的裁决下来了。

艾斯图希娅偷偷地带给一个朋友一张纸条。"我知道等待着我的是什么，"她说，"不过我会坦然地走向绞架的。我只请你照顾我的妹妹。请不要离开她，这样我才死得安心。"由于担心安娜会自己撞向通电的铁丝网，艾斯图希娅的朋友们把安娜藏在劳动营的医务室里，不让她目睹她姐姐被处决。

一月初的大地非常寒冷，囚犯们必须在雪地里生起火来才能够造好支撑绞架的平台。1945年1月5日，上白班的工人们集合在厨房大楼附近一个巨大的开阔广场上。前排的位置是留给火药室的女工们的。为了取得最大的效果，司令官霍斯还很戏剧性地大声宣读死刑宣判"以法律的名义"。如果有女人眼神移开的话，卫兵就会过去打她的耳光。一个乐队演奏起了一首军歌。

当艾拉·格特纳和雷吉娜·沙夫兹塔金被下令走向绞架时，奥斯维辛囚犯的眼睛都是直直地往前看。一个艾拉的朋友形容她非常镇定，不过踏上平台的时候却是蔑视的神情；一会儿过后，她和雷吉娜便在凛冽的寒风中旋转，就像两个牵线木偶一样。

几个小时后，司令官霍斯对集合在一起的晚班工人又一次宣读了死刑宣判。几分钟后，罗莎·洛波塔和艾斯图希娅·瓦克捷布朗姆被绞死。

奥斯维辛最后一次点名是在 1 月 17 日进行的。纳粹们疯狂地把他们种族灭绝的设备和证据毁掉，而且除了病重的囚犯外把所有人都疏散了。约五万六千人被送上死亡的行进之旅。1 月 27 日，艾拉被绞死后三个星期零一天后，俄军进入了奥斯维辛。

整个 1944 年，崇山峻岭里，谣言在萨茨拉飞传，说战争局势对德国人很不利。这里的女囚犯们对 1944 年 6 月 6 日的登陆日（D-day）毫不知晓，对盟军在法国的高歌挺进也毫不知情，但是她们感觉到了战争进程对她们的影响。纺织厂里的工作开始慢了下来。送来的原材料也少了。监工们削减了工作的时间。女工们往往在白天工作到一半时间的时候就被告知可以离开了。终于有一天，工厂的机器停了下来。

这种休止状态是让人恐惧的。莎拉和她的朋友们觉得她们之所以还活着是因为她们还有生产能力，现在她们开始害怕她们也会被送往奥斯维辛。

十二月的时候，伊丽莎白·毕肖夫把所有的女工们集中在一起。她们将在拂晓的时候动身前往几英里之外的另一家纺织厂工作。知道自己很快又有活可以干了，大家都松了口气。

她们为冬天的跋涉尽量做足准备，一晚上都在忙着把裙子改成裤子，而且把碎步和纸塞到衣服里，但是没什么能让她们抵抗得了从高山上吹下来的刺骨寒风。莎拉把拉雅·蒂娜的羽毛毯子裹在自己单薄的衣服外面，就像一件大衣一样，她一踏出屋就感觉这条毯子僵硬了起来。等到她回到营房里时，拉雅·蒂娜的毯子因为大雪已是又重又湿。她把毯子摊开，想一晚上把它晾干，在这没有暖气的营房里，她和她的朋友们挤在一起取暖。

莎拉的二十一岁生日到了，在"六号家庭"里又一次洋溢着希望——她的朋友们有时候会根据她们营房的号码这样称呼她们自己。

萨茨拉
1945 年 3 月 5 日

3 月 5 日对我们来说是开心的、幸运的一天。因为今天我们要庆祝我们亲爱的莎拉的生日；啊，还在铁丝网后面。哦，要是我们能以自由之身和你所爱的人一起庆祝你的生日的话，这将是个多么美好的节日啊。我们可不要失去希望！

愿好运就像透过我们营房的窗户偷偷进来的明媚阳光一样照耀着你。

莎拉，有时候我们三人在床上的时候，你睡着了，我们听见你在梦中呼喊："妈妈，爸爸……"我们不想吵醒你，因为我们知道，在那一刻，你幸福地和他们在一起。我们在谈论："我们要不要叫醒她呢？"

最亲爱的莎拉，原谅我们有时候会打扰你的美梦。总有一天，当我们自由的时候，我们会让你和你的父母还有你的哈利痛饮幸福的佳酿。愿你和他一起找到很多幸福，他对你的关心永远伴随着你……因此莎拉，愿你总是能尽情享受。

最亲爱的萨露西亚，愿你和你爱的人一起，还有你的哈利，活到一百二十岁。愿你下一次生日在家里庆祝，而且会想起一年前，你在萨茨拉，和你的女朋友们庆祝你的生日；

你会开心地回忆这些,因为你已经获得了自由。

深爱你的女朋友们

其中一张生日卡是写给"尊敬的莎拉·冈卡兹·范·霍本斯多克"（Sala Garncarz von Haubenstock）的。卡片上色泽鲜艳的两个漂亮小孩的照片是个让人难过的提醒物：离开家这么多年里她从未接触过小孩。在那段时间里她和她的朋友们已从少女长成为年轻女子，到了做妈妈的年龄了。她们梦想着生儿育女，却担心这么多年饥饿和劳累日积月累，对她们的身体有影响。她们中大多数人几年都没有来过月经。

德军最后一次在突出部的攻势①被遏制住了，巴顿的第三军长驱直入，杀到了莱茵河。东面，斯大林的军队抵达了华沙和柏林。美国人也准备进入纽伦堡（Nuremberg）。奥斯维辛、达考（Dachau）、卑尔根－贝尔森（Bergen-Belsen）和布衡瓦尔德全部解放，它们的名字不可磨灭地和历史上最为残忍的地狱地标联系在一起。不过对萨茨拉的女囚犯而言，她们还看不到战争的尽头。

到了1945年3月，卡车又停止运送亚麻了。毕肖夫告诉女工们第二个纺织厂也要关闭了。

劳动营的主管并不想让这些女人闲着无事。就算是现在，德国的男子仍被送往前线。这个地区大部分工厂已完全关闭，放弃了为战争事业做贡献的借口。

女囚犯们被告知她们将会去挖战壕，保护德国士兵。毕肖夫离开了劳动营，取代她的是一个当地的捷克女人，名叫玛乔娃（Machova）。女囚犯们并不畏惧玛乔娃，因为她以前也是工厂的工人，现在她矮胖

---

① Battle of the Bulge，当时盟军方面的媒体原依战役爆发所在地称阿登战役或亚尔丁之役，但盟军将士依作战经过称之为突出部之役。——译者注

的身体挤进不合身的党卫军制服,平庸的脸上闪着自豪的光芒。她们开始充满希望,战争很快就要结束了。但是当全副武装、牵着恶狗的党卫军卫兵来了,并且要把她们都赶到战壕的所在地时,她们都被吓坏了。

这些女囚犯们又一次要在凌晨出发,走三英里的路,从厂子后面茂密的树林出发,然后爬山经过陡峭的高山森林。她们带着形形色色的挖掘工具,从铲子到调羹都有。当她们到达目的地后,党卫军命令她们开始挖壕沟,他们站在后面,荷枪实弹,恶狗跃跃欲扑。他们有一个特别的信号来指挥这些动物,是用某种音调发出的指令。如果有哪个女囚犯稍微停了下来,党卫军就会放狗过去。站在队列最后一个的人是危险的,因为她离那些凶猛的下巴最近。有些女人被狗狠狠咬了几口。她们因为饥饿而身体羸弱,而地面仍是又硬又冻,抗拒着她们可怜的挖掘企图。

在回去的路上,她们经过了一个关押法国俘虏的集中营:它几乎被隐藏在浓密的树林里。被俘的士兵站在加上窗条的窗户后,朝女囚犯们大喊,语言各式各样。战争就要结束了,这些人大喊,小心纳粹在盟军来之前要杀你们。尽管党卫军卫兵开起了枪,他们的警告声却清晰可闻,压过了枪声。

第七章

120 年自由

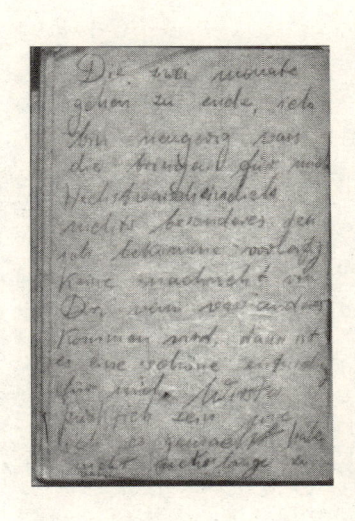

一张白纸落在地上。

女囚犯们已经挖了好几个星期的壕沟了。法国战俘的话加强了她们再忍受一天极度疲劳和对恶狗恐惧的决心。

很快另一张白纸在附近落下。

卫兵们大叫着下令让她们继续挖。莎拉抬头看见纸片像雪花一样从天上落下来。莎拉不用把它们捡起来也可以看到上面的字,因为这些纸片在她身边像毯子一样盖了一层。它们是盟军的传单,用三种语言写成,是写给德国士兵的,告诉他们战争已经结束,而且他们要为他们的行为负责。这些纸片的落款是斯大林、罗斯福和丘吉尔。

那天的挖掘工作早早结束了。女囚犯们穿过树林走回去。能够摆脱恶狗和对着她们的枪支,她们都感觉如释重负,进入营房的时候大家都奇怪的一言不发。

早上的时候,党卫军卫兵们都不见踪影。指挥官还留在他的房子里。玛乔娃消失了。法国的战俘和盟军的传单上都警告女囚犯们要当心德国人在最后一刻要把劳动营的所有痕迹都抹去。这一刻离结束这么接近,是不是最危险的呢?在营房后面,有人留了一张警告的字条,显然是某个为党卫军工作的人。我们在看着你们,字条上说,可是党卫军的人计划要炸掉营房,所以一定要守着门和窗户。

卫兵们可能会把手雷扔进来,出于对这个可能性的警惕,女囚犯们自发组织人手,整夜轮流值班,盯着劳动营外的森林。她们会反击的,她们发誓。自由离她们如此地接近,她们可以像闻香水一样闻到它。

为了打发时间，她们织起了各种颜色的旗帜，因为她们不知道哪国的军队会先抵达劳动营，不过她们做好了欢迎所有的解放者的准备。萨腊·维兹曼，女囚犯中唯一公开承认的共产党员，在她穿在裙子下的衬衫上面缝上了红色的补丁。

5月7日晚上，指挥官提着沉重的汽油桶穿过马路。透过窗户，女囚犯们看到他走进他和他的妻儿居住的房子并关上了前门。她们听见了枪声，然后就是巨大的爆炸声：房子烧了起来。

早上，大山在明媚的太阳下闪闪发光。指挥官的房子还在冒着烟。营房里仍只有女囚犯们。有几个人把衣服脱得只剩下内衣，走到阳光下，在工厂外面的绿色草坪上找个地方坐了下来。突然玛乔娃来了，从前门朝她们大声招呼。她仍穿着党卫军制服，摇着铃铛，她站到一个椅子上，然后说："孩子们，你们自由了。"

俄军的坦克直接开到了劳动营的前门。萨腊·维兹曼是第一个用她的红衬衫欢迎他们的人。

莎拉尖声欢呼着直到自己声音哑了。说不出话的她眼泪长流，女孩们一遍又一遍地互相亲吻。俄军士兵分散到了森林里，俘获了党卫军卫兵。他们把枪给这些女子，让她们尽情报复。谁都没有这么做。不过后来法国战俘们很快出现了，接过了枪。尽管女孩们抗议说她对她们很好，玛乔娃还是啜泣着被带走了，身上仍然穿着她的制服。

俄国人分发着罐装食物，镇里的面包师开着货车来了，车上满满的都是面包。珠希准备实现她大吃特吃、撑爆为止的梦想，伊娃阻止了她。我们要吃面包，她说，不过罐头里的不能吃。她担心陌生的食物对她们的空腹会有不好的影响。莎拉·格朗伯姆被派到城里去找新鲜的鸡蛋和牛奶。

解放后的最初几天乱哄哄的。女囚犯们睡在营房里，半夜里俄军士兵出现了，醉醺醺的，到处找女人。住在劳动营附近的捷克家庭听见她们的尖叫，跑过来保护她们。他们敦促这些女人搬到附近一些被德国人放弃的房子里去。但是她们还是很害怕在村庄里趾高气扬走来走去的俄国人,他们把胸罩挂在耳朵上,炫耀着他们胳膊上挂着的一排排德国手表。偶尔还会听见枪声。她们听说玛乔娃死了,她和其他党卫军公务员被俄军士兵和法国战俘一道被处决了。

在床上醒来,想象一整天都不用工作,吃着体面的食物,穿着在战争最后的日子里照顾她们的捷克人给的衣服,这一切是多么的奇怪。不过莎拉和她的朋友们知道她们在萨茨拉的日子结束了。她们必须回家。因为她们活了下来,其他人肯定也活了下来。有人会在家里找她们。

如果他们能够幸免于难的话,莎拉计划会去布拉格找哈利,不过以后还有时间去找到他的。

这些女子身上没有钱,也没有身份证明,不确定这个新世界是怎么运转的,她们开始计划离开萨茨拉。很快她们就把不多的随身物品收拾好了。莎拉·格朗伯姆和她的妹妹团聚了,她妹妹坚持认为她们应该把所有劳动营的提醒物都抛于脑后,甚至家里的来信也不能留,上面将会盖满虱子和糟糕的回忆。另外,有恐怖的谣言说俄罗斯人如果看见"犹太文件",是不会让她们穿过边境进入波兰或德国的。

只有莎拉停下来,确保她厚厚的一扎信件——她五年来不离不弃的伙伴——仍在她的手中。

朋友们分手了。她们永远会是劳动营的姐妹,不过现在是寻找她们家人的时候了。

莎拉和伊娃·乔思科维茨结伴向索斯诺维克进发,朝着波兰的大致方向走去。有时候她们会爬上火车,坐在煤车上面,这总比在火车上被一群俄军士兵包围的好。她们几乎未曾注意过身边满目疮痍的地貌,她们只想实现尽快回到家中的目标。幸运地搭了几天顺风车后,她们来到了卡托维兹的市中心。离家里只有一小时不到的路程了。

她们上了一辆拥挤的电车。又听见了波兰语,一时之间觉得十分亲切。接着她们便听到了售票员愤怒的声音，要求她们买票。惊愕的莎拉先看看伊娃，然后又看着售票员，解释说她们刚刚从纳粹的集中营被释放出来，身无分文。售票员继续大喊大叫，称她们为"肮脏的犹太人"在他的电车或者国家里都是不受欢迎的。

没有人站出来为她们说话。剩下的路她们只好步行。

到达索斯诺维克后，她们就分开了，约好以后再见面。莎拉独自在城里穿行，很快就回到了克拉塔加街。她走进她家公寓楼的院子里；以前的门房仍在他的岗位上，她经过时，他连头都没有抬一下。她走上楼，先来到她姐姐的公寓，一个陌生的男人开了门。她可以看见他身后房间里的样子，认出了拉雅·蒂娜的家具。所有的一切都很熟悉，所有的东西都在以前的地方——只不过没有了姐姐、姐夫、侄女、侄子。门口的男子说他对以前的房客一无所知；他们的眼神相对时，她感觉到一阵恐惧的震撼，结结巴巴地说她可能找错地方了。在楼梯下面，她晕了过去。

她在院子里恢复了意识。她想尽快离开这里。她在战争中九死一生，可不想成为她以前邻居反犹太主义的受害者。她连一个晚上都不想待在索斯诺维克。她离开了克拉塔加街，连自己的家门都没有进去。她姐姐的缝纫机，她母亲的铜烛台，她父亲的书是否还在那儿，她的日记是否还锁在那个抽屉里，她永远不会知道。

当地的犹太长老会在火车站附近设了办公桌，莎拉去那儿登记了。留下一个转发地址是很重要的，万一家里有其他人回来了也好找得到她。可是她的下一个目的地是什么呢？她在一个没有家庭或文化维系的世界里飘荡。所有的地标都与她无关，她二十一岁了，正在看着一张空白的地图。

在登记处，她把布拉格写下来，作为她的目的地。如果哈利活了下来，他会到那儿去找她的。

她又出发了。伊娃和她在一起，这次她们走的方向和上次相反，是从波兰走回捷克斯洛伐克。现在她们对周遭的事物看得更仔细了，到处都是战争的证据，被轰炸过的道路，被毁坏的桥梁，遭到劫难的城市。只要有可能她们就会和其他的幸存者待在一起，不过莎拉总是想避免在任何一个看起来像营房的地方过夜。在每一站，总是有人兴奋地、充满希望地问同样的一轮问题："你到过什么地方？"以及"你看见谁了？"

又搭了几天便车，偶尔还坐上了火车之后她们来到了沃登堡（Waldenberg）市，她们很高兴在那里找到了老朋友。沃登堡处于俄管区（Russion Zone），不过这两个年轻女子得到了一个俄罗斯裔犹太上校的保护，他在他的总部所在的大楼里给了她们房间住。索斯诺维克给她们的打击仍未消除，于是她和伊娃与她们的朋友在那儿住了下来。

很快莎拉就深得这个俄罗斯上校，乔治的喜爱。乔治与那些给萨茨拉带来恐怖的禽兽截然不同，他为人谦和，很关心人。他带她去听音乐会，听她讲她的故事。他安排她和一个俄罗斯士兵车队前往布拉格，并由他的一个副官陪同，寸步不离。

莎拉用她从难民机构领的生活费里拿出一些买了一个小小的红色皮封面笔记本，乔治把他的名字和家庭住址写在上面。他给了她一小张自己的照片，照片上的他穿着俄罗斯陆军制服，笔挺而严肃。出于习惯，她把他潦草的纸条和照片保存了下来，这些是她添加到一直随身带着的信件集的战后第一批文件："明天十点，我会坐车来接你。你将去布拉格。"

就在莎拉准备按计划离开之前，一批新的战争幸存者抵达了。这一次大家热切的交换名字和地点时有了奇迹般的发现：来自索斯诺维克的某个人在卑尔根-贝尔森幸存者的名单上见过她姐姐的名字。这个地点她不熟悉，而且仅此而已，没有更多的细节——不过这个意义重大的消息让她精神振奋，重新燃起了她在索斯诺维克被熄灭的希望之火。瑞泽尔和布利玛还活着。可是卑尔根-贝尔森显然离这里相当远，而且她也不能保证她们还会在那儿。她决定先去布拉格。

爬上一辆装满俄军士兵的卡车是一件可怕的事情。不过乔治的副官履行了他收到的命令，整个旅程一直保护着她。他们在市中心放她下来。她现在完全的、晕头转向的一个人处在一个陌生的城市。她在布拉格谁都不认识——或许除了哈利。

食物的香味把她引向了老城广场（Old Town Square），那里人们从巨大的锅里盛出热腾腾的汤，免费供饥饿的路人食用。这贴心的汤让她心存感激，她更感激捷克人民的热情。经人指引，她来到了附近一座旅社，难民在那里可以得到免费食宿，还有一小笔生活费。她登记了她的第一份身份证明文件。出生地这一栏她写上了切欣（即 Teschen 或切申〔Cieszyn〕），波兰；这是一个一直被波兰和捷克斯洛伐克分隔的城市，这样写也许能有助于她和哈利的重逢。就这样简单的一个动作，她把索斯诺维克从她的人生传记中抹去了。

布拉格像老朋友一样拥抱着她。然而要在那里找到她的家人绝非易事。虽然她在看到的每一份名单上都写上了自己的名字，要在一页接一页的人名表上搜寻却是十分困难的，这点她在索斯诺维克和沃登堡已经有体会了。口头消息更为可靠。她问其他的难民是否见过她的父母或她的姐姐或弟弟，或者哈利，然后他们把同样的问题用他们的方式回问了莎拉。她得知各个纳粹劳动营的情况大不相同。像她一样从苏台德劳动营里解放的人出来时健康状况相对较好。她遇到过别的幸存者，他们的情况糟糕得多。一些人憔悴不堪，疾病缠身。一些则陷于悲伤，郁郁寡欢。莎拉经历的五年煎熬算得上是时间最长的了，然而她比那些在一个大的集中营里只待了短暂时间，或者那些在劳动营被疏散后遭受了条件极为残酷的死亡征途的人健康多了。她还了解到战后的欧洲被划分为几个不同的区，而且俄罗斯人并不是在哪儿都算老大。她第一次知道幸存者们遍布整个欧洲。

奥斯维辛的阴影开始有形状了。

莎拉不停地寻找哈利。她遇到了一个人，他知道哈利是戴赫恩福斯劳动营的犹太长老之一，不过这个人看来有点躲躲闪闪的样子，想知道她和哈利的关系。

最终，有个人给了她一个地址。她发了封电报过去，说已经到了布拉格。

哈利的回复很快就到了，也是用电报发来的。

> 我还活着，请等我的来信。哈利

她等着，可是没有信来。相反，一个陌生人来到旅社，要找她。他说他是哈利的一个亲戚，哈利让他来传个口信，说她应该忘记他而且离开布拉格。这个陌生人拒绝回答她的任何问题。哈利再也不会见她了。

自从解放以来她未曾哭过，可是现在她坐在旅社的餐厅里，手里还拿着那封电报，眼泪哗啦啦地流着。挽救她的是一个劳动营的姐妹。

有人猛地摇着她，叫着她的名字。珠希站在她的身旁。一分钟过后，她就被珠希有力地抱住了。她一边哭，一边讲述她的故事。"那又怎样？去他妈的。"珠希的声音在房间里嗡嗡作响，掩盖了莎拉的啜泣声，房间里其他人都哈哈大笑起来。

珠希曾和劳动营里的另一个朋友回到了波兰。她父亲的木工车间和货仓被变成了德国人的办公室。他所有的价值不菲的机器全不见了，她漂亮的家被洗劫一空。她找不到家人，以前的邻居现在都是冷冰冰的。她在那里待了几天，但是很不喜欢靠着当地的犹太人长老会过活的感觉。她的朋友说服她回到萨茨拉，一个当地人给了她一个在奶酪厂的工作。她找到了一套房子，过起了安定的生活。

几个星期后珠希才发现自己的错误。愚蠢，愚蠢，她痛斥自己，居然会待在一个没有家人、没有朋友的奶酪厂里。所以她第二次离开了萨茨拉。

珠希很高兴在布拉格找到了莎拉,她提议她们待在一起。不要哭了,她命令:男人多得是呢。

她们重新开始了。她们决定离开布拉格,去英国人控制区,那里有几个最大的难民群。

在前施梅尔特劳动营费尔达芬(Feldafing),好消息轮到珠希了。她遇到了一个家里来的朋友,后者吻了她,搂着她的脖子,告诉了她最想听到的事情:她家里的某个人被找到了。她的妹妹伊特卡(Itka)活了下来。她是在卑尔根-贝尔森被解放的,不过病得非常厉害,住进了医院里。和其他纽萨尔兹劳动营里其他得了重病的女子一样,她被送到瑞典去进行治疗。

莎拉几乎不敢问这个女人,一个陌生的人,有关她姐姐的情况:她们在纽萨尔兹和伊特卡在一起,也是在卑尔根-贝尔森被解放的。

瑞泽尔和布利玛还活着,病得非常重,不过还活着。她们也被送到了瑞典。

"瑞典是什么?"珠希尖声叫道。"我们开始走吧!"

* * *

1945年1月极其的寒冷。虽然华沙的德国军队已经向俄罗斯人投降,而且希特勒已经撤回到柏林,瑞泽尔和布利玛却将面临战争中最苦难的情况。

疏散纽萨尔兹的命令是在1月17日宣布的。女囚犯们听说她们会被送到奥斯维辛去,她们的恐惧似乎在几天后党卫军召集她们进行了一个长得不同寻常的点名中得到了验证。她们站在刺骨的寒冷天气中,被数了一遍又一遍。最后她们被分成小组,然后被送回营房。她们被告知天亮就要出发。

有一些女囚犯在劳动营里待了将近三年时间。有些人在营房的墙上或在纸片上写下了告别的字语。

瑞泽尔病了，不过布利玛设法让她在点名之前从医务室里出来。现在，就在她们等着第一丝晨光的时候，两姐妹——一个有名的拉比的女儿，来找瑞泽尔，要求她为整个劳动营祈祷。她们的父亲给了她们圣诗里的某个段落或诗篇①，让她们在极为危险的情况下背诵。据说圣诗如果用心背诵，不受食物、饮料或其他演讲的影响，会有一种特别的功效。

瑞泽尔领着女囚犯们进行祷告，其中一个人计数。她们重复了八十一遍圣诗，神圣的经文在营房的墙壁间回荡。

她们在1月22日早晨离开纽萨尔兹。一小部分女囚犯，其中包括拉比的两个女儿，被送往奥斯维辛。超过一千个女囚犯，瑞泽尔和布利玛也在里面，开始走向一个未知的终点，由一小队党卫军卫兵押送。她们中的大多数人未能撑过接下来的九十天。

很明显她们是朝前线进发，但是这西进的路线没什么逻辑可言，除了不让她们落入盟军解放者的手里，而后者已经深入德国境内。卫兵们好像也认识到了这样艰苦行进的毫无意义。女囚犯们五人一排沿着乡村小路步行，因为大路要留给军队使用。她们每天能走二十至三十英里。每个女囚犯都发了两个大面包，但很快就吃完了。瑞泽尔一只脚穿着非常紧的木鞋子，另一只脚则用布包着。伊特卡·耿特穿着两年前那个早上从家里被抓走时身上穿的睡衣，冷得簌簌发抖。她的鞋被偷了。当她们看见附近一栋看上去有人住的小屋时，她和一个朋友跑出了队列。她们乞求开门的德国女人给她们一些食物。她给了她们一抱之量的土豆和面包，还给了伊特卡一双鞋。她们回到了队列当中。

---

① 即 tehillim，希伯来语中意为"赞美"。——译者注

卫兵们看来也不再管那么多纪律了。每天都有女囚犯死去,倒下来然后爬不起来。其他人则继续往前走。她们进入了捷克斯洛伐克。一天晚上瑞泽尔醒来发现她睡在一个犹太人的公墓里。她在墓碑之间摇摇晃晃地走着,读着碑石上的希伯来语碑铭,她自己更适合留在这坟冢之间,而不是继续前行。可是莎拉在捷克斯洛伐克,布利玛提醒她;也许就在附近。开始下雪了,瑞泽尔祷告的时候,发现其他女囚犯聚在她的身边。

她们走了两个月,她们的人数持续减少。到了三月中旬,她们回到了德国。她们在弗洛森堡(Flossenburg)的集中营待了一个星期,其他进行死亡征途的囚犯也在这里汇合。疾病蔓延得十分严重。3月25日,那些还能走的人被带到一个火车站,那里的卫兵们把她们推到充满令人窒息的煤尘的货车里。一节车厢里塞进去的女囚犯达一百名之多,里面是如此之挤,瑞泽尔连胳膊都抬不起来。突然布利玛不见了。瑞泽尔尖叫了起来,一个卫兵用枪击打她,然后把门用力关住。自布利玛在体育馆救了她之后两姐妹就几乎没有分开过。

瑞泽尔不知道火车开了几个小时,或者几天。当车厢门被打开时,她们被带到一个房间里,被命令用唯一一个水龙头里滴下的刺骨冷水洗去身上的虱子。她的姐姐又一次找到了她。布利玛洗着瑞泽尔身上划出的口子,抚慰着她狂躁的情绪。她想起了母亲的话:你的母亲会陪着你的。征途又开始了。

七天后,她们抵达了位于卑尔根-贝尔森的集中营,离她们出发的地方将近二百八十英里远。这里没有水,也没有食物。到处都是尸体。党卫军疯狂地想尽可能多地掩藏他们滔天罪行的证据,他们把活人的手腕和死尸的手腕紧紧绑在一起,命令女囚犯们把尸体拖到挖好的坑里。

不确定自己是醒着还是在梦中,瑞泽尔沉重地瘫坐在一个角落里。突然,她发现一种异乎寻常的寂静。她上次见过党卫军卫兵的地方现在空无一人。布利玛安静地躺在她身边。墙壁似乎在低语着什么。有样东西砸了她一下，原来是一个操着陌生语言的人扔过来一个东西，不过她清晰地听见"自由……自由"。原来是英国人解放了卑尔根－贝尔森：1945年4月15日。她想拥抱布利玛，接着又想起了母亲、父亲、姐妹、兄弟，她倒了下去。

从纽萨尔兹开始行军的一千名女囚犯，现在活着的不足一百名。

幸存者们在英国医生搭建的临时医院里得到了治疗。伤寒肆虐得非常厉害，英国的解放者们把大多数的建筑都付之一炬，以控制住疫情。有一万具尸体要掩埋。当伊特卡·耿特的名字被叫到时，她的朋友们说她已经死了。"不，我没有死！"她抗议道，接着就又失去知觉了。萨腊·兹阿卡也在那里，病得很严重。瑞泽尔也得了伤寒，她的血球数极低。

拉比的女儿们找到了瑞泽尔。在她们前往奥斯维辛的必死之路上，她们的火车停了下来，重新改道前往另一个劳动营，在那里她们需要在厨房里工作。这个劳动营是最早被解放的劳动营之一，然后两姐妹就被带到了卑尔根－贝尔森。当她们听说纽萨尔兹的女囚犯已经到达后，她们便四处寻找瑞泽尔，她们肯定正是她的祈祷救了她们的命。

她们乞求英国医生帮助她，于是瑞泽尔成为了第一批接受输血的人，血来自于布利玛。可是布利玛自己也是非常的虚弱，很快她就因心脏病突发躺在瑞泽尔的邻床上。

卑尔根－贝尔森里满是病情极为严重的病人。难民机构安排了约六千名病得最厉害的女囚犯送到瑞典进行治疗。她们先乘火车到卢贝克（Lubeck）港，在那里再换轮船去瑞典。瑞泽尔被送到了卡尔斯塔德（Karlstad）的一家医院兼疗养院，治疗伤寒和肺结核，布利玛则在约七百英里以外的另一家医院里从心脏病发作中康复。伊特卡和萨腊也被送到了瑞典。

瑞泽尔做了个梦。她在家里，这是星期五晚上。安息日的晚餐已经准备好，她的父亲站在桌前，穿着正式的外衣，白色的长须飘飘，看上去十分威严。她们正要开始吃饭时，他举起了手："我们得等等，"他说，"我们还少了一个人。我们要等她。"布利玛在瑞典的一家医院里，所以瑞泽尔知道她父亲指的不是布利玛。也不是拉雅·蒂娜，因为她肯定在什么地方和她的孩子在一起。活下来，而且要保护美丽的萨露西亚和莫尼耶克对她来说已经够难了，瑞泽尔在梦里想。不，少的那个人一定是莎拉。她的父亲在告诉她，莎拉还活着。

莎拉和珠希开始去寻找她们的姐妹们。她们第一个目的地是卑尔根-贝尔森，接着她们就会设法去瑞典。同行的还有另一个劳动营的熟人，迈克尔（Michal），他要去的大致方向和她们一样。他们进入了美国人所占领的区域，离纽伦堡已经不远了，这时候他们发现路上有一座美丽的巴伐利亚小镇安斯巴赫（Ansbach）。

进入小镇的时候，他们惊异地发现他们在别的地方处处可见的毁坏情况在这儿却没有。虽然镇外的桥梁被破坏了，镇里的街道和建筑却完好无损。迈克尔听见有人在喊他的名字：原来是雷欧（Leo），他在一个劳动营里的朋友。西装革履的他，早就不再像个幸存者，而是把迈克尔当做自己失去联系已久的朋友来招呼，而且也同样兴奋地认识了迈克尔一行其他人。安斯巴赫会消除你的疲劳的，他说，而且劝他们留下来。

雷欧带着他们在镇里四处看了看，言语中充满了一个本地人的自豪。他在为美国人工作，不过具体做什么的他没有明说。他们在街上走着，雷欧好像谁都认识。莎拉和她的朋友们决定在安斯巴赫待上几天再继续他们的旅程。因为莎拉拒绝考虑在市郊的一个难民中心过夜，雷欧便给他们找了套公寓。她再也不愿意在任何营地里过夜。

安斯巴赫是个很容易就让人爱上的地方。它有着八百年历史的底蕴，迷人而兴旺，小而熙熙攘攘，因其音乐节日和巴洛克风格的建筑而负有盛名。虽然安斯巴赫一直是巴伐利亚北部的文化和行政中心，它的工业活动却不多，不然早就把盟军的炸弹引了过来。从15世纪一直到"水晶之夜"①，犹太人一直在这个美丽的城市里繁荣发展，解放后，这里聚集了一个幸存者社区。

历史悠久的安斯巴赫市中心里点缀着各式吸引人的小餐馆。大街小巷上响起的是混杂一起的各种国家的语言。本来有一个官方政策禁止士兵和平民友好往来，这样美国人就被限制在附近凯特巴赫（Katterbach）的军事基地里。现在这个政策解除了，每个角落里都充满了音乐，美好的天气和笑声。

现在是解放仅三个月之后。在体面的食物和住所的抚慰下，集中营留下的表层伤疤很快就褪去了。幸存者们一起聚会，把他们紧紧联系在一起的是他们共同的人生经历和语言。他们很年轻，大多数人不过二十出头。爱情的追求以让人晕头转向的速度进行着。战时的浪漫柔情重新点燃；如果这些感情没有很快发展到婚约，这一对人便会分手，重新找别人。莎拉·格朗伯姆到达安斯巴赫后很快便和迈克尔订了婚——她曾在一个施梅尔特劳动营里与他有过短暂的接触。珠希和她的一个旧难友重新结合了，很快他们也订了婚。她的未婚夫的弟弟也活了下来，珠希马上指定他为她的妹妹伊特卡的对象。她已经在梦想着一个双重婚礼——只不过第二个新娘还没找到。

关于这三姐妹的消息寥寥无几：伊特卡、瑞泽尔和布利玛被送到瑞典的某个地方去了，地址不详。缓慢的邮件让人沮丧，于是莎拉和珠希决定继续亲自去寻找。她们制订了离开安斯巴赫的计划。

她和珠希一块儿走到了会把她们带到卑尔根－贝尔森的公共汽车

---

① 即德语 Kristallnacht，原意指住宅、商店玻璃尽遭打碎的惨状，这里指1938年11月9日在德国发生的纳粹党徒精心策划的对犹太人施行屠杀抢劫的历史事件，后来这个词就成为迫害犹太人的代名词。——译者注

旁。珠希先上了车。莎拉紧随其后，比她慢了一步，然后犹豫了。

安斯巴赫似乎在释放着一种能量。它是她这么多年奴役生涯后第一个能给她某种弥补的地方。一想到又要迁居，心里就会觉得难以忍受，特别是因为她在卑尔根－贝尔森又得住在巨大的难民营里。她想早日与瑞泽尔及布利玛团圆——可是她也需要时间让自己的伤口愈合。

她的犹豫让她的决定显得很清楚了。安斯巴赫已经成为她的家。一个拥抱之后，珠希独自离去。

莎拉搬进了富有魅力的旧钟塔下面的公寓房里。这栋公寓楼是属于雷欧的女朋友的，她是安斯巴赫当地人，这套房子虽然是空闲的，却非常舒适，她并未向莎拉要租金。莎拉的邻居大多数是年纪较大的德国人。就他们而言，战争已经结束了，美国人和犹太人都是受欢迎的。显然这里没有人当过纳粹——甚至连纳粹都没听说过。她多数时候在转角处的一个小餐馆里吃饭，那里的餐馆老板和他的家人非常关心她，太瘦了，他们固执地说，而且拒绝收她的钱。莎拉喜欢独自在让人振奋的街上行走，吸收一个带着商业和日常生活律动、充满活力的城市的能量。她愿意重新开始，不过她得克服那种有时威胁要吞噬她的伤痛。她的朋友似乎更能过安定的生活，好像他们对他们的将来更加清楚。她没有把自己的社交圈限制在幸存者社区里，而是与背景各异的人交往，有闲言碎语说她正背弃自己的传统，但她并未在意。

她为人淡漠，甚至有些深藏不露。虽然她有许多追求者，但她宁愿做一个观察者，而不是身边那些男女情爱的参与者。除了几个最亲密的朋友，没有人知道她住哪儿。当她出去的时候，她拒绝让任何人送她回家，而是独自一人走回到她在钟塔下的公寓里。

安斯巴赫最古老的一部分的街道几乎连一个车身都放不下，不过有好几个星期这里的一栋楼却是热闹非凡。终于门上贴出一个牌子：安斯巴赫两百年历史的会堂将于9月7日重新开放，举行新年仪式。

这个会堂是在德国为数不多的还未倒下的会堂之一。当地人自豪地说在"水晶之夜"期间市长亲自干预以保护这栋楼不被纳粹付之一炬，因为他想保存这个巴洛克式建筑最杰出的代表。更为实际的解释是在这么狭窄的街道里起火会很快蔓延到整个有历史纪念意义的市中心。在战时，纳粹把会堂当做仓库和马厩来使用，毁掉了里面的教律①和祷告书。

六月的时候，美国陆军"著名的第四步兵团"把会堂清理而且翻新好了。装饰华丽的中央平台——大理石的诵经台（bimah），最早的仪式在1747年举行——完好无损，其粉红色的大理石柱子也被恢复到它们原有的光泽。随军教士莫里斯·弗兰克（Morris Frank）在一个庄重的仪式上主持举行了它的又一次奉献礼。仪式上使用的摩西律法纸卷在一个纳粹党派办公大楼找到了，而且用从纽伦堡犹太社区借来的传统皇冠和饰物装饰了一番。

会堂里挤满了来参加新年仪式的人们。对欧洲的犹太人而言，这是他们第一次以自由之身进行的宗教集会。对美国人和其他访客来说，这是一个严肃的和幸存者接触的场合，也是思考战后余殃的时刻。莎拉在其1942年的日记中写下了一首新年的诗，表达了对这个时刻的盼望：

> 可是又一次，我们在图圄中度过我们最庄重的节日。
> 在将来，也许很难相信我们为了自由等了如此之久。
> 我们自己无法理解
> 他们如何用这可怕的陷阱抓住我们
> 多年远离家园，过着凄惨痛苦的生活
> 只是忙着工作，沉思这身边的恐怖。

---

① 即摩西五书。——译者注

然后，我们是强壮的。我们会告诉自己去忍受。

毕竟，犹太人对此已习以为常。

我们的先辈比我们更加精疲力竭

可是他们保持住了警惕，高傲而坚持

我们也会这么做。

今天我们得到了全能的上帝的审判

愿他的名字永远得到赐福。

哦上帝！保护我们吧

因为除了你，我们的守护神以外我们什么都没有。你是一切！

看看我们是多么疲倦，我们的心在流血

担心，我们年迈的父母在哪儿？

他们的祷告现在是多么苦涩……

亲爱的上帝，您只需

除去我们的重负。

让我们希望，让我们充满信心

我们很快就能和我们的父母，和我们的家人在一起。

那就是我们的祷告的要义所在。

　　她坐在优美的老会堂楼上的阳台上。她的父母在奥斯维辛被谋杀了。他们在战争开始时有七个孩子①：米利安·查娅、莫什·戴维、拉雅·蒂娜以及他们的六个孩子全部被杀死了，虽然她永远无法知道在何时或何地。她的姨妈们和叔叔们，还有他们的孩子，也死了。布利玛和瑞泽尔还活着，不过病得很严重，而且远在瑞典。赫什·雷布消失在俄罗斯的某个地方。艾拉也不复存在。对哈利的梦想垮掉了。只

---

① 见附录的家庭关系表。

有她在索斯诺维克的几个朋友重新出现。她没有国家。陌生人占据了她以前的家。她永远不会忘记卡托维兹的售票员把她赶下车时给她的警告。索斯诺维克二万八千名犹太人里，约二万四千人被处死，大多数是在奥斯维辛。他们就这样逝去了，没有留下什么记号，没有墓地可以吊唁，没有日期可供纪念。

会堂里的仪式结束了。参加仪式的人交换了传统的新年问候，然后消散在大街上。

下面男人的座位区里，一个美国士兵一直在看着莎拉。他想对于一个来自纽约市的朝气蓬勃的下士，弄个介绍认识的机会应该不会太难。他已经认识了其他一些幸存者。他的依地语说得很是地道。不过他是美国人。没有人会告诉他那个漂亮的年轻女士在哪儿住。

几天后西德尼·科什那（Sidney Kirschner）终于遇到了莎拉·冈卡兹。他们是通过她的一个朋友认识的。西德尼看上去像那种她父亲会喜欢的勤奋好学的年轻人，而她用他的希伯来语名字"扎卡里亚（Zacharia）"称呼他。他请她出去散步，第二天他们便漫步在安斯巴赫城边雷察特（Rezat）河的堤岸上。

西德尼·科什那的根也在波兰。他同样是家里最小的。他的父母于1918年从华沙来到纽约。他的父亲做过裁缝，然后开始经营一家服装店，西德尼会在退役后和他的兄弟们接手店里的生意。西德尼在战争大部分时间里驻扎在欧洲，1942年他的父亲去世时他曾回到美国，做了短暂停留。他曾担任过艾森豪威尔在兰斯（Reims）总部的军需官。五月份在飞往巴黎带回用来庆祝战争胜利的香槟和鱼子酱后，他被派到纽伦堡的占领军里。

六月，他和其他美国士兵被派往不久前刚解放的达考。他们进入营地时，焚尸场里仍是白骨累累。留下来的犹太人都是病得动不了的，几乎和死人没有区别。

西德尼被派遣到第八第九航空队第425空军仓库维修中队工作，

负责为凯特巴赫军事基地的三千五百名美国士兵提供食物和必需品。几个月前,这个基地曾是纳粹的飞机场。现在,停在那里的是美国的直升飞机,而不是闲置在那儿的米瑟斯密茨飞机(Messerschmitts)。纽伦堡体育馆成为了中央物资仓库。巨大的卐字最近才刚刚拿掉,整个体育馆仍有一股异味,因为成千上万的难民在战争的最后几个星期在那里避过难。现在取而代之的是堆积如山的一箱箱鸡蛋、一袋袋土豆、一条条面包、一盒盒罐装食物,以及一包包肉。装着汽油的罐子排成长队。天刚亮,西德尼便开始了他的"配额急送"。他的卡车在体育馆中心疾驰,德国囚犯从两边的食物巷里完成他的征用要求。

作为军需官员,他的工作让他几乎每天都会来安斯巴赫。开着吉普车,旁边一条他收养的流浪狗,西德尼在幸存者们聚集的地方,无论在他们的公寓里,或者是附近无家可归人员营地里,已然是个熟面孔。他用依地语和基地里的难民交流,为他们做工作,如洗衣或裁缝。他来的时候通常都会带着一捧罐头食物和咖啡。就连莎拉也喜欢上了吃香火腿。

西德尼恋爱了。不过几个星期后,他被邀请去英格兰学习。他将通过一个军队项目去上商务课程,住在伦敦不远的斯温登(Swindon)里一个以前的寄宿学校。这是个好机会,他告诉莎拉,不过他承诺会回来的。在他离开之前,他在她的红色皮笔记本里取出一页,在上面签了个模拟合同:

安斯巴赫
1945 年 9 月 30 日

我在此声明,我,西德尼·科什那,只要是军事上可能而且是在我的选择范围之内,会尽早回到安斯巴赫。

西德尼·科什那
见证者:莎拉·冈卡兹

他用合礼的希伯来语写，以示其真实性，莎拉在他的名字下，写了自己的名字。

西德尼走后，她的朋友们告诉她她的新情郎并不让她们开心。她们对任何在她们小圈子之外的人都持怀疑态度，尽管这个美国人深受人们的喜爱。士兵们并不是在找妻子，她们嘟哝着说，语气不祥，对西德尼的动机并不信任。她们说起了某个女子爱上了士兵的故事，结果却发现那个迷人的年轻人在家里已经有了妻子。在波兰，犹太家庭有地理位置上的限制，而且通过几代人的社会和宗教联系紧密地绑在一起。这个时候肯定应该更紧紧地坚持自己的根。

西德尼在纽约的家听说了他的爱情故事也并不高兴。他们也是移民，对幸存者的窘境也表示同情——可这个年轻女子是谁呀？他们希望西德尼回家，念完大学，然后经营家里的店。

突然之间，安斯巴赫失去了一部分吸引力。她不想被她的朋友们盘问。到了去看望珠希的时候了，她还在卑尔根-贝尔森。她已经找到了她的妹妹伊特卡，并等着机会去瑞典和她会合。

莎拉在卑尔根-贝尔森给她的姐姐们写了信。她用的是伊特卡的地址，希望这封信能最终到达她们那儿。

卑尔根-贝尔森
1945 年 10 月 10 日

我亲爱的姐姐布利玛和瑞泽尔：

很不幸，命运并没有让我们在六年后相见。不过这一点并不会再让我那么害怕了，因为我最终还是知道了你们在哪儿，我希望我们能很快见面。我已经失去了所有能找到家里人的希望。战争结束后我直接回到家里。天！我们的家已经不在了！我谁都没有找到，你可以想象我走近那个大门时心里的感觉。还是不说这个了吧……

我在同一天离开了索斯诺维克，因为我在那里一分钟也待不下去了。那里已经没有人了，没有人了！我们的哥哥莫什·戴维有一些问候，不过没有他确切的消息。奥尔库斯茨的罗西亚、莎拉及亚伯拉罕·格朗伯姆都活着。罗西亚和雷布结婚了。其他人我就没有消息了。我并不期望其他人在希特勒的强盗帮凶手里能幸免于难。

后来我待在沃登堡，离索斯诺维克有点距离。一个熟人告诉我索斯诺维克有一个来自于卑尔根－贝尔森的名单，你们的名字也在上面。第二天我有机会去捷克斯洛伐克，不过不幸的是，我得在布拉格待上三个星期。

现在我很自责，也许正因为此，我才晚了一步。我进入美国占领区的时候，我发现你们已经动身前往瑞典了。这就像晴天霹雳一样，不过与此同时，我很高兴知道你们还活着的确切消息。我一直在怀疑你们能否逃过这"Gehenna"①。

发现你们已不在卑尔根－贝尔森之后，我在德国的安斯巴赫（纽伦堡附近）停了下来。我在这里还不错，我的美国朋友们给了我各种各样的帮助，不过我还是希望我们能在一起。

我有很多女朋友，都是好朋友，我在劳动营里的时候经常和她们在一起。我在劳动营里过得并不太差，因为我有人帮忙……我收到过拉雅·蒂娜的信，一直到1943年。后来信就断了。我觉得很难过；不过我们应当接受自己的命运，就如同其他人在我们的情况下会做的一样。如果能知道你们的一些情况我会非常高兴的。

---

① 依地语中的"地狱"。

我有我们亲爱的父母亲的相片，还有我收到的家里寄来的、从我出发去集中营的第一分钟开始算起的所有邮件。这些年来，我一直像爱护自己的眼睛一样看着它们，守护着它们，因为它们是我最大的财富。

感谢上帝我很健康，我看上去不错，所以你们不必担心我。我会给你们寄一张我最近的照片，我身上会穿着我的套头毛线衫，这是家里带来的，我仍留在身边。

现在我在卑尔根－贝尔森，我的朋友珠希收到了她的妹妹伊特卡从瑞典寄来的信。所以我在给她的妹妹写信，把我的信转给你们。我想知道你们有什么机会；依我看，如果你们有机会移民的话，你们就不应当回到这里……

一定记住我在焦急地写着信寻找着你们的消息。个人而言，我不知道该再写些什么，因为想记起所有一切太难了……

与此同时，我要和你们说再见了。热烈地吻你们。

你们的妹妹　莎拉

莎拉和珠希、珠希的未婚夫及他的弟弟待了几个星期。珠希确保这个弟弟和莎拉不会有什么瓜葛，因为已经把他预定给伊特卡了。不过莎拉有其他的机会。西德尼该从英格兰回来了。在她的红色笔记本里，在他的模拟合同反面，她写了一小段日记：

我们两个月的分离就要结束了。我很好奇等着我的是什么。或许没有什么特别的，因为，因为我最近没有收到你的任何消息。如果不是这样的话，那么那就会是个愉快的惊喜。你会像我这样准时吗？不要再等多久了。

她回到了安斯巴赫。如他所保证的，西德尼真的回来了。他很喜欢斯温登，尤其是它和伦敦这么近，他每个周末都在伦敦过。他给莎拉带了旅行的礼物，包括一卷从哈罗德那儿买的鲜艳的蓝色羊毛。他每天跑安斯巴赫的日子继续进行下去。

莎拉的信花了近两个月才到她姐姐们那儿。瑞泽尔马上回了信。

卡尔斯塔德

1945 年 12 月 6 日

最亲爱的、重新找到的小妹：

我的手在颤抖。我在雀跃，我高兴得要发疯了：我已经疯狂了。我不知道该从哪里开始。看来我关于你的直觉是对的，你为了我们还活着！我的心里很狂乱、很糊涂。1945 年 12 月 6 日对我们来说将是个值得纪念的喜庆日子，因为今天我们收到了你，我最亲爱的人的来信。我不敢相信我的眼睛；正当我觉得被遗弃，而且要认命的时候，它就来了。我并不怀疑你还活着，不过我不能明白你——我们所有人里最懂得活下去的人——为什么没有了音信。她为什么不让我们收到她的来信，我自己对自己说。原谅我，莎拉，写得这么零乱。哦上帝，我的心里现在在想什么！

我亲爱的人，你的信我读了十遍。我的眼泪打湿了你写的字，我试着让自己冷静下来的时候，得让其他人来帮我读信。能够得知你还活着，我们是多么高兴，这实在太巧了！

和我同一个疗养院的另一名病人到了伊特卡·耿特所在的地方。伊特卡一听说我在这儿，她立即来信告诉我你在卑尔根-贝尔森，而且她手里有你写来的一封信，已经两个星期了，不过她一直留着，因为她不知道该上哪儿去找我们。运气多么好的巧合。伊特卡有着高尚的灵魂，她马上把好消息转给了我们。愿她因为这件善举永远得到祈福。

最亲爱的人，我已经很想知道我们的第一封信什么时候能到你那儿。你身体还好，而且不用四处游荡，这让我很高兴，因为我们要到处跑来跑去。我们受了极大的苦，不过不管怎样，我们活了下来。现在我知道你还活着，我必须加倍努力，早日康复，这样等我健康、强壮的时候，我就可以做好见你的准备了。终于，在经历所有的苦难之后，在六年的恐怖和分离之后，我们能够紧紧抱着你，贴着我们的心。

莎拉，我不想，也不会写信告诉你我们的经历，因为不管我写多少，都不及事实之万一。我想和你面对面告诉你所有的一切。那会是什么时候呢？

现在，我正请求让你来瑞典，虽然我听说我们应该在卑尔根－贝尔森那里来办这件事。第一艘运输船已经出发了，第二艘也应该很快就要动身了……抓紧，尽量快点儿。别耽搁了！我也会抓紧的。愿上帝帮助我们实现我们的伟大目标。

别担心我们：最糟糕的已经过去了。接下来几个星期后，我会作为一个"恢复期病人"离开医院。我感觉很好，我们的布利玛也很好。哦，我的脑袋里翻江倒海，让我不得安宁，我在想，你——愿上帝禁止这样的事情——是否在挨饿。我们怎么能把你弄到这里来呢？你为什么离开卑尔根－贝尔森？请记得写信告诉我们所有的事情，因为你的信现在将是我们唯一的安慰。

即便是在没有你的消息的时候，我也会一直盯着门，就好像我很肯定知道你还活着一样。现在该说什么呢？没有你，任何一分钟都是永远那么长。

我过去经常在我写给我的女朋友们的信中倾吐我的伤痛，我的苦涩。我经常说起你，亲爱的莎拉。布利玛曾经也充满了痛苦，不过也有安慰。在她上一封写给我的信里，她说她梦到了我们的阿姨和姨夫，以及他们的孩子，而且说每次她梦见他们，她都会得到好消息。所以我希望，布利玛这么说，现在有什么新鲜的好事发生！

……为了去找到你，我写信到捷克斯洛伐克，到索斯诺维克，到斯德哥尔摩，到华沙，希望你的名字在某个地方能张贴在外面。全都徒劳无功。后来有一天突然得知从捷克斯洛伐克来的人在确认身份，还是没有你的踪迹，我的心都揪了起来。而现在你又出现在地球表面上！坚持住，一定要坚持，这样你才能重新体验一下至少一点点你即将失去的青春年华……

如果有人注定能活下去，就算是在最糟糕的情形下他也能全身而退的。确实如此。

我现在不写了。末了，再见，我最亲爱的，吻你一千次；你的姐姐，她从内心深处想看到你，拥抱你。我们永远不会失去彼此了，永远不会了！

瑞泽尔

发现莎拉从苦难中被解救出来后，瑞泽尔的信件便如洪水般涌过来。她的每封信都会提醒她另一个必须要问的问题，另一段必须要分享的灼痛人心的回忆。

卡尔斯塔德
1945 年 12 月 8 日

亲爱的莎拉：

……现在是星期六晚上，我们的心里满是悲伤。谢谢上帝，我们三人还活着，虽然我们各处一方。可是过去的某一次，就在这个时候，家里是多么的快乐。父亲在忙着做 Havdala①，我们亲爱的妈妈在进行安息日后的打扫。而现在，哦，————什么都没有了……你还记得我们最亲爱的萨露西亚，拉雅·蒂娜的女儿，还有莫什·戴维的孩子们吗？哦上帝……

我刚刚收到布利玛的来信。她说她不知道会发生什么事情，因为她担心她的美梦会结束……

瑞泽尔

瑞泽尔的体质使她不能旅行。她已搬到一个疗养院里，离布利玛的医院还有很长的距离。在疗养院里，她继续她的写信运动，以找到其他的家人。她敦促莎拉也马上加入进来。

赖特维克（Rattvik）
1945 年 12 月 10 日

我们亲爱的莎拉：

……昨天我离开了医院，现在我在一个恢复期病人之家里。这里挺好的，只不过还是有那永恒的分离，我们三人仍天各一方。

因为我身体没有完全好，我没法去看布利玛，不过如果你会来这儿的话，你会和她一块儿来。哦，那样的话，我该是多么开心。你一定得去卑尔根-贝尔森。记得不要晚去，赶不上运输船了。我仍在焦急地等待斯德哥尔摩的答复，不

---

① 结束安息日的仪式。

过最重要的是你要从你那边想办法。

　　我们每天都活在焦虑之下，因为我们在等待你的到来。

　　坦率地说莎拉，我没有太多好说的。或者我真的有太多话想说而说不出口。人的想法越深，越难用言语表达。我就是这种情况。我很想告诉你很多，写很多，可是我只是乱涂着一些乱七八糟的话。接着我就会后悔给你写那么少，没有什么有意义的东西。不，莎拉，你必须来这里，这样我们就可以谈心了。

　　……与此同时，你有没有找到我们家里的哪个人？我在问这个问题的时候，我也只得难过地叹气，自己也得回答这个问题。不管怎么说，也许还有人呢。毕竟，确实有这样的事情，假定他们最后没有消亡，一些体弱的人结果比其他人更有适应力。

　　我们不能失去信心，否则我们就不能继续生活。我们必须像其他人一样活在现在。我们为你而活着，为了你，那样会给我们一点勇气。

　　那么我带着强烈的盼望和你说再见了。

你的姐姐瑞泽尔

　　瑞泽尔觉察到了莎拉不是很情愿离开安斯巴赫，但是猜不到她的妹妹已深陷爱河。"你可以要求被送到我这儿来，"她提议，"你必须施加点压力才能完成，就像来到这里的一个女人一样，她甚至都没有登记过。她只是不屈不挠地坚持说她必须和她在这儿的亲人在一起。"

　　莎拉给瑞泽尔寄去了她们父母仅存的一份照片，这是珍贵的有关家的提醒物，瑞泽尔在战争时把它们寄给了莎拉。仍有微弱的希望她们还能找到其他活着的亲戚。

赖特维克

1945 年 12 月 11 日

我们亲爱的莎拉：

太阳真的从乌云后面出来了。是真的吗？终于，这是何等幸福！我们又收到了你写的信。

莎拉，我在读你的信的时候，因为难过身上直发凉。你回了家，回到了我们亲爱的父母被迫离开的房子。我理解你为什么不能在那儿多待的原因。

我知道了你漂泊了很久，而且知道你找到了我们在一个名单上的名字。请相信命运会指引我们的。请不要因为没有在卑尔根－贝尔森找到我们而自责；显然事情也只能如此。我的生命也很可能在那儿结束，因为当时我病得非常厉害。

从和你说话的女士那儿，你是否得到了我们的哥哥莫什·戴维更多的消息？或许你可以让她告诉你更详细的情况，因为他们一起在劳动营里待过。即便是最坏的消息我们也想知道，因为我们已准备好接受任何事情。我想我们的姐夫戴维也活着，要是知道到哪儿去找他就好了。因为寻人名单没有用，我们只得依赖另一个巧合。我同时也在打听我们的哥哥赫什·雷布的下落，但没有找到线索。他在俄罗斯，在D———，在一家汽油精炼厂工作。①

我提交了一个寻找波兰其他亲人的申请，但是没有得到任何答复。我们听说很多人现在在罗兹市里，有一个那里所有人的名单，也许我们还能找到自己人。

亲爱的莎拉，关于我们自己的计划：我们不想回到德国，

---

① 这个镇还未得到确认。赫什·雷布身上一直有太多的神秘，他很可能在被强行从苏联占领的波兰东部疏散时消失了。

225

所以你得来这儿——然后我们再看该怎么办。我们很高兴你身体还好,而且有自己的朋友。我们谢谢你寄来的照片:这张我们亲爱的父母的照片是珍贵的宝物。哦,我多想看到你。无数次地吻你,心里衷心盼望。

瑞泽尔

在经历了多年用德语束手束脚的表达后,瑞泽尔对重新用波兰语写信感到十分宽慰。她仔细地问她妹妹在安斯巴赫的生活,几乎重复了她在 1940 年第一封信里问过的那一系列问题,那个时候莎拉还刚刚抵达杰帕斯多夫:"你过得怎样,你的身体好吗?你穿得暖,吃得饱吗?请更详细地说说你的情况。"

瑞泽尔开始重建在纽萨尔兹被毁的那些文章和诗歌。她不得不用她父母的语言、写着极为漂亮的书法重新创作。

赖特维克
1945 年 12 月 20 日

亲爱的莎拉:

我在想,亲爱的孩子,今天我应该用依地语给你写信。我肯定你不会因此而对我感到生气的。我经常感到十分内疚。我想象我们亲爱的父亲在我身边,他说,瑞泽尔,我把我所有的希望寄托在你身上,而你竟然不要依地语写作,怎么可以这样?

确实,我们能用父母与我们交谈、我们与父母交谈的语言进行写作,还是归功于他们。我必须承认对我来说这更加困难,因为我又在用波兰语进行思考了。然后我又想起他们是如何赢得让我们用依地语写作的权利,即便这意味着我们必须花很大力气去给他们这个礼物?他们和我们一起度过了多少不眠之夜,孩子生病时(但愿不会如此),他们有多少个日子要忍饥挨饿?为了让她的孩子恢复健康,有什么事情是我们亲爱的母亲不愿做的?没有什么难得了她。

现在是星期五十二点。我看见我们亲爱的母亲在厨房里忙活,为Shabbat①准备,我们的父亲则在准备迎接一个客人。啊,这都是我的想象。我多希望我至少有一张照片,这样我就至少可以吻他高高的额头和他长长的灰色胡子。你第一次也是唯一一次从杰帕斯多夫回到家里看我们的时候,也是个星期五。我们那时是多么的高兴,时间过得那么快。我们亲爱的父亲看到你还活着,他心里充满了希望。你的每一封信我都给他读了十遍。他是多么不舍得把信放到一旁。你想象不到你的信对他意味着什么,他是怎样一整天都在说着你回家的事。

透过他的话语,莎拉,我又看到我们的父亲了,他的声音又在我耳边响起。我们亲爱的父母,他们给了我们他们的将来,而找到你是我们的责任。

……我的信一封追一封,一封接一封,如果它们写得不是那么有条理,你可别奇怪。我需要我们在一起,因为这样的通信让我焦虑:写下我所有的感情,我们最亲爱的人,写,写,写,每个有空的时刻都写。

我恨与你分开,因为我在给你写信的时候,我和你在一起……

瑞泽尔

---

① 即安息日。——译者注

莎拉的朋友们开始离开安斯巴赫了。她开始在她的小小的红笔记本上写下他们新的信件投递地址：巴勒斯坦，法国，英国，美国。他们找到了资助他们移民的亲戚，或者搬到有更大的幸存者社区的德国城市。人们在谈论开始新的事业。每天都有人宣布结婚；不管怎样，婚礼是庆祝的场合，而不是绝望的象征。

西德尼去瑞士度新年的短假了。回来的时候他给了莎拉一块手表作为礼物，并且告诉她他在军队里最后的退役很快就要来了。他想返回纽约——而且他想莎拉和他一起回去。整整五年，莎拉不能控制自己的将来。现在她必须抉择，要么去瑞典和她的姐姐们团聚，或者和其他幸存者在巴勒斯坦开拓新生活，或者和西德尼移民去美国。

瑞泽尔不停地写信。莎拉每次延期出发都让她变得愈加不耐烦而且起了疑心。布利玛找到了她的未婚夫雅各布·歌德伯格（Jakob Goldberg）的所在——他是他家里唯一的幸存者。他正赶往卑尔根-贝尔森，而且会从那儿动身前往瑞典。他和布利玛会尽快结婚。

医生说瑞泽尔的身体状况已经恢复到可以旅行了，于是她就坐了十五小时的火车去看布利玛，这是她们抵达瑞典后第一次团聚。两姐妹在关系紧密的幸存者社区里都有很好的朋友，不过她们希望莎拉能和她们在一起。瑞泽尔仍不知道有西德尼这个人的存在，她在提到她妹妹不很频繁的信件以及顽固的不愿离开安斯巴赫时，语气变得严厉起来。

赖特维克
1946 年 2 月 25 日

莎拉，亲爱的：

你的沉默是你的选择。我是不是该责怪你呢？哦，不！我不会让我的大脑有这个想法，即你居然会言行不一，不能履行我们经常写信、每周写信的约定。有没有可能你的邮件没法投递到我这儿呢？如果是那样的话，我会同意你的观点，即邮政服务实在不能相信……我写不下去，不知道该怎么表达你这样不断的沉默让我们觉得多么伤心和孤独。

萨露西亚，我希望你能够去卑尔根－贝尔森。我们已经为你登记了一班去瑞典的运输船。我提交了你的地址，不过我怀疑他们是否会在你那儿找你。因此，我觉得最好你到卑尔根－贝尔森去。愿上帝保佑这个令人盼望的时刻到来，我们在分隔如此之久后能重新相聚……

瑞泽尔

莎拉和西德尼订婚了。她的未来将是和他在美国，而不是在安斯巴赫，不是和她的姐姐们在瑞典，也不是在巴勒斯坦。她和西德尼一起把这些事告诉了她的姐姐们，然后莎拉又写了一封信。

安斯巴赫

我亲爱的姐姐们：

几天前我给你们写了封信，在信里我非常详细地写了我的生活里发生的一切。这封信对我来说很难写，不过现在我感觉如释重负。

你的信，布利玛，以及信里的照片我收到了，我非常高兴。看完信不久我就哭了，因为我根本就认不出照片中的你。你看上去很重的样子，我绝想象不到你会是这个样子：这是健康的标志吗？

在上帝的佑助下，我现在几乎可以肯定我能早些见到你们，我在想到时你们两人肯定会狠狠批我一顿，因为我是那么的瘦……不过我觉得非常健康。这也可能是因为我一直在担心，一直在等待而导致的。

亲爱的布利玛，我是多么羡慕那些可以见到你，和你坐在一张桌子旁，享受你的厨艺的人啊。我非常地思念你，这几乎把我逼疯了。瑞泽尔，我收到了你用依地语写的信；你写得还是那么漂亮，我很欣赏你的风格。至于我，不管怎么试，我已经没法用依地语创作出任何像样的东西了，因为我每写三个字就有一处错误。所有这些语言在我脑袋里混在了一起——德语、捷克语、俄语，现在还有英语——因此，每门语言我都知道两个词。

西德尼刚刚进来，我就不写了，因为我想让他给你写。因为他是用英语写的，我想你可能不理解。不过，或许其他某个人会读给你听的，我自己也不懂他写了什么……

保重身体，让自己健壮点，而且要保持乐观。吻你们很多次。

你们的妹妹莎拉

西德尼加了一段用英语写的话，第一次直接和他未来的姐姐们交流。

亲爱的布利玛和瑞泽尔：

非常抱歉我不会用犹太语或波兰语写作——如果我会的话，我会写一封长信——正因为如此，请你们原谅。

你的妹妹莎拉是我见过的最好的、最可爱的人——事实上我希望能带她，作为我的妻子，和我一起去美国。莎拉希望能在她离开之前见到你们——不过坦率地说我不知道有没有这个可能。与此同时让我们继续保持希望吧。

抱歉我就写到这里了——最好的祝福送给你们，祝你们有一个非常幸福的将来——或许某天我们能见面——我希望如此。

  真挚的，

西德尼

瑞泽尔很快就回信了：

赖特维克
1946 年 3 月 3 日

最亲爱的莎拉：

  你的信，你的信和他的信——这些是什么意思呢？这是个只参透部分的难题，当如你所说的更详细的信到了之后我想可以解开了。我们还没收到这封信。我们感到很诧异。我们不知道该对你的订婚表示祝贺还是——哦，我不知怎么才能表达我们的感情。不过，如果我们猜测的真的发生，我们祝你们两个享有很多的幸福，从我们内心最深处祝你在新生活里拥有幸福。

  愿你，我们最亲爱的萨露西亚，永远，永远别再遭受苦难。愿那个将和你在人生之路携手同行的他带给你真正的幸福，做你的保护者。

  我们的欣喜是无边的，因为你的幸福就是我们的幸福，就好像你的孤独就是我们的孤独一样。我刚刚在想要是我们亲爱的父母今天还活着，领着你，我们家最小的孩子，走向婚礼的华盖，他们该有多么地开心。那将给我们整个家庭带来多少快乐和欢笑。而远方唯一两个幸存的姐姐——她们最强烈的愿望就是和你团聚，紧紧地抱着你——却连想都不敢想。命运如此安排，我无法抗拒。

现在我们只能满足于互相通信。谁知道那会不会是我们永远保持联系的方法。不过，哦上帝，我脑子里在想什么啊。我甚至不能阻止我的泪水，那么就让它们流淌吧，或许它们能缓解我热切的盼望——热切得快要疯掉了。因为，因为——事情只能这个样子！不过，我们还是不要丧失希望，总有一天我们会在一起的。

莎拉，让我告诉你我们这儿的情况，很难形容。我们境况还可以，但日子一天天过去却总是分离，这是不是我们的命运呢？我们的堂兄弟们会尽一切可能把我们带到他们那里（巴勒斯坦），不过那并不是可行的。只有最亲近的亲人才会被考虑，而瑞典这方面的政策就更严了……此外我们想和你在一起。布利玛的未婚夫想来瑞典。换句话说，我们真不知道该怎么做，我们等着你的建议。

哦对了，你的照片：最亲爱的莎拉，你看上去确实很苍白。你的体重怎么会是这样不正常的轻——112磅！哦，这真的让我们心疼。我们很重，是的，莎拉，可能太重了，而你……我们希望你能长点肉。我们太重了，而你太瘦了，注意至少要保持健康。

回答一下你问的关于我们健康的问题吧。我的肺基本上快好了。但愿我的健康状况能继续改善。我希望我能好起来，能正常地行走——现在还有点难度。我希望，我希望，我希望，我希望我能恢复力气。布利玛现在上班了，身体感觉不错，不过她的心脏曾经出现过问题。我们并不感到奇怪，会过去的。我觉得如果我们能够团聚的话，我们的健康会百分之百好起来。

萨露西亚，如你所看到的，我们用英语给西德尼写了几句话。请向他解释这些不是我们自己写的，所以这些表达可能不是特别优美。他可以再给我们写信,我们会回的。他是犹太人吗,你们俩有着怎样的关系?我们非常担心,因为你没有给我提供这方面的信息。我们非常期待,非常盼望你——也许是你们两个。我想我应该停止说我这些愚蠢的话,该说再见了,再见,送给你千万个吻。

你的姐姐们,永远盼望着你。

瑞泽尔和布利玛

瑞泽尔加了一段用英语写的话:

亲爱的扎卡里亚!

我们非常谢谢你写的信。现在我们第一次听说了你在信中写到的东西。我们很开心,因为我的妹妹找到了心仪她的男子。我们相信这是她的好运气。我们非常想见到她,如果有可能的话,请尽最大努力来看我们。

请不必担心我们不懂英语。你可以一直用你自己的语言给我们写信。

最后,最好的祝愿送给你,我们仍是
你真挚的,

布利玛和瑞泽尔

瑞泽尔并非是唯一一个发现莎拉的选择很难接受的人。莎拉的一些老朋友担心她将离她们而去——或者背离她对巴勒斯坦的承诺。

她的朋友露西亚写到:

兰斯堡（Langsberg）
1946 年 3 月 21 日

亲爱的莎拉：

　　既然我有这个机会再给你写信，首先让我祝贺你，并给你，就如同给我自己一样，最好的祝福。萨露西亚，我仍希望能在巴勒斯坦见到你。正如人们说的，没有什么地方比得上家。我们知道我们的家该在哪儿，那是一个谁都没有权力把我们赶出去或谋杀我们的地方。我们必须确保我们合法的犹太人身份，这样我们才能像其他人一样在文化和经济上得到发展。我们需要为我们的孩子构建一个美好的、幸福的未来，在那个未来里他们将会意识到他们爱国的犹太灵魂，而不会惧怕远离故土，流落到某个反犹太主义扎根的地方，比如纳粹对犹太人那样。

　　萨露西亚，我认为你不会因为我有这些想法而对我生气。我再不会在信中提及这点了，因为我知道冥冥之中已有定论。不过，人是自己命运的主人，因此你必须和你的丈夫一起来巴勒斯坦，幸福地生活，为了整个国家的幸福是最大的幸福。我们必须是爱国者！

　　请原谅我的潦草，我写字的手上绑着绷带。给我寄一张你和西德尼拍的相片吧。萨露西亚，保重身体，一切开心。

　　　　　　　　　　　　　　　　　　　　露西亚

　　莎拉找到了一个在战争中幸免于难的堂哥。当他听说莎拉和一个美国人订婚的消息后，他担起了代替她父亲说话的责任。他和莎拉一家在克拉塔加街一道住过，他知道莎拉是个性格独立的姑娘，在战前她已经想着要跨出她家里的生活方式界限了。现在他必须告诫她去遵守她的母亲和父亲的传统。他们家庭的被毁给他们带来了意义重大的责任。他的话语非常严肃，尤其是因为他失去了自己年轻的妻儿。

莎拉听着。她的信仰在战后动摇过。想要把无辜人民的惨死和对上帝的信任调和在一起对她来说是个痛苦的斗争。可是如果不这么做，她父母的牺牲就会显得毫无意义。她答应了。

在莎拉和美国之间还有一个很大的障碍。西德尼的母亲想推迟婚礼，等到她的儿子回到家后再举行。他不同意，声称如果他的母亲没有准备好迎接他的新娘来纽约的话，他就会要求重新入伍，待在安斯巴赫。

时间很紧：西德尼按计划要退役了。他们在他返回纽约之前结婚很重要，因为这样的话，她就可以作为一个美国士兵的战争新娘的身份进行移民。

她把她的情况对她将来的婆婆做了一个说明，她是用有点困难的依地语写的信。

安斯巴赫
（日期不详）

致西德尼的母亲：

在我动笔写信之前，我想了又想，最后得出结论，我必须得写这封信，这是我的责任。我希望我能得到正确的理解。啊！要是我能找到合适的词语就好了……这对我很难。但是我应该这么做，这样我的良心才能安宁，永远不会感到内疚。时间很短了。

西德尼很快就会回到焦急盼着他回来的家中。他也向往着回家。他和我想要的是同一件事情，但是在我们得到西德尼母亲的祝福和接受之前，这件事我不会也不能接受，我是不会做出我的决定的。这不是小孩的游戏，也不是你能买到的东西，或者是你通过时间来改变的。不！这是一个生活的难题，这是一个生活的问题。

　　很不幸的是，我没法享受能够向我最亲爱的母亲要求祝福的幸福。未来给了我沉重的打击，它把最神圣的、最好的东西从我身边夺走，那就是能够说"母亲"这个词，能够写信问她我的结婚是否妥当。

　　所以我们承认这是我们的责任，不停地等待。为了什么呢？为了得到西德尼的母亲的同意。我们还没有得到答复。为什么呢？我自己可以回答这个问题。我的父母他们也可能会以同样的方式处理这个事情：我们并不真正互相了解。孩子是母亲的一切，特别是最小的孩子。像西德尼一样，我也是家里最小的孩子。我们希望他们能得到最好的东西，希望看见他们的一切都更美好，更大，更优秀。而如果我们不知道他们往哪个方向走或和谁一起走，而且相隔千山万水的话，我们会失去信心。我们心里不会踏实。我可以理解，也可以容忍这点，可是我们现在已经到了最后的时刻。

　　关于我，没有太多可以说的，我只是一个来自于一个合礼的家庭的一个普通犹太女孩。我觉得这样说就够了。我正把我的将来放在这封信里。如果真如我们希望的那样，我们得到了肯定的答复，那么我们就会继续幸福下去。如果没有，那么事情会比较困难，不过我会像犹太人说的那样，一切总是会好的。不管答复如何，请回信，无需注意我的言语，只要根据您的心和情感回复即可。

　　请原谅我是用依地语写的信，而且不是完全标准的依地语——不过您忘了该怎么写，而我一点都不懂英语。

莎拉

第七章 | 120 年自由

西德尼的母亲表示了同意。

作为回复,他给纽约发了封电报:

一切都好下周早些时候结婚八号回家为普通婚礼宗教仪式在你们在家时做一切都按规矩进行祝所有人都好希望很快见面爱西德

莎拉二十二岁生日的时候,她在安斯巴赫市政厅和西德尼·科什那结婚了。作为见证者,莎拉的朋友们在登记处签了名。

婚礼过后,迈克尔在他的公寓里开了一个热闹的聚会。他们一杯又一杯地向这对新人敬酒,迈克尔爬到桌子上微醉却又严肃地对西德尼说,他们只要求他们的莎拉得到最好的东西,而且期望听到他们俩以后在美国生活得好的、令人开心的消息。

西德尼第二天坐上了一列火车,手里拿着剩下的婚礼蛋糕,留待在去勒-阿弗尔(Le Havre)漫长的旅程里享用,到了那儿以后他就乘船去纽约。

一回到美国,西德尼就去填相关的移民文件。这是个复杂的而且让人沮丧的程序,而且红十字会告诉他,可能要等上几年莎拉才能过来。于是他就直接给第八军的将军写信。几个星期后他就能写信告诉莎拉好消息了。

纽约
1946 年 4 月 23 日

最亲爱的莎拉:

我是多么地幸福,因为今天我收到了你的来信。多好的信啊!法兰克福那里的军队带来了最好的消息。现在不要等那么长的时间了。我的上帝,已经经过了很长时间了,而我却不能和我的莎拉在一起，我的莎拉，我的全部生命。我在数着每一天，每一分钟，直到你来到我身边为止。

随信附上的一张纸片是从纽约一份报纸上剪下来的，上面说你能来到这里的时间最晚不会超过六月底。或许你还能来得更快一些。我非常需要你。

别害怕上船，莎拉。根据我自己的乘船经验我可以告诉你我没有晕船，海上的旅程非常不错。只不过我的心在疼，因为我知道我把你留在了安斯巴赫……多少次我想和你在一起，想得都快哭出来了，不过一想到你很快就会来，我心里就好受一点了……我非常想念你。现在我知道真正的爱情是什么意思了。我们不在一起的每一分钟都是那么难熬。

我回到家里的第一天非常好。我的兄弟们和我的姐姐以及她的孩子都来了。他们说的第一句话就是"Mazel Tov"——而且马上要求看你的照片。大家每个人，每个人都说你非常的漂亮。这一点我在很久以前的一封信里就告诉他们了。我现在什么都不需要，只需要你。自从你来到我的身边，莎拉，我非常的幸福。我现在像以前那样在店里工作。妈妈不停地说起你什么时候会到这儿。我们很快就会举行婚礼——一个本来就应该盛大的婚礼。等你来了，我们有关你的谈论会更多的。还有你的姐姐，或许我们可以带她来美国。只要你来，我亲爱的莎拉，有那么多的事情我们可以做，快来我的身边吧。阿门。

我的母亲很高兴你收到了包裹。一切好吗？现在一切好吗？……如你的吩咐，我不会再给你寄包裹了——不过我会给你的姐姐寄一个过去，你只要告诉我该寄什么。

你还好吗，我珍爱的莎拉？我希望一切都顺利。我的母亲和祖母给你最好的最热烈的问候。代我向安斯巴赫的各位

问好。你的，永远的，

西德尼

　　莎拉很迫切地想离开安斯巴赫。幸存者们陆续离开了，而那些留下来的人似乎很嫉妒她作为一个美国人的妻子而生活得到改善的境遇。她不再感到能完全融合到这个曾经很紧密团结的社区。而在西德尼的军队朋友那个说英语的圈子里她感觉也不好。曾经帮助她顺利进入安斯巴赫的雷欧消失了。他为美国人做的秘密工作从未有人详细解释过。有人说里面有黑市的交易，甚至还有一些人被捕。

　　当她的文件终于准备好后，莎拉乘火车到了巴黎，在那儿她第一次住进了一个真正的酒店，然后给西德尼写信。这封信永远没有发出去，不过她现在在她珍贵的信札里又多添了一张有艾菲尔铁塔照片的明信片。从巴黎出发她到了勒－阿弗尔，在那里她等着和其他的乘客会合，他们正从德国、法国和波兰的各地赶过来。

　　解放后一年刚过，她和成百上千的其他的战争新娘乘坐美国海军的乔治·高瑟尔号（George Goethals）前往纽约。在她的袖子上以前挂着表明她犹太人身份的臂章的地方，莎拉放上了一面美国国旗。尽管她所担心的晕船一阵阵地发生，她还是认识了很多好朋友，而且欣赏了一个美国乐队的表演。

　　她于5月30日到达。天气是不合时令的热，她穿着用西德尼从伦敦带来的厚羊毛毛料缝制的蓝色裙子，汗流浃背。

　　人们开始下船了。叫到名字的战争新娘将要通过特殊的移民程序。但是没有她的名字。一个小时过去了。其他人都离开了船。

　　一个犹太机构的代表朝她走来。他身材矮小，说着依地语，他告诉她别着急，而且向她保证他会帮她找到她的丈夫。她拒绝了他的好意。她无意下船。在纽约她谁都不认识。如果她的丈夫不来找她，她就会重新穿越大西洋。然后她就会直接去巴勒斯坦。

她紧紧抓着船上的栏杆和她的小手提箱，汗流如注，心里有点恼火。

接着叫到了自己的名字。

一个星期后，她又结婚了，这一次由一个拉比主持，时间是1946年6月8日。她穿着一件借来的婚纱——这是由西德尼讲求实际的母亲一个星期前从另一个新娘身上脱下来的。婚礼上，莎拉没有自己家人，也没有朋友。

她在纽约安顿了下来。她和西德尼以及他的母亲一起住在哈林东区的一套三居室里，她找了个地方把她装信的小盒子藏了起来。此后将近五十年里，她对这些信或者她在战争期间的生活只字不提。

后记
沉默的另一端

"她又来了。"我的母亲说,假装发出抱怨般的呻吟。

她总是很高兴看到我。或许我的另一个自我走进房间的时候,只是想象到一股觉察不到的冷意而已。当母女之间无伤大雅的闲聊转入到索斯诺维克和劳动营的话题时,那一部分的我总是做好了扑将过去的准备。

我们互相看到了对方不同的侧面,好像那些信件折射了一些隐藏的或隐晦的特征,将一些放大同时将另一些缩小。在我的镜子里,我看见了莎拉,不安而浪漫,焕发着生气,多变而果断。我过去常以为我母亲和我之间差异很大。但是现在我不那么肯定了。

我们这个项目使母亲和孩子之间的差别变得模糊了。随着我成了她的传记和回忆录作者,我对她的了解甚至超过了她自己所能记住的。别人有问题要问时,"问安妮吧"成了她顽皮的遁词,好像我能表演什么高超的口技一样。

尼采警告说:"你若长时间地看着深渊,深渊一样看着你。"这句话让我心生警惕。我在想这样投入地去做这个项目会给我造成怎样累积的影响。我会定期自省,看看自己的心灵里是否有裂缝,如同在森林里徒步旅行后仔细地检查身上有没有鹿蜱。但到了最后,我只不过是她的世界里一个访客而已。我并没有经历过整整五年时间的饥饿、恐惧和暴虐。我就像奥斯维辛幸存者珍·阿梅利（Jean Amery）笔下写的那样，"一个盲人在谈论色彩"。

一个更为恒久的担心是让我的母亲，曾经是最沉默的幸存者，接受我的全面查勘，这样做是否公允。以前我得到的是她有限制的言语，而现在我却发现我在扩大她的痛苦。随着我了解了一个又一个秘密，我发现了事实的残酷真相，而不是她过去给我的有时候更为模糊、更难确定的版本。在她的叙述的缺口处我加入了她所不知的更尖刻的细节——而且本可以一直如此。在过去一直属于她一人的记忆之屋里，她请来了一个客人，而后者则搬了进来，取而代之，在每一个旮旯里都放满了数字、名字和日期，而且在每个黑暗的角落都投去一道刺眼的亮光。

她仍然让我继续。

讲完了，没有什么剩下的了，她提醒我，但是我总能再找到一个细节或另一个故事，甚至是另一件物品。她刚刚想起来给我看她那把手工制作的铜梳子，她从家里带出来，在萨茨拉和她的朋友们一块合用。但我问起她在劳动营穿的衣服时，她想起了在和哈利合影的那天她身上穿的是赫什·雷布的衬衣。接着她就走出房间，几分钟后回来了，手里拿着那件衬衣以及她在1940年前某个时候在索斯诺维克手工织的珊瑚色上衣。我另外一次去看她的时候，她拿出的是她在战后用过的那本小小的红色皮笔记本，我们一起花了几个小时时间把它看完。上面有乔治，那个送她去布拉格的俄国上校写的地址，还有我父亲许诺返回安斯巴赫的合约。我和她开玩笑说肯定在哪个地方还藏着另一盒子信件。

她从来不是愿意耽搁的人，给我这些信件的时候她就决心完成她开始的事情，不仅是"因为安妮开始的这桩子冒险"，还因为她的礼物加深了我们对她毕生事业的理解和欣赏。超然而惊奇的她对那个把这些信件保留下来的莎拉也感到不可思议:"这对我来说是个奇迹。我怎么做到的? 我也不知道这是怎么回事,我是怎么得到它们的,我的运气是多么的好。"

我们决定一起去解开剩下的谜团。

很难想象还有哪两个女人的差别会像瑞泽尔和艾拉一样大:她们两人对女性的角色、性别和宗教的观点截然不同。然而她们两人都是我母亲的导师。她刚开始时与瑞泽尔走得很近,也不知道还有别的什么路可以走。可是她的好奇和刻意的独立性把她抛入了艾拉的轨道。当两个女人都离开她之后,莎拉找到了自己的平衡,她的根和瑞泽尔的根纠缠盘绕在一起,不过同时也得到了艾拉的不同的能量的滋养:精明,有个性,而且时髦。

那天在火车站里第一次相遇时,是什么吸引艾拉·格特纳来到我母亲的身边呢? 莎拉的年轻,她纯洁秀美的面容,她母亲的悲痛……或许是好运的香味像香水一样附在我母亲身上。不管是什么动机,艾拉在火车站里主动的、慷慨的举动在劳动营那个苦难的世界里涂下了一笔浓重的、抹不去的色彩。

艾拉的生活准则是实用和理想元素的糅合体,她既不是圣人也不是罪人,不过是个在痛苦的、无法想象的各种可能性中间挣扎的人而已。为了帮助自己活下去,她动用了她所有的资源,所有的才智和关系。我认为我很了解她,直到1943年7月15日这天,那天她给我母亲写了最后一封信。而且我对她在奥斯维辛的生活也有足够的了解以让我相信,她就算在死亡集中营里也有可能捱得过去。解放是如此之令人心动的临近,她为什么还要冒这么大的险呢?

我知道的越多,就越发迷惑不解。关于艾拉的作用,以及起义和调查,有太多东西不得而知。即便是解放后很快发表的目击证人的报告也满是前后不一致和不精确之处。随着时间的流逝,记忆变得更加孱弱，这些矛盾也变得更加糟糕，即便那些最为惨痛的事件也是如此。

如果你碰巧于1992年11月15日在纽约公共图书馆的阅览室里，你可能看见过一个女子突然把拳头砸在桌上，而且把一本书扔在桌上，嘴里大叫："不，不可能的！"

那个女子就是我。我第一次在书中读到艾拉在严刑拷打之下招供了，将其他几个参与起义的女囚犯牵扯在内。那天我坐在图书馆的木桌旁，我觉得头晕，全身发冷，有点乏力。我想要一个女英雄；相反的是，我发现了一个真正的女人。我允许自己感到十分失望，好像艾拉的遗产遭到了突然袭击一样。当我告诉母亲艾拉可能背叛了她的朋友时，她的声音里透着我同样感受到的痛苦。"如果是这样的话，他们就不会对她致敬了。"她争辩说。现在消沉的是我的母亲，她暂时沉浸在她的回忆之中。

但是纳粹们失败了：艾拉的英雄主义因为她的人性而越发伟大。如果她抗不住折磨而垮了下来，她的招供并不会让她果断、勇敢的反抗义举褪色半分。当我想到她在来奥斯维辛之前的生活时，我发现她的勇气愈发让人敬佩。与其他一些起义者不同，艾拉以前没有参与过任何抵抗组织。相反，艾拉一直在为摩西·梅林工作，而后者则和盖世太保合作，残酷镇压地下力量。早在1940年她就可能为他工作了——那年她来到了杰帕斯多夫的劳动营。

她的行为揭示了一个深层次的变化。某些事情发生了，促使她采取行动——在此之前她一直隐忍、实际而且自我保护。可是如果她找到了在奥斯维辛应付恐怖的方法，那么她加入抵抗组织的动机是什么？答案是不是她决心反抗纳粹压迫者为自由而战那么简单呢？

我母亲和我讨论了普里莫·列维（Primo Levi）所称呼的灰色地带（Grey Zone），这是个道德上含糊不清的空间，在里面生存是唯一重要的事情，而像英雄、恶棍、烈士、抵抗、背叛、荣誉、解放这样的词全被集中营里的严酷现实阉割了。我非常想知道艾拉为什么把自己生存的机会和更大的道德责任纠缠在一起。推动她的是绝望吗？报复？爱？希望？

现在轮到我母亲用拳头砸桌子了。她坐在厨房里，刺穿了我的愤世嫉俗和满腹疑惑："艾拉有采取行动的机会。而且因为她在奥斯维辛的特权，她有这个实力去抓住这个机会。她想这么做，想做一件能让她被别人记住的事情。"突然之间是那个年轻的莎拉坐在桌旁，有力而不驯，重温了那个当着党卫军军官的面把纳粹肩章摔在地上的时刻。"我并不在乎她，是的，我在乎的是活着，不过我必须要放弃我的恐惧，而且要以某种方式得到控制。"

唯一可以肯定的是艾拉在奥斯维辛香消玉殒。她没有留下任何家庭的，而且很可能任何痕迹都不留地消失，但是她还是在历史上，在我的母亲和我的心里留下了她的记号。

"我活在一个我自己的思维世界，我的计划和梦想在里面飘浮。"艾拉·格特纳写道，仿佛在轻柔地转移我试图理解她的渴望。"我希望你会更好地了解我所有的好的方面——那些你知道的和那些你还不知道的。迟早一切都会知道的。"

我发现哈利在不止一个劳动营里有女朋友。或许他最喜欢的是莎拉；毕竟，他不可能把他婴儿时的照片给别的其他人的。我愿意相信他一直都是主张一夫一妻制的——也承认他不同寻常的处境。说到底，没人知道谁能活下来。

但话说回来，哈利也没有花太多心思在等待上面。

哈利和莎拉被分开，坐上不同的运输车后，他被送到了戴赫恩福斯。他作为毒气厂工头的工作很危险，而且那里的条件残酷得令人难以忍受，对男囚犯尤为如此。哈利和一个犹太长老交好，当他失宠而且被送往奥斯维辛后，哈利取代了他的位置。我和在戴赫恩福斯待过而且很清楚地记得哈利的女囚犯们接触过，她们形容他为性格活泼，风度翩翩，"像阿波罗一样英俊"。她们还记起他和一个已婚女子过从甚密，她利用她在劳动营厨房里工作的便利为他煮饭吃。她是爱吃醋的主儿，把他看得很紧，因为他身边还围绕着其他的女人。而且她们注意到，他说的德语就像德国人那样好。

男人们对哈利的记忆就不那么好了。他们说他在幸存者中的名声不太好，而且把他描述成一名登徒子。

最终嫁给哈利的是他家乡的一个漂亮的年轻女子。他们双方的家庭在战前就彼此了解，他们都是一个富足而且已同化的捷克犹太人小社区的重要成员。

戴赫恩福斯劳动营在1945年1月被疏散一空。大约一千名囚犯被迫在天寒地冻中长途步行数英里，晚间露宿荒野。后来他们被塞进牛车里，带到伤寒和斑点热肆虐的弗洛森堡集中营。（瑞泽尔和布利玛在参加从纽萨尔兹出发的死亡之旅中也被带到了弗洛森堡。）到了四月份，最后留下来的、半死不活的囚犯们在达考附近被美国士兵们赶上，从而得到了解放。在这条悲惨的行进路线的某处，哈利发誓说如果他和他身边的年轻女子能活下来，他就会和她结婚。

他三十二岁，她十八岁——大概是莎拉的年纪。两人在奥斯维辛都失去了所有的家人。战争一结束他们就结婚了，并育有两个女儿。

在莎拉给我她的信件之间我根本不知道有哈利这个人。而在大西洋的另一边，哈利也从未告诉他家人莎拉的事情。在一个以色列的研究员和一个德国朋友的帮助下，我最终成功地找到了他的女儿们。

我们在美丽的科隆见面。我是来自美国的一个陌生人，手里有他们父亲的儿时照片以及写给一个不是他们母亲的女子的情书。我所知道的哈利已凝固在1942年，不过突然之间他就出现在一本家庭影集里：抱着孩子的哈利，穿着泳衣的中年哈利，还有戴着眼镜的老年哈利，他现在胖了点，不过他身着剪裁得当的西装，头发梳向后面，仍是那么优雅，英俊的脸庞上仍是那副洞察人心的表情。哈利的彩色照片让我吃惊，因为它们和我所熟知的黑白照片是个很大的反差。

她的女儿们告诉我他在战后艰难的生活，他是怎么重新接管家族生意，结果在1948年当局政府没收私有公司后，又一次失去了一切。他在当地一家面包店找到了活干，每天早上三点钟就要上班。他的妻子聪慧而热情，也有点神经质，她信中满是懊悔，痛惜失去的富足生活，后悔不该太早结婚，不该在战后回到捷克斯洛伐克。她备受抑郁症一次又一次的折磨。在每个转折点她的梦想都被挫败。家里想移民到澳大利亚可是却办不成签证。当局政府发起了对前斯大林支持者的审判，其中很多人是犹太人，这样反犹太主义又甚嚣尘上。自由言论是危险的。哈利在让家人谈论任何有关政治的事情之前都要把门锁好，以防有人告密和政府的报复。

哈利痛恨当局政府，可在漫长的冷战岁月里他却没有任何能逃走的希望，因为捷克斯洛伐克是前苏联的一个卫星国家。终于在1968年布拉格之春时一些移民的限制被放宽。即便是那时候，他的家庭计划还是被打乱了。哈利得了一次中风，他和他的妻子被迫留在后面，而两个女儿则前往了德国。慢慢地，哈利恢复了语言的能力，先是捷克语，接着是德语。几年后他和妻子也去了德国。因为哈利没法工作，她妻子只得撑起了这个家。而她的抑郁症更严重了。他们在德国定居后，哈利又有两次心脏病发作。

哈利的女儿说他是个非常好的父亲和外公，体贴入微，关心备至。他从不严肃地谈论战争，只告诉她们一些有趣的故事。他最喜欢的莫过于和他的孩子们一块儿玩耍，从来不会失去他的乐观或他的魅力——或者是他富有教养的、有奥地利语词尾的德语。

我一下子就喜欢上了哈利的女儿们。很奇怪，我们感觉就像姐妹一样，莎拉的美国女儿和哈利的德国女儿。我们谈论着我们父母的秘密带来的神秘影响，谈论着在捷克斯洛伐克、在德国、在美国作为一个犹太人的成长经历，谈论着哈利公开宣称的无神论，以及莎拉重新开始的信仰。

我们没有过多地涉及哈利的战争经历,而我也没有问哈利在戴赫恩福斯扮演了怎样的角色。就像我的母亲一样,我愿意相信哈利最好的一面。我已经发现战后对犹太长老或监工①虐待的指控并不少见——而且经常是不公平的,虽然要反驳起来也很难。一个囚犯在纳粹集中营里担任的任何有权力的职位都会招来同为囚犯的其他人的恐惧和憎恨。这些"提升"都是非自愿的,如果拒绝,会立即被处死。"你可以对一百个人好,可是你对第一百零一个人做了什么的话,他们就会朝你吐口水,称呼你为卡波。"一个前犹太长老的遗孀告诉我,仍为她丈夫在战后遭受到的侮辱愤恨不已。

当我知道哈利是个魅力十足的无赖以及一个敷衍了事的追求者时,我心里更有底了。现在很难不从他的信里读出讽刺之意:"你是我第一位真正的爱人,你永远都会是。"由于不知道他为什么拒绝在布拉格见我的母亲,我曾经设想了一大堆不同寻常的原因。相反的是,我遭遇到了哈利,一个令人无法抗拒的恶棍,他不是一次对爱不忠,而是好几次,直到他自己平静下来。或许这一次,他找到了真爱。

哈利在德国逝世。令人难过的是,他的妻子此后不久就自杀了。

一位幸存者这样说:"哈利之后,谁还能活下来?"

哈利的出尔反尔并没有带来永久性的伤害。我的母亲很快就踏上了去安斯巴赫的路。

西德尼·科什那坠入爱河的速度之快,好像他自己也是幸存者一样。我重建了我的父母相爱的时间线,把父亲在英国学习和在瑞士旅行的时间忽略不计,我发现西德尼在他们两人相知相识四个星期不到

---

① 卡波,或 kapo,即犯人头目,常被认为是犹太人的叛徒或犹奸。——译者注

后就求婚了。尽管他母亲设置了重重障碍，尽管娶一个战争新娘复杂而麻烦，他却从未动摇过。

绝大多数幸存者选择了一个有共同经历和语言的伴侣。西德尼和莎拉则把他们各自的世界混合在了一起。我知道我母亲是如何努力担当起她作为一个美国妻子和母亲的新身份，可我却从未理解过我父亲对她完全的信心，以及他处理他们之间区别的巧妙方法。我母亲的朋友成了他的朋友，他的家人成了她的家人。随着他们继续在已长达六十年的婚姻道路上走过起起伏伏，他仍宣布他娶了一个"世界上最好的，最可爱的女人"。

在我长大成人的过程中，我家很少出去旅行。一方面是家里的预算很紧，一方面我父亲在店里的工作时间很长，我只记得有一次坐了很久的车去底特律，然后在回家途中停下来去看了尼亚加拉瀑布。我们的夏天一般都是在罗卡韦海滩（Rockaway Beach）附近我父亲家里度过的。

我家第一次也是唯一一次欧洲之旅到1994年才迟迟而至，这是在我母亲把那些信交给我几年之后了。这次旅行是因我计划重走她在战争期间走过的路而起。我原来打算独自出行，不过当我的哥哥们，乔伊和戴维想和我同去时，一起旅行的新鲜让我非常高兴。我母亲选择把那些信交给我这件事对我的哥哥们来说太正常不过了，因为我在家里是最像学者的人。爸妈不能和我们一块去，太遗憾了，我们说。我的母亲打破了她多年的沉默，但是我们不能叫她亲自回去，重新走在给她带来噩梦的街道上。

出人意料的是，她对我们的计划的反应却是很夸张的恼火："你们都要去，没人邀请我？"我们瞪着她，好像要偷偷溜走的孩子被发现了一样措手不及。很快，她和我父亲都和我们一样兴奋不已了。

这将是我们的家庭假期中最奇特的一个。我的哥哥们和我都已长大成人，有了自己的孩子和抵押房产，而我们却都将把自己的配偶和工作抛于脑后，和我们的父母们一块儿住，一块儿吃，一块儿体验，好像回到了孩提时代。"你们是去看亲戚吗？"出发前一天有人这样问我。"他们都死了，"我回答道，"我们是去拜访鬼魂！"

我们计划花两个星期的时间参观七个劳动营，以及奥斯维辛、索斯诺维克、布拉格和安斯巴赫。我的哥哥们成了故事叙述者，乔伊是通过他拍的勾起无数回忆的照片，戴维用的则是摄像。他们两人都记日记。"这不是个旅程，这是项使命。"乔伊在第一天晚上宣布。我的父亲根据他作为美国士兵的体验不时加点对战争的评论，这给我们提供了母亲的艰苦岁月一个更广阔的历史背景。最后还有其他人在提问。

在以前被称为杰帕斯多夫的小镇里，我们在村广场里走着，找到了那个砖石结构的旧天主教堂，我母亲曾乔装打扮来过那里。我们找不到安娜、威尔海姆或艾尔芙丽德，也找不到他们家的所在。赫尔伯特·帕其塔，党卫军军官，也宣告在战斗中阵亡。我们的波兰向导在街上拦下了一个人，问他是否可以告诉我们以前的营房在何处。他用他的拄杖指了指远处一块空地。让人惊奇的是，到现在还没看到我预期见到的现代化公路。我们坐着车行驶在当地狭窄的街道上时，我的母亲凝视着窗外。她拿着一个录音机，不过说话声音很小："我在这儿走过，我在这儿工作过。这里我受伤，这里我哭泣，这里我梦想……太多让人琢磨的东西了。我有点混乱了。"

突然，我们穿过了一个立交桥。眼前的场景一下子热闹了起来。在我们下面是由被逼迫的犹太劳工建造的四车道公路，即曾经颇有讽刺意味的德国高速公路，现在则是名称平庸无奇的E22。就在我们下面，汽车以每小时七十英里的速度疾驰。

我们找到了所有七座劳动营的旧址。萨茨拉有点例外，它离家里一直都是那么近。"我还觉得我在德国很深很深处呢。"我的母亲感到十分惊奇，此时我们已驶进罗拉哈特，离她家里三十英里还不到。

在萨茨拉，我们遇到镇里一位年长的历史学家，他的女婿碰巧就住在劳动营指挥官以前住的房子里，这栋房子在解放前夕几乎毁掉了。他和一个朋友陪我们走到了前布尔和索恩工厂，现在已是大门紧锁、空无一人，然后又陪我们走进树林，在那里我们找到了那个法国战俘营的旧址，那里竖着一块饰板以示纪念。"好像他们一直在等我们一样。"戴维说。镇里的历史学家说我们是第一个回到此处的家庭。

我们去索斯诺维克的那天，母亲一言不发。当第一批城市的标志出现的时候，我得提醒自己调匀呼吸。她会下车吗？

索斯诺维克在战后几乎壮大了一倍，成为了地区性的工业中心，有着齐全的各类公司总部以及大学。这个城市的主要商业街上熙熙攘攘，很是热闹，但它是单调的，缺乏特色的，没有克拉科夫那样的历史性格，也鲜有华沙的活力。

在索斯诺维克，犹太生活的痕迹已经荡然无存。普通的访客想象不到这座城市里曾经住着两万八千名犹太人。街上满是年轻的面孔，他们的父母或祖父母或许记得一两个犹太人——除了当地宣传册里提到最多的那个人之外，他是这里土生土长的儿子以及作曲家，瓦拉迪斯罗·斯皮尔曼（Wladyslaw Szpilman），即罗曼·波兰斯基（Roman Polanski），电影里的"钢琴师"。

莎拉和艾拉相遇的火车站不难找到。我们走到了贝拉·科恩的父亲和哥哥被绞死的广场。莎拉和瑞泽尔上过学的学校我们则找不到它的所在了。施梅尔特组织总部曾经所在的街道现在是一座带着网球场的漂亮公园。施梅尔特本人显然已于1945年5月17日在西里西亚克雷斯赫什堡（Silesia Kreis Hirschberg）的史雷勃豪（Schreiberhau）自杀身亡。这里没有什么东西来纪念摩西·梅林的统治，他在1943年6月19日被诱拐后大概在奥斯维辛吸入毒气而亡。

我母亲把我们带到了她的家。

克拉塔加街离火车站只有不远的步行距离。这条狭窄的街两边都是三层楼高的公寓房。长条状的暗褐色天空几乎被交叉在街道上方密如蛛网的电线遮蔽。这里差不多每栋楼的石制正面都已破碎。

从我们走进铺着鹅卵石的六号大院起，我就陷入了一种恍惚的状态。我随着母亲的目光抬头看着她以前的公寓，就在屋檐下面。我们一言不发地进入了大楼。她把门厅铺着马赛克图案、有裂纹的地板指给我们看，而且在看见了旧的邮箱后，点头示意她认出来了。我们排成单行爬着磨损不堪的楼梯，母亲在乔伊和我之间。在最上面的一阶台阶上，她看见了她家公寓的门，便停了下来。有好几分钟时间她在楼梯平台上蜷缩不敢向前，身体因为她的激动情绪和眼泪而发抖。"可别现在垮下来，"我恳求她，因为她用双手蒙上了眼睛。"如果他们看见你在哭的话他们不敢让我们进来的。"开门的是个驼着背的老者，透过门还可看见两个更年轻的男子。他们看上去很友善，在用波兰语和我们的向导短暂交流过后，他们示意我们进去。

眼前是一片乱糟糟：摇摇欲坠的家具、瓶瓶罐罐、电线线路，还有一堆堆的衣服。我努力想透过这一切看到母亲在看的东西。在这一间房里，莎拉和其他五个家庭成员一道生活、睡觉、工作，直到他的哥哥去了俄罗斯而她也去了杰帕斯多夫。现在在这个天花板很低的房间里站着八个成年人，显得很挤。我们在外面的走廊上看到了一个水槽，但是没有卫生间。院子里的厕所仍在满足整栋大楼的需要。唯一的自然光来自于高高的、不大的窗户，年轻的莎拉正是从这个窗户出去，爬到有尖端的屋顶。她指着隔着院子对面拉雅·蒂娜的公寓。我想起了萨露西亚，那个我通过瑞泽尔的眼睛看到的活泼女孩，想起了她在1940年还只能写字母，但到了1942年自己已能给莎拉阿姨写信了："我向上帝祈祷我能尽快看到你，而且你会给我带一个玩具娃娃。"

那个时候一切都是无可挑剔的，我母亲提醒自己，好像我们不在她身边一样。她的眼神木然。屋里的烟味，凌乱的东西和污垢似乎是对她母亲持家的污辱。乔伊站在她身边，好像他在那儿可以帮助她控制她自己。

"这是我一生中最糟糕的体验。"在我们离开后她安静地对着录音机说。"我很高兴我在这儿,"她继续说,"但现在这个章节已经结束了。我再也不想回到这里。我看见的只有我留在这里的家人,而我现在回到了一个非常糟糕,又脏又小,谁都没法住的房间。然而我是在这儿长大的,我曾爱过这里的每一样东西。我没有看见'东西'。我只看见我的亲人。我在每个角落都看见了他们。"

那天下午晚些时候,我的哥哥们和我听着她的声音。她回来了,她说,是因为"安妮想看"。我哭了,打算就在这里结束我们的旅程。但是乔伊让我听完剩下的录音:"我现在是作为一个完整的人回来的,"她说,我可以听得出来,她的声音里充满了自信和满足。"我拥有的比我离开时要多得多。"

我想象瑞泽尔在那间房间里,写着信。她也许不会注意她的周围环境,因为她正投入地去完成她的任务。"我会是那个给你写信的人。"她曾这样说过,她信守了这个承诺达七年之久,直到1947年11月25日她乘坐的船吐着蒸汽驶入纽约港。

等到她第一次见到她的妹夫时,艾利斯岛的大厅几乎已经空了。西德尼·科什那花了不少时间才完成政府的一份保证瑞泽尔在经费上能自足的文件。瑞泽尔用英语和西德尼打招呼,但和他自如地交谈的话还是用依地语,他们边聊边走上了他母亲位于哈林东区的公寓。

莎拉和她的宝宝约瑟夫已在门口等着她。两姐妹已经有六年没有见面。瑞泽尔瘦小的骨架上多了点肉,不过基本上看起来和从前差不多。不过莎拉和瑞泽尔在1941年莎拉回来度三天假时最后看到的那个十七岁女孩相比已有巨大的改变。虽然莎拉曾给她在瑞典的姐姐们寄过婚礼的照片,瑞泽尔还是没有准备好看到她的妹妹在美国的真实样子,她现在已经二十三岁了,是个妻子、母亲和儿媳妇。一个母亲!

而且已是这般美国化了！

　　莎拉希望瑞泽尔进入纽约能比她自己更顺利。她曾是那么悲惨，见到陌生人只能点头微笑，那些她听不懂的洪亮声音让她退缩，她的欧洲羊毛衣服几乎让她热得昏过去。即便她的婚礼也是个糟糕的记忆。她是多么思念她的家人。而且当人们把装有钱的信封给她时，她因为耻辱和愤怒而啜泣着，好像她是个可怜的小孤儿一样。约瑟夫和查娜·冈卡兹在炉子里烧纸，为的就是不让自己看上去像需要别人接济的样子。现在，尽管西德尼向她保证她在纽约什么都会有的，她却相信他的家庭在可怜她。后来终于有人向她解释了这里向新娘和新郎给礼金的习俗。

　　让瑞泽尔流泪不已的主要还是莎拉的孩子，一开始她太伤感了，什么也不做，只是看着乔伊，看着他明亮的蓝眼睛和随时出现的笑容。瑞泽尔曾担心她和布利玛是家里仅有的幸存者。现在这里有了一个外甥，而且是用她们父亲的名字命名的。这是个奇迹，她不停地说。

　　瑞泽尔抱着孩子的时候，莎拉连珠炮地问她有关布利玛的问题。瑞泽尔来信曾提到过布利玛结婚，还有她的心脏问题，但莎拉要求更详细的情况。布利玛和她的丈夫仍在瑞典。虽然西德尼赞助了他们的移民，他们仍在等待必要的文书工作。莎拉担心她姐姐的健康，坚信在美国她会康复得更快。

　　东110街和第三大道相交的三居室属于西德尼的母亲。她欢迎瑞泽尔的到来，而且尽可能把她在客厅的沙发上安顿得舒服点。西德尼在沿街对面的家族商店，科尔比服饰（Kirby Clothes）里工作，晚上还上大学以完成他的学位。瑞泽尔在曼哈顿住了几个星期，但她的计划是搬到布鲁克林去，开始作为老师的新生活。

　　瑞泽尔的移民由美国的贝斯亚霍夫（Bais Yaahov）组织赞助，这是萨腊·史尼勒在波兰创建的学校的一个分支。曾经教过莎拉和瑞泽尔的一些老师在战争中幸免于难，现在在帮助其他来自索斯诺维克、想在美国从事教师工作的女子。瑞泽尔很想找一个适合自己的犹太社区，继续她的宗教生活，她的宗教信奉在瑞典止步不前，而在拥挤不堪、鱼龙混杂的哈林东区也几乎是不可能的，因为那里星期六也是工作和娱乐的一天。瑞泽尔在其他有抱负的年轻老师中找到了志同道合的朋友和室友，于是就搬到布鲁克林去了。

瑞泽尔很快就结束了她的培训生活。她是一个富有爱心却也要求严格的一年级老师，她在教室里把她敏锐的直觉和对孩子的爱发挥得淋漓尽致。她的生活就是以她的学校和会堂为中心。瑞泽尔的语言天赋很高，她很快就轻易地掌握了英语，但生活中还是靠依地语，这门语言在布鲁克林她的街区里的起居室和商店里是通用的。

一个好友当起了红娘，给她推荐了一个来自法兰克福的有趣的年轻拉比。他刚刚抵达纽约，之前他有一段曲折的战争经历，从德国到了波兰、立陶宛、日本，接着是中国上海，在那儿他和他犹太学校（yeshiva）的老师及朋友待了五年，脱不开身。当瑞泽尔第一次看到埃泽瑞尔·兰格①时，他在跳舞，他脸上狂喜的神情预示着他追求幸福的天分。此时瑞泽尔在布鲁克林已经住了近两年，已做好了结婚的准备了。

"但是他的身高，实在不是'lange'"，她忍不住对她的朋友说。"那么瑞泽尔，你怎么样呢？"她的朋友反唇相讥，上下打量着瘦小的瑞泽尔。

一个月后，瑞泽尔和埃泽瑞尔在布鲁克林结婚了。西德尼和莎拉承担了婚礼的费用，而且为他们付了一栋褐砂石房子的首付款。婚礼上最年轻的客人是乔伊，那时候他是个很乖的、蹒跚学步的小男孩，身上穿着他父亲店里做的衣服。

布利玛和雅各布终于在1949年从瑞典来到了美国。接下来几年对莎拉来说是一段几乎完美的快乐时光。她有自己的家，在皇后区有一

---

① Ezriel Lange，lange 也有"长，或高"的意思。——译者注

套崭新的公寓。三姐妹团聚了，而且她又生了个宝贝女儿和她们分享。这个小女孩取了个希伯来名字，查娜，以纪念她们的母亲。莎拉并不遵循传统，她女儿的英文名字是根据女王伊丽莎白二世所取的，因为她新出生的公主叫做安。

下一代的降临给这些幸存下来的女人们带来了无比的欣喜，因为她们担心自己没法生儿育女，她们自己也会悄声说起投了毒的食物配额和多年未来月经。我的母亲和乔伊的关系特别亲密，他是在她解放两年不到的时间里生的。我有一张老照片可以反映这一点：我美丽的、欢快的母亲躺在铺开在草地上的毯子上，五岁的乔伊躺在她身旁，两人都用肘部撑在毯子上，两人都是黑发的头靠得很近，在分享一个两人之间的笑话。在这张照片上你很不容易找到我，我不过是角落里一个苍白的小不点儿，我的脖子还不足以撑起我的头。

布利玛的心脏情况并没有改善。她没法长时间享受她在美国的新生活。布利玛在8月12日的屠杀中救了瑞泽尔一命，在劳动营，在死亡之旅里，在伤寒和肺结核发作的时候，在瑞典康复的时候，她无时无刻不在照顾着她的妹妹。可现在瑞泽尔却不能为她做些什么，也没有哪个医生能帮得了她的姐姐。埃泽瑞尔不让瑞泽尔参加布利玛的葬礼，虽然莎拉去了。布利玛对她的妹妹们而言就像母亲一样，而两次失去母亲太让人难以承受了。莎拉变得沉默寡言。乔伊已经六岁了，他知道他母亲身上发生了一些不好的事情。她脸上没有了笑容，而且她每天都穿着同一件黑裙子。那时我还不会说话，但我很害怕这个悲伤的、不说话的母亲。当正式的居丧时期结束后，我母亲拉着我的手，我们走到一个我们公寓大楼用来放垃圾的小房间。她帮我把她的黑裙子塞进垃圾焚化滑道里，这标志着她又回到了我们身边。

我称瑞泽尔为"罗斯阿姨"。我父亲一家过去常常刺激我母亲，说我和我阿姨一样：爱读书，近视，上前牙突出来，骨架很小。然而我却觉得很难接近罗斯阿姨。我们同样好学，不过我在我的公立学校里学的东西她却不懂。我爱读英语小说，弹肖邦的钢琴曲，听甲壳虫的歌以及看电影。我的哥哥们跟她在一起也好不到哪儿去，因为他们接受的是更广泛的宗教教育。本可以缩小两代人差距的表姐妹或兄弟们却从没出现过。罗斯阿姨不能生育。查娜和约瑟夫的十一个孩子里，只有我的母亲把他们的血缘延续到下一代。罗斯阿姨和埃泽瑞尔姨夫在他们的教室里或街坊里都深受喜爱，他们领养了一批又一批的年轻学生，而这些学生们也像爱自己父母一样爱着他们。当这些年轻人有了自己的孩子后，他们还敬瑞泽尔和埃泽瑞尔如孩子的祖父母。

瑞泽尔比我母亲只大两岁，可看上去却老得多。有时候她会觉得我们两个家庭之间的区别难以接受。有一次——仅有一次——我母亲穿着长裤去看罗斯阿姨和埃泽瑞尔姨夫。结果罗斯阿姨就很生气；她感到在她所有的朋友们面前很难堪。"我以为罗斯快要晕过去了。"我母亲回忆道。埃泽瑞尔介入了。他让我阿姨冷静下来，抚慰她焦躁的情绪和想要教训人的冲动。他对其他任何事情都无所谓，但对宽容和谦让的必要看得很重。他说："她是你的妹妹，就让她这个样子吧。"

我长得更大些时，我们俩之间的距离更远了。我从未怀疑过罗斯阿姨对我的爱，但很多时候我觉得她在对我的世俗的、现代的、异类的生活方式表示不满，而这点让我心里不舒服。她的宗教行为准则看上去是那么僵硬而喜欢评判人。我们彼此很少见面，分开我们的界限远比我在曼哈顿的家和她在布鲁克林的家之间的几英里路要复杂得多。我的儿子出生时，我们请罗斯阿姨和埃泽瑞尔姨夫一起来参加他的割礼仪式，这是我父母在和一个合适的拉比商量后帮我安排好的。我的母亲为了食物和器皿而操了很多心，她要确保一切都能达到最高的合礼标准，而且展示了备办宴席者的名字，以证明他们的出处。尽管那天我们花了这么多心思，我记得看见罗斯阿姨走过丰盛的食物旁时，拿了一个橙子放在纸碟子上，这让我们懊恼不已。在她的世界里，妥协一般都不是好事。

我们之间的谈话大多是通过电话进行的,语气都很尊敬,还会小小地拌拌嘴。"孩子们好吗?"她会这样开始。知道我上班,而且雇用其他人来分担抚养我自己的三个孩子的责任时,她从不掩饰自己的吃惊。"告诉我,你现在做什么?"她会问。我从未能够把我的职业选择解释给她听,每次一开口,就感觉话在我的嘴里冻住了。罗斯阿姨在布鲁克林的战后生活和我的外祖父母在波兰的生活没什么区别。她没有电视机,也从来不碰电脑,而且极少离开她所住的街坊,除了去看医生或夏天去卡茨基尔山(Catskill Mountains)的度假区。我并不太想把自己对她解释清楚。事实上我们让彼此都感到困惑,两人都不愿一下子跳到对方的身边去。"一切顺利",她在每次打电话最后都会这么说。

我曾想通过她的信件可以更容易地了解瑞泽尔。我采访过她很多次,感觉自己有点像一个自私的侵入者一样。她从未这样说过。可我真的很努力想引起她的注意。我想她看见这么久以前她写的多得像小山一样的信件会很激动。她并不是这样的。虽然她对一些事件——尤其是1942年8月12日的灾难——的记忆无比清晰,这却都是旧新闻了,而且她遭受的痛苦也不一定比其他人的更甚。在浩如烟海的历史里她只不过是一滴水,一个无关紧要的个人而已。抱怨即是质疑上帝。我们就像孩子一样,太纯朴而无法理解神灵的意图。

我们谈到了我母亲决定顶替她去劳动营那件事。即便几十年后回眸,瑞泽尔仍觉得这是合乎情理的。"我那时很成问题,很成问题,"罗斯阿姨告诉我,"在任何事上我都不信任自己。我没有自信。我老是抱怨我长得不漂亮。我这个不是,那个不是……莎拉很漂亮。倒不是说漂亮可以保护她。只不过我觉得她肯定不会迷失方向的。"

瑞泽尔不大记得艾拉了,也想不起艾拉第一次到她们的公寓拜访时的情景。所以或许这是巧合吧,1941年和艾拉见面后不久,瑞泽尔就在内心深处为她的妹妹找寻更多的领悟和温柔:"坐在这儿写着,我流了很多眼泪,已经过了这么长的时间,而我记得那么,那么多的事情:我们过去经常吵架,不过那一切都已经遗忘,我是多么,多么,多么地想见到你。愿上帝听见我,我无法用言语表达。"

当我问到克拉塔加街和他们家庭的贫穷状况时,她给了我她最锋利的不满的眼神。她从未觉得自己很穷。怎么可能会穷呢,她们的童年在其他方面是那么的富裕。"我有一件上学穿的裙子,还有一件安息日穿的。我们没有饿肚子——还有什么是我需要的呢?"她问道。战后她在物质上的需要总是那么简单,这和她有限的经济能力是一致的,不过即便如此,她的标准却是很高的。她很在乎她的家具和公寓,而且她还有几件她很珍视的珠宝。她对自己的穿着很讲究,任何不是完美合身的衣服她都不会穿。她很欣赏我母亲的风格和她让任何东西看上去高雅和别致的能力,不过她自己的衣服都是穿得很旧,而且总是暗色的。每次我去布鲁克林看罗斯阿姨,她总会认真地检阅我的衣着,所以我一般都会穿着同一套衣服,只不过因季节不同会稍有变化:一件宽大的裙子,一直垂到脚踝;一件在颈部和手腕有扣子的上衣,不会透明,不会太鲜艳。不涂口红。什么都逃不过她的眼睛。如果一条裙边卷曲了或一颗扣子不见了,她都会注意到——而且会发表评论。

罗斯阿姨对她周围的任何东西、任何人——也包括她自己——都要求完美。这位拉比的妻子,拉比辛·兰格(Rebbetzen Lange),是如此忠诚地进行她的宗教活动,以至于她领养的一个儿子给她取了个外号——拉比申(Rebbe-tzain):"拉比的十倍。"事情必须按某种方式进行,无论是祈祷还是教学,或者是打扫。任何的偏差,无论多么小,都应当避免。因为关节炎,她的手肿了起来,手指也痛苦地扭曲了,她还是不会允许别人来刷她的金属锅,尽管她连把钢丝球握在手里都办不到了。

她对完美的渴望让她几乎无法做出决定。总是有更多的信息要去收集，对任何或大或小的问题需要有更多的思考。可是当埃泽瑞尔去世后，她马上忙着安排他在耶路撒冷的葬礼。他曾想在那儿度过晚年，可遭到了她的抵制。"我现在不会阻止他了。"她宣布，虽然她的选择意味着她永远没法去他的坟前祭拜了。她自己的身体太虚弱了。

带着对过去和将来的思考，她在解放后给我母亲写了一封信：

> 我不是天使。我总是一再思考着这个问题，它让我心神不宁。能做什么呢？有件事情你要知道，莎拉，承认自己的罪过能减轻罪过，只需开始改造自己。让我们原谅彼此的一切，并且一起为我们对亲爱的父母犯下的罪祈求宽恕吧。
>
> 独自一人，独自一人，在平静安宁中，沉浸于思考，我们必须通过自我拷问达到一种满足……而且要通过善行得到纠正。

附　笔

我穿着长裙和上衣，好像我们要去看布鲁克林的罗斯阿姨，而不是在 2005 年一个明媚的耶路撒冷早晨去拜访她的墓地。九月的太阳热辣无情，我已经汗流浃背了。站在这个奥里弗山（Mount of Olives）上的古老公墓里，我的父母和我在寻找瑞泽尔和埃泽瑞尔。在把我们带到公墓的司机的帮助下，我找到了正确的入口，然后按照他们的养子给我们的指示一步步走："进入拱门，走上四级台阶，左转，走下十三排。"可是我们已经迷路了。几步之遥有两个挖墓者在干活，经常停下来擦额头，而且看着我们走来走去。这里的坟墓上面刻着希伯来文，我艰难地找着每一个名字，心里甚至不确定该找罗斯还是瑞泽尔。并没有明显的小路，而且我走过的一排排墓地并不规则，我得小心不踩到墓地上。较低的荆棘被风吹着，挂在我的裙子上，接着又带着意想不到的愤怒刺着我的腿，我感觉皮肤上有针刺般的疼痛。我猛地把裙子从荆棘那儿扯开，马上四处去找我母亲，她肯定注意到了那细小的斑斑血迹。

公墓建在山坡上。我的父母亲在我上方，在不同的台阶上慢慢走着，研究每个坟墓上的名字。太阳让我眼花缭乱。我回到入口那儿，重新开始，这一次大声数着台阶和墓碑。突然，司机大叫起来：他找到他们了。

瑞泽尔和埃泽瑞尔并肩躺着。白色的墓碑水平方向竖着，上面都覆盖着一层细细的褐色灰尘。我的父亲脱下帽子把上面的沙土扫掉。

我的母亲则用嘴唇亲吻着墓碑上刻着的文字,她的腰弯得很低,看上去仿佛融入到墓碑里一样。她啜泣着,我听见她不断重复乔伊的名字。骄阳似火,我担心她会支持不住。

我继续从我母亲那儿坚持要求她那像隐藏的珠宝一样的回忆。即便在乔伊被查出有脑瘤之后,即便在我哥哥的大病这一沉重现实把这些久远的苦痛削成薄薄的历史条缕,我还是坚持了下来。她允许我成为故事的讲述者,但只有她才能告诉她的姐姐她失去了她的儿子。乔伊有生之年见到了他的第一个孙女,蜜雪儿,但没有见到第二个。

她的名字叫汉娜·罗斯。

莎拉经历的劳动营

战时地名	日期	今天地名
杰帕斯多夫,德国	1940 年 10 月 28 日至 1942 年 6 月	瑞德齐沃乔维茨(Rzedziwojowice),波兰
格罗斯萨恩,德国	1942 年夏	萨尼维尔基(Sarny Wielkie),波兰
布兰德,德国	1942 年夏	普拉蒂(Prady),波兰
罗拉哈特,波兰	1942 年夏	希尔米亚诺维茨,斯拉斯基(Siemianowice Slaskie),波兰
格罗斯帕尼欧,波兰	1942 年秋	帕尼欧伊(Paniowy),波兰
布莱克海默,波兰	1942 年秋	Blachownia Slaskie,波兰
萨茨拉,捷克斯洛伐克	1942 年 12 月至 1945 年 5 月 8 日	扎克勒,捷克共和国

莎拉的家庭

莎拉的直系家庭：

约瑟夫·冈卡兹和查娜·菲尔德曼·冈卡兹，被杀。

他们的孩子：

1. 米利安·查娅　　已婚，两个孩子，一家四口被杀
2. 莫什·戴维　　　配偶为亨德尔，两个孩子，一家四口被杀
3. 拉雅·蒂娜　　　配偶为戴维·科泽斯沃，两个孩子（莫尼耶克和萨露西亚），一家四口被杀
4. 赫什·雷布　　　1939年去了俄罗斯，据估计已被杀
5. 阿弗兰·伊兹哈克　战前死亡
6. 查姆·平克斯　　波兰军队中被杀
7. 费戈勒　　　　　战前死亡
8. 扬科夫·阿伦　　战前死亡
9. 布利玛　　　　　战争幸存者，配偶雅各布·歌德伯格；未育子女；于1953年去世
10. 瑞泽尔　　　　战争幸存者；配偶埃泽瑞尔·兰格；未育子女；于2002年去世
11. 莎拉　　　　　战争幸存者，配偶西德尼·科什那；三个孩子，八个（外）孙子（女），两个曾孙（女）

莎拉母亲查娜·菲尔德曼的家庭（部分）

阿什尔·阿尔特·菲尔德曼（莎拉的舅舅）配偶为托贝莉。两人皆被杀。

他们的孩子：

1. 亚克布·海诺尔　　已婚，育有子女，全家被杀

2. 布利玛·约克福特　　已婚，育有子女，全家被杀
3. 艾瑟　　　　　　　已婚，育有子女，全家被杀
4. 米利安　　　　　　已婚，育有子女，全家被杀
5. 阿伦·尤瑟夫　　　已婚，育有子女，全家被杀
6. 莉亚·蒂娜　　　　1936年离开波兰去了巴勒斯坦；配偶为耶西尔·奥菲尔；一个孩子，三个孙子（女），十一个曾孙（女）；2002年去世
7. 莫什·雷布　　　　战争幸存者；妻儿被杀；没有孩子
8. 戴维　　　　　　　被杀
9. 斯洛莫　　　　　　被杀
10. 梅勒克　　　　　　被杀
11. 孟德尔·沃尔夫　　被杀

莎拉父亲，约瑟夫·冈卡兹的家庭（部分）

亚布兰姆·辛查·冈卡兹（莎拉的叔叔）配偶为瑞秋尔；两人皆在战前死亡。他们的孩子：

1. 莫什·查姆　　配偶为梅特尔·西德罗夫；1924年离开波兰去了特利埃斯特（Trieste），1943年去了巴勒斯坦；六个孩子，十九个曾孙（女）；1979年去世
2. 瑞泽尔·李　　配偶为雅科夫·费什尔；与她的三个孩子被杀；另有两个孩子幸存并移民到巴勒斯坦；五个（外）孙子（女）及十四个曾孙（女）

资料注释

概　　述

　　从 1940 年到 1946 年,莎拉收集了 352 封信件、文件和照片。本书的叙述是通过把这些信件证据和我对我母亲及许多其他幸存者的采访整理而成。我知道人的记忆力有很多变数,所以只要有可能我就会利用其他资料,包括档案和已发表的研究,来佐证口头的讲述。

　　本书的手稿承蒙历史学家迈克尔·贝伦伯姆 (Michael Berenbaum)、道格拉斯·格林伯格 (Douglas Greenberg)、贝拉·伽特曼 (Bella Gutterman)、彼特·海耶斯 (Peter Hayes) 和马克·罗斯曼 (Mark Roseman) 的审阅和评论。同时要向学者及朋友德波拉·得沃克 (Deborah Dwork) 致以特别谢意,多谢其慷慨相助。

　　原始的信件大多数是用波兰语或德语写就的。信中的拼写、语法和笔迹反映了写信人在监禁中不确定的表达;大部分写信人在家园被占后匆匆获得了尚能应付交流的德语知识。他们会特别小心,因为知道他们的信会被一个检察官阅读。为了增加信件的复杂程度,他们有时候在来往通信里会时不时加入一些依地语、波兰语和希伯来文字,家庭缩写和密码。我们有一个译者团队出色地接受了这些挑战,尤其是雷吉娜·盖尔布 (Regina Gelb)(波兰)——她在这本书长时间的酝酿中同时也是一个顾问和朋友,此外还有瑞纳塔·斯坦恩 (Renata Stein)(德国)。

　　本书的文字部分包括从所有的信件中挑出来的总共 80 封信,我对它们进行了编辑和缩减。原始信件已作为莎拉·冈卡兹·科什那收藏品在纽约公共图书馆的多若特犹太分部保存,亦可在网上找到,见 www.nypl.org 及 www.letterstosala.org。

战前在索斯诺维克、波兰以及被占期的生活

　　对索斯诺维克生活的描述是基于与我母亲及瑞泽尔·冈卡兹·兰格的访谈,

还有与罗斯·格朗伯姆·福特（Rose Grunbaum Futter）、莎拉·格朗伯姆·辛格（Sala Grunbaum Singer）、萨腊·兹阿卡·赫尔方德（Sarah Czarka Helfand）、古希亚·谷特曼·费勒格（Gucia Gutman Ferleger）及弗林卡·拉比诺维茨·扎万茨（Frymka Rabinowicz Zavontz）弥足珍贵的讨论。

索斯诺维克在被占前及被占期生活的其他细节出自于 *Eyewitness Accounts of the Impoverishment, Enslavement, Murder of* 100000 *Jewish Citizens of Zaglembia*, translated by Pawel Brunon Dorman, 英文核实为艾玛莉·玛丽·罗宾森（Amalie Mary Robinson）。这部未出版的资料集包括了92份战争一结束就采集的证词。原始的波兰语文件现在在位于华沙的犹太人历史研究所的档案馆里。我要感谢杰弗里·辛布勒（Jeffrey Cymbler）告诉我这个非常有价值的资料来源以及其他重要的资料索引。

亦可参见 *Encyclopaedia of Jewish Communities, Poland*, vol. 7, Lublin Kielce districts, translation of *Pinkas Hakehillot Polin*: entsiklopedyah shel ha-yishuvim ha-Yehudiyim le-min hivasdam ve-'ad le-ahar Sho'at Milhemet ha-'olam ha-sheniyah。此书由亚伯拉罕·韦恩（Abraham Wein）编辑，合编的还有布拉察·富鲁恩德里希（Bracha Freundlich）和维拉·奥巴克（Wila Orbach）。作者为丹尼尔·布拉特曼（Daniel Blatman）、瑞秋尔·格罗斯伯姆－帕斯特纳克（Rachel Grossbaum-Pasternak）、亚伯拉罕·克里班（Abraham Kleban）、史穆尔·勒文（Shmuel Levin）、维拉·奥巴克以及亚伯拉罕·韦恩。此书于1999年由耶路撒冷的亚德·瓦什恩以希伯来文出版。兰斯·阿克菲尔德（Lance Ackerfeld）和奥斯纳特·拉马迪（Osnat Ramaty）翻译了此书的部分内容：*The Book of Sosnowiec and the Surrounding Region in Zaglebie* by Jewish Gen Inc. and the Yizkor Book project, 见 www. jewishgen. org/yizkor/pinkas_poland/po17_00327. html。同时见 Jacob Robinson and Philip Friedman, *Guide to Jewish History under Nazi Impact*（New York: Yad Vashem, 1973）；哈德萨·普利维斯（Hadasa Priwes）的文章，"Under the Soldiers' Boots", translated by M. Hampel, www. jewishgen. org/yizkor/Zaglembia/zag534. html；以及 Jerzy Tomaszewski（ed.），"Jerzy Tomaszewski in Najnowsze dzieje Zydow w Pdsce"（Warsaw, 1993）。

纳粹劳动营和施梅尔特组织

有关施梅尔特劳动营生活的叙述基于我和我母亲及瑞泽尔的访谈，以及对霍克罗·戴特纳（Hokilo Dattner）、珠希·耿特·布洛克（Zusi Ginter Bloch）、伊特卡·耿特·布洛克（Itka Ginter Bloch）、莎拉·格朗伯姆·波兹南斯基（Sala Grunbaum Poznanski）、罗斯·格朗伯姆·丹齐格（Rose Grunbaum Danziger）、泰拉·艾斯特雷切尔·比尔里（Tyla Estreicher Beerie）、莎拉·兹阿卡·赫尔方德以及古希亚·谷特曼·费勒格。

至今尚未有英语的对施梅尔特劳动营的全面研究发表。由德波拉·得沃克和罗伯特·杨·范·佩尔特（Robert Jan van Pelt）写的《莎拉的世界》提供了对施梅尔特劳动营一个绝好的概览；见 Letters to Sala（New York：New York Public Library, 2006）。我对莎拉故事的背景之最初了解来自于阿尔弗雷德·科尼茨尼教授（Alfred Konieczny）在 Encyclopedia of the Holocaust（Tel Aviv, 1990）里面对施梅尔特的描述；"The 'Schmelt Organization' in Silesia," in Marcin Wozinksi and Janusz Spyra, eds., Jews in Silesia（Krakow：Ksiegarnia Akademicka, 2001），173—179；以及"Jewish Slave Labor Camp in Jeleniow, 1943—1944", Wroclaw, Poland, 1999。

同时请见阿维胡·若南（Avihu Ronen）的"Everyday Life in Schmelt Organization's Forced Labor Camps," in Dapim Le'Heker Tekufat Ha'Shoah（Haifa：Haifa University, 1993），vol. 11, pp. 17—41。若南教授还为我做了他一些相关研究的概括，他的研究大部分还未用英语发表。

厄尔哈德·舒茨（Erhard Schutz）和俄克哈德·葛路波（Eckhard Gruber）在他们的 Mythos Reichsautobahn: Bau und inszenierung der "Strassen des Fuhrer" 1933—1941（Berlin：Christopher Links, 1996）一书中对德国高速公路的历史进行了讨论，德波拉·得沃克和罗伯特·杨·范·佩尔特在 Letters to Sala by Ann Kirschner（New York：New York Public Library, 2006）对此书亦有引用。阿福纳·菲尔德曼（Avner Feldman）对杰帕斯多夫也有描述："In the Ghetto and Camps," Zaglembie Memorial Book, vol. 30, edited by Y. Rappaport, translated by Lance Ackerfeld, edited by Judy Montel（Yawa Bletter）；此书的英文翻译可在网上找到 http://www.jewishgen.org/yizkor/Zaglembia/zag549.html。

对纳粹使用犹太劳动力的重要讨论可在彼特·海耶斯的书中找到：Industry and Ideology: I. G. Farben in the Nazi Era（Cambridge, England：Cambridge University Press, 2000）；劳尔·希尔伯格（Raul Hilberg），The Destruction of the European Jews

(New York: Quadrangle Books, 1971); 以及康拉德·科维耶特 (Konrad Kwiet) 的文章: "Forced Labor of German Jews in Nazi Germany," *Leo Baeck Institute Yearbook* XXXVI (1991)。同时见克里斯托弗·R. 布朗宁 (Christopher R. Browning), *Nazi Policy, Jewish Workers, German Killers* (New York: Cambridge University Press, 2000); 布朗宁, *Nazi Germany's Initial Attempt to Exploit Jewish Labor in the General Government: The Early Work Camps 1940—1941* (Berlin: Edition Entrich, 1994); 及布朗宁, *The Origins of the Final Solution: The Evolution of Nazi Jewish Policy, September 1939 – March 1942* (Jerusalem: Yad Vashem, 2004)。

其他资料包括 Helmut Krausnich et al., *Anatomy of the SS State* (New York: Walker & Co., 1968); 及 Benjamin Ferencz, *Less Than Slaves: Jewish Forced Labor and the Quest for Compensation* (1979; rept. Bloomington: Indiana University Press, 2002)。

施梅尔特劳动营的一个清单,包括它们运行的日期及使用它们的德国企业,可在此找到: "Catalogue of Camps and Prisons in Germany and German-Occupied Territories, September 1, 1939 – May 8, 1945," prepared by International Tracing Service Records Branch, Documents Intelligence Section, Arolson, July 1949, reprinted as *Das Nationalsozialistische lagersystem* (CCP) (法兰克福, 1990)。

有关信件及明信片上的标记的有用的参考书是山姆·西蒙 (Sam Simon) 的 *Handbook of the Mail in the Concentration-Camps, 1933—1945: A Postal History* (New York: Port Printed Products Corp., 1973)。

摩西·梅林和犹太人长老会

摩西·梅林 (同时也被称为莫什、莫尼耶克或马雷克·梅林) 作为一个人物在康拉德·查迈茨 (Konrad Charmatz) 的书中出现: *Nightmares: Memoirs of the Years of Horror Under Nazi Rule in Europe, 1939—1945*, translated by Miriam Dashkin Beckerman (Syracuse: Syracuse University Press); 作为莫尼耶克·梅托茨出现在 Ka-Tzetnik 135633's *Sunrise Over Hell*, (London: Corgi, 1978)。(见摘录版, "The Congregation-Council," http://www.jewishgen.org/yizkor/Zaglembia/zag003E.html#page5。)

资料注释

梅林信任的秘书，费妮·兹阿那，有时候被称为费妮亚或芳妮·兹阿那或菲丽希亚·施瓦茨，或"黑色的人"。

梅林和他的行政机构在埃塞亚·特伦克（Isaiah Trunk）权威著作中有广泛的讨论：*Judenrat: The Jewish Councils in Eastern Europe under Nazi Occupation*（Lincoln：University of Nebraska Press, 1972）。同时请见菲利普·弗里德曼的"The Messianic Complex of a Nazi Collaborator in a Ghetto: Moses Merin of Sosnowiec," in *Roads to Exitinction: Essays on the Holocaust*（New York and Philadelphia: Jewish Publication Society, 1980）；以及他的"Two 'Saviors' Who Failed: Moses Merin of Sosnowiec and Jacob Gens of Vilna," in *Commentary*, 1958。额外的细节可见"The Judenrat in Zaglembie（Under the Leadership of Moshe Meryn）" in the Zaglembie Yizkor Book, the Yizkor Book Project。

阿维胡·若南在其书中对梅林和他的政策进行了深入的分析："Werzum Leben, wer zum Tod," edited by D. Kiesel et al., in *Institutionen, Politik und Identitat der Judische Selbstwerwaltung im Getto Von Zaglembie*（*Institutions, Politics, and Identity of the Jewish "Self-Government" in the Ghetto: A Case Study of Zaglembie*）（Frankfurt and New York: Campus Verlag, 1992），摘录版在 http://www.avihuronen.com/english/articles/eng-judenrat.html。

关于南美护照的故事，可见鲁斯·扎里兹（Ruth Zariz）的"Attempts at Rescue and Revolt: Attitudes of Members of the Dror Youth Movement in Bedzin to Foreign Passports as Means of Rescue," *Yad Vashem Studies*, vol. 20, Jerusalem Yad Vashem Martyrs' and Heroes' Remembrance Authority, 1976。令人赞叹的是，杰弗里·辛布勒得到了一个有艾拉·格特纳笔迹的原始信封，上面写着她姐姐的姓名和回信地址，是写给瑞士洛桑的赫尔·斯沃克伯姆（Herr Szwarcbaum）。这封信是1943年2月寄出的，但直到11月才到洛桑，那时候贝德津和索斯诺维克的犹太人区已被清洗，而艾拉已到了奥斯维辛。

1942年8月12日

这些事件是由瑞泽尔和罗斯·格朗伯姆·丹齐格对我讲述的，当时她们两人都在索斯诺维克体育馆的集中点里。关于那次驱逐的其他描述可见 *Eyewitness Ac-*

counts of the Impoverishment, Enslavement, Murder of 100000 Jewish Citizens of Zaglembia（见上文）。体育馆场地和蚁冢的比较出自吉娜·卢克维茨（Gena Lewkowicz）的证词，p. 79。

根据资料，在那次驱逐中被抓捕的犹太人数目在 30000 至 70000 之间。索斯诺维克体育馆可能是几个集中点中的一个，其他的在附近的贝德津和达布罗瓦-古尔尼恰（Dabrowa Gornicza）。据报道，那周被送到奥斯维辛的犹太人数目在 4000 至 30000 之间。

阿维胡·若南对这次大规模驱逐有描述 "The Day of Disillusion: the Great Deportation from Zaglembie on 12.8.1942," in Massuah, no. 17（April 1989）, pp. 102—147; 摘要可见 http://www.avihuronen.com/english/abstracts/abs-punkt.html。其他叙述可见 Natan Eliasz Szternfinkiel et al. "The Annihilation of Sosnowiec Jews," publication of the main Jewish Historical Commission in Poland, no. 25, Katowice, 1946。

艾拉·格特纳和奥斯维辛起义

这些事件是由伊兹瑞尔·谷特曼（Israel Gutman）、玛拉·韦恩斯坦（Mala Weinstein），以及罗斯·梅斯（Rose Meth）向我描述的。我对他们深表谢意，同时还要谢谢莉迪亚·瓦格（Lidia Vago）的建议和鼓励，还有安娜·黑尔曼（Anna Heilman）、艾斯图希娅·瓦克捷布朗姆的妹妹，谢谢她愿意阅读并对我的叙述进行评论。纪念这四个起义女英雄的纪念碑在耶路撒冷亚德瓦舍曼的花园里。

关于奥斯维辛起义最为全面的参考书是洛尔·雪莱（Lore Shelly）写的不可或缺的 The Union Kommando in Auschwitz: The Auschwitz Munition Factory Through the Eyes of Its Former Slave Laborers（Lanham, Md.: University Press of America, 1996）。有关参与人数、他们的分工，以及偷运炸药的时间线存在许多不一致的地方。虽然大多数已出版的叙述认为 1945 年 1 月 6 日是奥斯维辛绞刑的日子，我却决定使用安娜·黑尔曼在 Never Far Away 里引用的日期。特别指挥队计划和其他犹太人协助计划之间的关系如何也是众说纷纭。埃利希·卡尔卡（Erich Kulka），历史学家、奥斯维辛幸存者，发现若想要给出起义的确切描述，将会有许多复杂的情况——事实上的，还有心理上的，他感到十分沮丧。他的结论是这次起义对纳粹而言，远没有对潜在的破坏活动的担心重要。在他看来，这四个女子是替罪羊，纳粹对更大程度上发生的破坏活动十分震怒,而她们却受到了这种愤怒的正面冲击。

若想知道相关学术研究的样例,亦可见 Reuben Ainsztein, *Jewish Resistance In Nazi-Occupied Eastern Europe* (New York: Barnes & Noble, 1974); Nathan Cohen, "Diaries of the Sonderkommandos in Auschwitz: Coping with Fate and Reality," *Yad Vashem Studies*, vol. 20, 1990; Jozef Garlinski, *Fighting Auschwitz: The Resistance Movement in the Concentration Camp* (London: Julian Friedmann, 1975); Tzipora Hager Halivni, *Preparing for Revolt in Auschwitz -Birkenan: Heroes and Martyrs* (Jerusalem: World Congress of Jewish Studies, 1989); 及 Halivni, "The Birkenau Revolt: Poles Prevent a Timely Insurrection," *Jewish School Studies*, vol. 41, no. 2, 1979; Anna Heilman, *Never Far Away* (Calgary, Alta.: University of Calgary Press, 2001); Primo Levi, *Survival in Auschwitz* (New York: 1961); Ber Mark, *The Scrolls of Auschwitz* (Tel Aviv: Am Oved, 1985); Filip Muller, *Eyewitness Auschwitz* (New York: Stein & Day, 1979); Micheline Ratzerdorfer, "They Did Resist: Jewish Women's Resistance in Auschwitz," *Amit Women*, vol. 61, no. 4, 1989; Yuri Suhl, *They Fought Back: The Story of the Jewish Resistance in Nazi Europe* (New York: Crown, 1967); Tzvetan Todorov, *Facing the Extreme: Moral Life in the Concentration Camps*, translated by Arthur Denner and Abigail Polk (New York: Henry Holt, 1996)。

萨茨拉、纽萨尔兹和戴赫恩福斯

关于劳动营里的工厂和日常生活的详细情况是建立在与以下人员采访的基础上的:瑞泽尔、伊特卡·耿特·布洛克、萨腊·兹阿卡·赫尔方德,以及弗林卡·拉比诺维茨·扎万茨(纽萨尔兹);莎拉·格朗伯姆·珀兹南斯基、达莎·利腾伯格(Dasha Rittenberg)、泰拉·艾斯特雷切尔·比尔里,古希亚·谷特曼·费勒格(萨茨拉)。1993—1994年关于戴赫恩福斯的采访是鲁斯·文特在以色列进行的。

纽萨尔兹的死亡旅程的路线在马丁·吉尔伯特(Martin Gilbert)的书中有记录 *Atlas of the Holocaust* (New York: William Morrow, 1993)。深入的描述亦可见 Bernard Robinson and Amalie Mary Reichmann-Robinson, "Some Consequences of the Schmelt Organization as Experienced by Affected Individuals," 或 http://www.shtetlinks.jewishgen. org/Zaglembie/Zag001. html；以及菲拉·克兹菲尔德（Fela Kurzfeld）的描写：*Testimonials of Survival*, ninety-six personal interviews from members of Kibbutz Lohamei Hagetot, vol. 4, pp. 1693—1708。

对戴赫恩福斯死亡旅程的描写以一个案件的审理为基础，即美国上诉法庭密苏里东区地方法庭对亚当·弗里德里希（Adam Friedrich），戴赫恩福斯一名党卫军卫兵的第八次巡回审判。庭审的小结见 http：//caselaw. findlaw. com/data2/circs/8th/041728P. pdf。这个案件同时引证了纽伦堡 Trial, 6 FRD, 69, 1008（1946），引用 1945 年 6 月 21 日 report of the War Crimes Branch of the Judge Advocate's Section of the 3rd U. S. Army。

其他资源和启迪

Appelfeld, Aharon. *Beyond Despair*. New York：Fromm International, 1994

Bauer, Yehuda. *Rethinking the Holocaust*. New Haven, Conn. ：Yale University Press, 2001.

Berenbaum, Michael, ed. *A Mosaic of Victims*：*Non-Jews Persecuted and Murdered by the Nazis*. New York：New York University Press, 1990.

Berger, Joseph. *Displaced Persons*：*Growing Up American After the Holocaust*. New York：Scribner, 2001

Borowski, Tadeusz. *This Way for the Gas, Ladies and Gentlemen*. New York：Penguin, 1976.

Bourguignon, Erika. "Memory in an Amnesic World：Holocaust, Exile, and the Return of the Suppressed." *Anthropological Quarterly*, vol. 78, no. 1, 2005, pp. 63—88.

Bromwich, David. "The Uses of Biography." *Yale Review*, vol. 73, no. 2, 1984.

Czernichow, Adam. *The Warsaw Diary*. New York：Stein & Day, 1979.

Dawidowicz, Lucy S. *The War Against the Jew*s 1933—1945. New York：Holt, Rinehart & Winston, 1975.

Des Pres, Terrence. *The Survivor*：*An Anatomy of Life in the Death Camps*. New York：Oxford University Press, 1976.

Dobroszycki, Lucjan, ed. *The Chronicle of the Lodz Ghetto*, 1941—1944. New Haven, Conn.: Yale University Press, 1984.

Dobroszycki, Lucjan, and Barbara Kirshenblatt-Gimblett. *Image Before My Eyes: A Photographic History of Jewish Life in Poland*, 1864—1939. New York: Schocken, 1977.

Donat, Alexander. *The Holocaust Kingdom: A Memoir.* New York: Holt, Rinehart & Winston, 1965

Dwork, Deborah, and Robert Jan van Pelt. *Auschwitz: 1270 to the Present.* New York: W. W. Norton, 1996.

——. *Holocaust: A History.* New York: W. W. Norton, 2002.

Edelheit, Hershel, and Abraham J. Edelheit. *A World in Turmoil: An Integrated Chronology of the Holocaust and World War II.* New York: Greenwood Press, 1991.

Eliach, Yaffa. *Hasidic Tales of the Holocaust.* New York: Random House, 1982.

Eliot, George. Middlemarch. rpt Boston: Houghton Mifflin, 1956.

Epstein, Helen. *Children of the Holocaust.* New York: Penguin, 1988.

Farmer, Paul. "The Banality of Agency: Bridging Personal Narrative and Political Economy." *Anthropological Quarterly*, vol. 78, no. 1, 2005, pp. 125—135.

Feig, Konnilyn G. *Hitler's Death Camps: The Sanity of Madness.* New York: Holmes & Meier, 1979.

Gage, Nicholas. *Eleni.* New York: Ballantine, 1996.

Geehr, Richard S., ed. *Letters from the Doomed: Concentration Camp Correspondence* 1940—1945. Lanham, Md.: University Press of America, 1992.

Gilbert, Martin. *The Holocaust: A Record of the Destruction of Jewish Life in Europe.* New York: Hill & Wang, 1979.

Gutman, Israel. *Resistance: The Warsaw Ghetto Uprising.* Boston and New York: Mariner Books, 1994.

Hartman, Geoffrey. *The Longest Shadow: In the Aftermath of the Holocaust.* New York: Palgrave Macmillan, 2002.

——. ed. *Holocaust Remembrance: The Shapes of Memory.* Oxford: Blackwell,

1994.

Heller, Celia. *On the Edge of Destruction: Jews of Poland Between the Two World Wars.* New York: Columbia University Press, 1977.

Helmreich, William B. *Against All Odds: Holocaust Survivors and the Successful Lives They Made in America.* New York: Simon & Schuster, 1992.

Hoffman, Eva. *Lost in Translation: A Life in a New Language.* New York: Dutton, 1989.

Krakowski, Shmuel, and Israel Gutman, eds., *Encyclopaedia of the Holocaust.* New York: Macmillan, 1990.

Krausnick, Helmut, et al. *Anatomy of the SS State.* New York: Walker & Co., 1968.

Kugelmass, Jack, and Jonathan Boyarin, eds. *From a Ruined Garden: The Memorial Books of Polish Jewry.* New York: Schocken, 1983.

Langer, Lawrence L. *Holocaust Testimonies: The Ruins of Memory.* New Haven, Conn.: Yale University Press, 1991.

———. *Versions of Survival: The Holocaust and the Human Spirit.* Albany: SUNY Press, 1982.

Lifton, Robert. *Death in Life: Survivors of Hiroshima.* New York: Random House, 1967.

Lipstadt, Deborah. *Denying the Holocaust.* New York: Free Press, 1993.

Myerhoff, Barbara. *Number Our Days.* New York: Simon & Schuster, 1978.

———. *Remembered Lives: The Work of Ritual, Storytelling, and Growing Older.* Ann Arbor: University of Michigan Press, 1992.

Novak, Philip. *The World's Wisdom.* San Francisco: HarperCollins, 1995.

Richmond, Theo. *Konin.* New York: Random House, 1995.

Rittner, Carol, and John K. Roth, eds. *Different Voices: Women and the Holocaust.* New York: Paragon House, 1993.

Rosenfeld, Alvin H. *A Double Dying: Reflections on Holocaust Literature.* Bloomington: Indiana University Press, 1980.

Roseman, Mark. *A Past in Hiding.* New York: Picador, 2000.

——. *The Wannsee Conference and the Final Solution.* New York: Picador, 2003.

Rousset, David. *The Other Kingdom.* Translated by Ramon Guthrie. New York: Reynal & Hitchcock, 1947.

Rylko-Bauer, Barbara. "Lessons about Humanity and Survival from My Mother and from the Holocaust." *Anthropological Quarterly*, vol. 78, no. 1, 2005, pp. 11—41.

Spiegelman, Art. *Maus I: My Father Bleeds History.* New York: Pantheon, 1986.

——. *Maus II: And Here My Troubles Began.* New York: Pantheon, 1991.

Stanislawski, Michael. *Autobiographical Jews: Essays in Jewish Self-Fashioning.* Seattle: University of Washington Press, 2004.

VIshniac, Roman. *A Vanished World.* New York: Farrar, Straus & Giroux, 1983.

Weiss, Aharon, ed. *The Holocaust Martyrs' and Heroes' Remembrance, Yad Vashem Studies*, Jerusalem: Yad Vashem, 1990.

Wiesel, Elie. *Night.* New York: Bantam, 1989.

Yahil, Leni. *The Holocaust: The Fate of European Jewry.* New York: Oxford University Press, 1990.

Yerushalmi, Yosef Hayim. *Zakbor: Jewish History and Jewish Memory.* Seattle: University of Washington Press, 1982.

Young, James E. *Writing and Rewriting the Holocaust.* Bloomington: Indiana University Press, 1990.

——. *The Texture of Memory: Holocaust Memorials and Meaning.* New Haven, Conn.: Yale University Press, 1993.

Zariz, Ruth. *A Surplus of Memory: Chronicle of the Warsaw Ghetto Uprising.* Berkley: University of California Press, 1993.

鸣　　谢

我母亲的礼物在十五年的时间里徐徐展开。朋友成为了顾问，顾问成为了朋友。

我很感激那些把他们的回忆托付给我的幸存者们。这些男男女女们是我们中间的巨人。我已经尽我的最大努力用准确而充满感情的尊重之笔去描述他们。愿他们活到一百二十岁。

我的父亲西德尼·科什那在本书中出现的时间并不多，然而这种不公平并不影响他对我的书感到的骄傲以及他宽广的胸怀。在他对我母亲和我们家庭的爱，他无边的好奇心，他对自然、音乐和艺术之美鉴定家般的欣赏之上构筑起了我的世界。

在爱中我是幸运的。哈罗德·韦恩伯格（Harold Weinberg）是一个具有很多才华的人。在我们漫长而幸福的婚姻中我亲爱的丈夫欢快地接受了任何最新出现的角色。从一个知音和丈夫崇高的责任到作为审校员、会计师和闹钟等更为平凡的职责，他用他的智慧、奉献和同情——这些特质也让他成为一个出色的神经学家——完成了所有这些角色。我的心和灵魂永远属于他。

伊丽莎白、凯若琳和彼得是最能够让他们的母亲心生惶恐的评论家。他们的理想主义给我以启迪。他们问了关于公正和动机及责任的难题，我希望我没有让他们失望。他们已经知道他们的芭比是正直和勇气的标杆。

在友谊中我也是幸运的。当罗兰·桑里（Lorraine Shanley）在读研究生并与我认识时，我根本不知道我会在长达几十年的谈话和成千上万的拼字游戏中获益如此之深刻。她对书和出版的知识，她出色的判断力指引我走过创作这本书的每一步。当我们在后视镜中看着我们相交叉的生活，而且展望未来时，她永远是我最好的朋友。

最为一个作家，我曾在一群绝佳的密友和专家联盟的陪伴下旅行。简·斯泰恩的洞察力散落在这本书的字里行间。她帮助我找到了作为一个作家的脊梁,而且给了我一个书名。她超自然的表达能力也只有她的 joie de vivre① 才能比得上。弗利普·布罗非(Flip Brophy)是我的经纪人、顾问和朋友。有谁知道一个角色竟然可以如此不费力地流入到另一个角色? 布鲁斯·尼克斯(Bruce Nichols)在我的手稿上发挥了他的编辑智慧,也动用了锋利的铅笔;我对他,也对玛莎·勒文(Martha Levin),自由出版社出版人,感激不尽,谢谢他们对这个项目的信心以及在这本书成形过程中对品质的执着。

莎拉·冈卡兹·科什那的收藏在现在纽约公共图书馆的多若特犹太分部里。保罗·勒科勒克(Paul LeClerc)和戴维·费雷罗(David Ferreiro)是历史的维护者,也是我令人尊敬的同事,在他们身上,我学到了很多。

《莎拉的礼物》站在公众和私人历史的交叉口。本书的读者将会决定它在我们家庭之外的可持续性。不过那并不会让下一代人可以等闲视之。我希望这些信件能作为我母亲的遗产而继续被我的哥哥们:乔伊和戴维,以及她的孙辈们:珍妮、杰里米、伊丽莎白、凯若琳、彼得、盖比、瑞泽尔和耶尔所珍爱。

如果我们有福气享有一个和平的世界,莎拉的曾孙辈们甚至还可能在 22 世纪里读着这些信:蜜雪儿、汉娜·罗斯和约瑟夫。

那么,就用你自己的方式去讲这个故事吧。

---

① 法语,意为"对生活乐趣的享受"。——译者注

译 后 记

本书翻译工作进行期间正值南京大屠杀70周年，译者曾观看了纪录片《南京》。那些骇人听闻的历史事实我从小熟知，可是当它们以原始、真实的影像资料震撼我的视线，以屠杀事件亲历者讲述的形式轰击我的耳膜时，我的心经历了一次剧烈的绞痛，不经意流出的泪水远不能表达我的悲愤、同情和憎恨之万一。手中《莎拉的礼物》带给我的便是这种熟悉的心痛。在安·科什那平实舒缓却饱含深情的叙述里，在一封封无比宝贵的信札间，读者会发现自己的心早已浸透了那次战争里犹太人民所感受到的悲凉的绝望，无力的愤怒，以及锥心的伤恸。

如果你以为这本书讲述的只是一个悲剧，那你就错了。在那重如磐石的哀痛之下，一丝绿意在倔强地往上生长。对它来说，那石头或许就是座山，可是它对生命的渴望，对亲情的执着，竟也是如山一般的悲壮。终有一天，它的坚持让磐石开裂，它在石头的顶端抽出了新芽。

在战争的荒漠里，这份愿意以生命为代价保护着的绿意就是人性的希望。

或许，这就是本书被称作《莎拉的礼物》的原因吧。

是为后记。

杨 晋

Sala's Gift: My Mother's Holocaust Story

by Ann Kirschner

Copyright © 2006 by Ann Kirschner

Copyright licensed by Sterling Lord Literistic, Inc.

arranged with Andrew Nurnberg Associates International Limited

Simplified Chinese edition copyright © 2009

Shanghai Sanhui Culture and Press Ltd.

Published by New Star Press

All rights reserved.

图书在版编目(CIP)数据

莎拉的礼物：母亲经历过的大屠杀岁月/(美)科什那著；杨晋译.
—北京：新星出版社，2009.2
ISBN 978-7-80225-617-0

Ⅰ．莎… Ⅱ．①科…②杨… Ⅲ．纪实文学－美国－现代 Ⅳ．I712.55

中国版本图书馆 CIP 数据核字(2008)第 198083 号

莎拉的礼物：母亲经历过的大屠杀岁月

(美)安·科什那/著　杨晋/译

责任编辑：许　彬
装帧设计：王　梓

出版发行：新星出版社
出 版 人：谢　刚
社　　址：北京市东城区金宝街 67 号隆基大厦　100005
网　　址：www.newstarpress.com
电　　话：010-65270477
传　　真：010-65270449
法律顾问：北京建元律师事务所
读者服务：010-65267400　service@newstarpress.com
邮购地址：北京市东城区金宝街 67 号隆基大厦　100005
印　　刷：山东新华印刷厂临沂厂
开　　本：960×1300　1/32
印　　张：9.5
字　　数：232 千字
版　　次：2009 年 2 月第一版　2009 年 2 月第一次印刷
印　　数：0 001～6 000
书　　号：ISBN 978-7-80225-617-0
定　　价：34.00 元

版权专有，侵权必究；如有质量问题，请与出版社联系调换。